ullstein

STEFAN
ULRICH

In Schönheit sterben

EIN ITALIEN-KRIMI

Ullstein

Besuchen Sie uns im Internet:
www.ullstein-buchverlage.de

MIX
Papier aus verantwortungsvollen Quellen
FSC
www.fsc.org
FSC® C083411

Originalausgabe im Ullstein Taschenbuch
1. Auflage August 2018

Umschlaggestaltung: zero-media.net, München
Titelabbildung: Getty Images / © Joel Adams
Satz: Pinkuin Satz und Datentechnik, Berlin
Gesetzt aus der Galliard
Druck und Bindearbeiten: CPI books GmbH, Leck
ISBN 978-3-548-29048-5

Die Personen und die Handlung im Buch sind frei erfunden. Etwaige Ähnlichkeiten mit tatsächlichen Begebenheiten oder lebenden oder verstorbenen Personen wären rein zufällig.

»Unser Körper ist unser Garten
und unser Wille der Gärtner.«

William Shakespeare

PROLOG

Die Männer schwitzten unter ihren Motorradhelmen. Nicht vor Aufregung. Es war nicht der erste Auftrag solcher Art. Doch die Hitze in Rom war in diesem August noch unerträglicher als in anderen Jahren. Tagsüber überwölbte eine weißgraue Schicht aus Dunst und Abgasen die Stadt wie eine Treibhauskuppel. Und selbst jetzt, weit nach Mitternacht, kühlte es kaum ab. Straßen und Häuser gaben die Hitze wieder ab, die sie tagsüber aufgesaugt hatten. »Wir sind gleich da«, sagte Gianluca, der Ältere der beiden, der auf dem Soziussitz saß. Simone nickte und bog nach rechts auf den Ponte Testaccio ab. Unter ihnen floss schwarzgrün und faulig der Tiber Richtung Meer. Am anderen Ufer fuhr Simone an den ranzigen Gebäuden der ehemaligen Schlachthöfe vorbei und dann die Via Beniamino Franklin und die Via di Monte Testaccio am Fuß eines mit Bäumen und Gestrüpp bewachsenen Hügels entlang.

Als er den Hügel umrunden wollte, boxte ihn Gianluca in die Seite: »Idiot! Willst du direkt vor dem Lokal parken? Damit wir auch ja erwischt werden?« Simone sagte nichts, stellte die Maschine jedoch neben einer Bushaltestelle ab. Zu Fuß gingen sie weiter. Die Straßenlaternen spendeten ein fahlgelbes Licht, das mehr zu verbergen als zu erleuchten schien. Autos kurvten auf der Suche nach einem Parkplatz herum. Aus den Clubs, die sich hier am Monte Testaccio, dem Scherbenberg, eingenistet hatten, wummerte Techno und Hip-Hop. Abfall quoll aus grünen, verbeulten Müllcontainern. »Scheiße«, sagte Simone, als er etwas Weiches, Klebriges unter seinem Turnschuh fühlte.

Vor ihnen tauchte die Trattoria da Mori auf. Sie durchquerten das Tor und den Innenhof. Das Lokal hatte schon geschlossen, doch drinnen brannte noch Licht. Sie kannten diese Trattoria gut, so wie alle Männer aus der Gegend. Und darüber hinaus. Wegen Rubina, der göttlichen Rubina. Wahrscheinlich richtete sie gerade mit ihrem Vater die Tische für den nächsten Tag her. Gianluca legte den Finger auf den Mund. Sie lugten durch eines der kleinen, halb von wildem Wein überwachsenen Fenster. Der mit dunklem Holz getäfelte Gastraum war nur noch schwach erleuchtet. An den Wänden hingen unzählige Schwarz-Weiß-Fotografien schöner Römerinnen. Gianluca grinste. Er wusste, dass Acilio Mori all diese Fotos aufgehängt hatte, damit sie vor der phänomenalen Schönheit seiner Tochter verblassten.

Und da war sie. Mit dem federnden Schritt einer Balletttänzerin lief Rubina zwischen den Tischen hindurch. Sie trug – wie üblich, wenn sie im Lokal aushalf – ein weißes Herrenhemd, das sie vor dem Bauchnabel zusammengeknotet hatte. In der rechten Gesäßtasche ihrer engen, ausgewaschenen Jeans steckten noch Block und Stift.

Gianluca starrte auf ihre gewölbten Hüften. »*Che razza di culo!*«, entfuhr es ihm. »Was für ein Wahnsinnsarsch!«

Simone musterte das Gesicht der jungen Frau, während sie Gläser und Besteck auf die Holztische stellte. Die gewölbte Stirn, die geröteten Wangen, die schmalen, hoch geschwungenen Augenbrauen, pechschwarze Wimpern um mandelförmige Augen. Smaragdgrüne Augen, wie er wusste. Aber das war jetzt nicht zu sehen. Und dann diese granatroten Lippen, um die ein spöttisches Lächeln zu tänzeln schien. Wie eine dieser Madonnen, die ihnen die Lehrer in Florenz auf einem Klassenausflug gezeigt hatten. Simone wischte sich den Schweiß von der Stirn. »Scheißjob«, murmelte er.

Traumjob, dachte Gianluca. Dann drückte er die Klinke der Tür. Abgeschlossen. Er hämmerte mit der Faust gegen das Holz und rief: »Mach auf! Wir haben Hunger!«

Es klackte ein paarmal, die Tür wurde aufgerissen, und Acilio Mori stand vor ihnen. Ein kleiner, fast kahlköpfiger Mann mit fleckiger Schürze über dem Bäuchlein. Gianluca musterte ihn verächtlich. Von diesem Männlein diese Tochter! Die Wege des Herrn waren unergründlich.

»Was wollt ihr?«, brummte Mori. »Wir haben geschlossen.«

»Und wir sind hungrig.« Gianluca zog mit der Rechten seine Beretta aus der Tasche und hielt dem Wirt den Lauf unter die Nase. »Aber nicht auf deine Pasta ...«

Mori stemmte die Hände in die Hüften und versperrte den Eingang. »Ihr schäbigen Wichser! Ihr wisst, dass ihr mir keine Angst einjagen könnt.« Er spuckte vor ihnen auf den Boden. »Sagt eurem Boss, er kann mich mal! Ein Mori zahlt kein Schutzgeld.«

Gianluca grinste und zischte: »Dann zahlt er eben mit seiner Tochter.« Dabei schubste er mit der Linken Mori zurück in den Gastraum und immer weiter, bis der Wirt mit dem Rücken zur Bar stand. Simone ging ihnen nach und schloss die Tür ab.

Rubina kam hinter dem Tisch hervor, den sie gerade

deckte, und schrie: »Was wollt ihr? Lasst meinen Vater in Ruhe!« Ihr Gesicht stand in Flammen. Sie sah hinreißend aus.

Gianluca scheuchte das Mädchen mit einem Wink seiner Beretta zurück und ließ den Blick durchs Lokal schweifen. Früher war es eine Arbeiterschenke gewesen, von der mehrere Generationen der Familie Mori mehr schlecht als recht gelebt hatten. Dann kam Rubina – und änderte alles. Ihre Schönheit lockte erst die Burschen des Testaccio-Viertels an, dann die Schickeria aus der ganzen Stadt. Und die Kasse hörte abends, wenn Rubina kellnerte, nicht mehr auf zu scheppern. Dann wurde die Mafia darauf aufmerksam, dass das einfache Lokal plötzlich satte Gewinne einfuhr. Es war nur fair, dachte Gianluca, dass der Don seinen Anteil an diesem Boom wollte. Doch Mori, dieser Starrkopf, weigerte sich zu bezahlen. Seine Vorfahren hätten das auch nicht getan, hatte er gesagt. Nie werde er zulassen, dass *la piovra*, die Krake, wie er die Clans nannte, an der Schönheit seiner Tochter abkassiere. Was für ein Scheißargument. Gianluca lachte auf. Der alte Mori wusste nicht, wen er da herausforderte. Zum Glück. Sonst hätte er, Gianluca, Rubina niemals vögeln können.

Er hielt dem Wirt die Pistole an die Schläfe, damit Simone ihn an die gusseiserne Säule neben der Bar binden konnte, einem Beutestück aus einer verfallenen Schlachthofhalle. Simone zog ein Seil aus seinem Rucksack und schnürte es so fest um die Säule und den Bauch des Wirts, dass dieser aufschrie. Gianluca stellte sich dicht vor den kleinen Mann und spuckte ihm ins Gesicht. »Du glaubst, dass du etwas Besseres bist, nur weil deine Kleine die Eier der Burschen zum Kochen bringt? Du wirst gleich sehen, was du davon hast. Und«, seine Stimme wurde leise und sanft, »wenn du danach nicht zahlst, kommen wir wieder und bringen noch unsere Freunde mit …«

In diesem Moment schnellte Rubina zur Theke und stürzte sich auf Gianluca. »Lass meinen Vater in Ruhe!«, schrie sie und hieb ihre Fingernägel in seine Schulter. Gianluca schüttelte sie mit einer raschen Bewegung seines Oberkörpers ab. Zappelnd lag sie unter ihm am Boden. Er zielte mit seiner Beretta auf ihren Kopf und schrie: »Gib Ruhe, oder ich schick dich zur Hölle!« Dann schnauzte er seinen Begleiter an. »Halt das Mädel fest!«

Scheißjob, dachte Simone wieder, während er in das wutverzerrte Gesicht des schönsten Mädchens blickte, das er je gesehen hatte. Widerstrebend ging er hinter sie, um sich auf ihre Oberarme zu knien. Der Geruch des Hundekots, der von seinem Turnschuh aufstieg, brachte ihn zum Würgen. »Halt still«, krächzte er ihr zu, »dann geht es schneller vorbei.«

Doch Rubina hielt nicht still. Mit der Wut der Verzweiflung stieß sie mit den Beinen um sich. Gianluca schien das zu amüsieren. Er knöpfte sich provozierend langsam seine karierten Shorts auf. Dann ließ er sich auf ihre Beine sacken, riss ihre Jeans auf und zerrte sie ihr samt Slip von den Hüften. Rubina starrte auf das AS-Roma-Medaillon, das er um den Hals trug, und brüllte heraus, was ihr an Schimpfwörtern durch den Sinn fuhr: »Scheißkerl! Hurensohn! Hundebastard!« Gianluca grinste. Er ließ sich nach vorn auf ihre Brust sinken, legte die Pistole zur Seite und griff mit der Rechten nach unten. Er stieß seine Hüften nach vorne, einmal, zweimal, und dann immer weiter, während Rubina schrie und Simone den Kopf zur Seite wandte. Gianluca versetzte dem Mädchen einen

Schlag mit der flachen Hand ins Gesicht. »Halt's Maul, Schlampe!« Dann machte er weiter, berauscht von ihrem weichen, warmen Körper und ihrem Duft nach einem langen, schwülen Sommerabend. Seine Bewegungen wurden schneller, sein nach Zwiebeln und Knoblauch stinkender Atem ging heftiger. Er vergaß Simone, der immer noch auf den Armen des Mädchens kniete, und den Vater, der an die Säule gebunden war. Er vergaß die Gaststube und den Schlachthof und das ganze dampfende, stinkende Rom. Das Paradies hatte sich ihm aufgetan, ihm, dem hässlichen Burschen aus der Vorstadt, dem Handlanger Don Riccos, der sich bislang mit drittklassigen Nutten draußen an der Via Salaria hatte zufriedengeben müssen. Doch jetzt gehörte ihm die göttliche Rubina …

Gianlucas Oberkörper bäumte sich auf, er schloss die Augen, begann krampfhaft zu zucken und hörte das Sirren in der Luft erst, als der Schmerz in ihn einschlug. Doch da sackte er schon vornüber. Blut quoll aus seinem Mund, während Rubina erneut einen entsetzten Schrei ausstieß.

Simone starrte auf seinen Kumpel. Gelähmt vor Ekel hatte er miterlebt, wie Gianluca die junge Frau vergewaltigte. Gerade hatte er ihm noch den Tod gewünscht. Und nun steckte das Messer in Gianlucas Rücken. Simone fuhr hoch und starrte auf Acilio Mori, dessen Hand noch vom Wurf erhoben war. Verdammt! Auf der Theke hatte offenbar ein Messer gelegen. Sie hatten gepennt. Warum hatten sie ihm nicht die Hände gebunden! Was würde Don Ricco sagen? Simone zog seine Pistole und feuerte drei-, viermal auf den gefesselten Mann an der Säule. Dann stürzte er aus der Trattoria, während Rubina um sich schlug und versuchte, sich von der Last des toten Mafioso zu befreien.

EINS

Fünfzehn Jahre später

Was für ein Spektakel! Giada Bianchi starrte auf die Schalen an der Marmorfassade, aus denen Blut hervorquoll. Jedenfalls sah es aus wie Blut. Die dunkelrote Flüssigkeit sprudelte in das große, halbkreisförmige Becken, dessen Wasser sich ebenfalls rot gefärbt hatte. Der Farbkontrast zu der barocken Brunnenanlage aus weißem Marmor wirkte grandios und schauerlich zugleich.

»Wie entsetzlich!«, plapperte ein junger Reporter eines lokalen Radiosenders neben ihr in sein Mikrofon. »Der Brunnen blutet! Wenn das kein böses Omen ist. Oder spendet er vielleicht Rotwein? Dann wäre es ein gutes Omen …«

»Unsinn«, murmelte Giada so vernehmlich vor sich hin, dass es der Kollege hören musste. »An diesem Brunnen endet ein altes Aquädukt, das Wasser von einer Quelle am Lago di Bracciano hierher nach Rom bringt. Jemand muss rote Farbe in den Zulauf geschüttet haben. Und ich kann mir sogar denken, wer.«

Der Reporter redete noch ein paar Sätze in sein Mikro und schaltete es dann aus, um die junge Frau zu mustern, die neben ihm am Beckenrand stand. Sie trug einen kurzen olivgrünen Rock und ein ärmelloses Top. An den Ohrläppchen hingen zwei kleine Hexen aus schwarzem Stein, die auf ihren Besen leicht hin und her wippten. »Bist du Expertin?«, fragte der Reporter offenbar in der Hoffnung, eine Interviewpartnerin gefunden zu haben, mit der sich seine nächste Schalte füllen ließe.

»Nicht direkt. Ich bin Journalistin wie du. Oder eher nicht wie du. Ich bin eine richtige Journalistin. Ich quatsche nicht irgendwelchen Stuss in ein Mikro, um die Zeit zwischen den Werbeblöcken zu füllen. Ich recherchiere und schreibe Artikel für eine Tageszeitung. *Il Mercurio*, falls dir das was sagt.«

Der Reporter schluckte die Beleidigung hinunter. *»Il Mercurio!«* Er schnalzte mit der Zunge. »Geiles Blatt. Was für die Intellektuellen-Schickeria. Nur leider defizitär!«

Giada ignorierte seinen Spott. Wobei er nicht ganz unrecht hatte. Der *Mercurio* wandte sich an ein bildungsnahes Großstadtpublikum. Nur dass auch die bildungsnahen Römer nicht mehr unbedingt Print-Zeitungen kauften. Der morgendliche Gang zum Kiosk um die Ecke samt Plausch mit dem Zeitungshändler, früher ein obligates Ritual, geriet allmählich in Vergessenheit. Und die kostenpflichtige Online-Ausgabe brummte auch nicht gerade, bei all der digitalen Konkurrenz. Gut, dass der *Mercurio* Cesare Colasanti gehörte, einem Bau-Tycoon, der sich das Blatt sozusagen als Hobby leistete, um in der Stadtgesellschaft nicht nur mit seinem Geld zu glänzen. Das sicherte der Zeitung vorerst das Überleben. Und ihr den Lebensunterhalt.

Giada zog ihr Smartphone aus der Tasche, schaltete die Diktier-App ein und legte los: »Stehe an der Fontana dell'Acqua Paola. Das Wasser ist blutrot gefärbt. Reporter und Schaulustige. Offensichtlich wurde nicht nur der

Mercurio vorab informiert, dass hier auf dem Gianicolo-Hügel etwas abgeht. Vermutlich wieder eine Aktion dieser Futuristen.«

»Der Futuristen?«, unterbrach sie der Radioreporter. »Wer sind denn die?«

»Ein besonders bunter Klecks auf der Palette der Intellektuellen-Schickeria.«

»Ein blutroter Klecks?«

»In Kunstgeschichte nicht aufgepasst? Machen wir es kurz. Futuristen: avantgardistische Bewegung aus Italien mit bildenden Künstlern, Literaten und Musikern. Entstanden vor dem Ersten Weltkrieg. Lehnte die Kirche, bürgerliche Gesellschaft und etablierte Kunst ab. Verherrlichte Jugend, Fortschritt, Technik, Geschwindigkeit, Gewalt, Nationalismus, Krieg. Liebte Manifeste und multimediale Aktionen. Wandte sich dem Faschismus zu. Kapiert, Kollege?«

Der Radioreporter starrte Giada an: »Das ging ein bisschen schnell. Und – Erster Weltkrieg, Faschismus, das ist verdammt lang her. Was hat das alles mit dem roten Brunnen hier zu tun?«

»Ist ja nur eine Vermutung von mir«, sagte Giada. »Es gibt auch heute noch Künstler, die es mit dem Futurismus halten. Sie wollen schockieren, um Rom, diese fette Diva, aus der Lethargie zu reißen und zur alten Glorie zurückzuzwingen. Mal lassen sie Hunderttausende bunte Bälle die Spanische Treppe herunterrollen, mal färben sie Brunnen rot. Du hast doch bestimmt schon davon gehört, oder? Daneben gibt es in Rom auch noch Leute, die sich ebenfalls Futuristen nennen und offen mit den Faschos paktieren.«

»Das ist ja total aufregend«, sagte der Radioreporter.

»Futuristische Faschisten richten Blutbad in Brunnen an! Das muss ich gleich meinen Hörern erzählen. Kann ich dich dazu interviewen?«

»Journalisten befragen Journalisten? Das ist ja wohl selten blöd. Da musst du dir was Besseres einfallen lassen. Ich muss jetzt ohnehin in die Redaktion und die Geschichte mit diesem Farbbrunnen aufschreiben …«

In diesem Augenblick regnete es rote Flugblätter vom Aufsatz des Brunnenmonuments herab, das einem Triumphbogen nachempfunden war. Einige landeten im Wasserbecken, andere trieb der Wind auf die vorbeiführende Via Garibaldi hinaus. Giada, der Radioreporter und ein halbes Dutzend anderer Journalisten haschten nach den Pamphleten. Sobald Giada eines erwischt hatte, überquerte sie die Via Garibaldi und ging zur Aussichtsplattform auf der anderen Straßenseite. Hier öffnete sich einer der weitesten Blicke auf Rom. Kuppeln, Türme, mit Pinien und Zypressen bestandene Hügel sowie das schneeweiße Monstrum des Viktor-Emanuel-Denkmals – im Volksmund Schreibmaschine genannt – ragten aus der Masse karminroter und umbrafarbener Häuser heraus. Die Sommerhitze ließ die Luft über der Stadt flirren und diese wie ein Traumbild oszillieren. Giada liebte Rom mit all seiner magischen Schönheit und all seinen Abgründen, die das Leben unten in den Schluchten der Straßen und Gassen bereithielt. Sie war froh, den Zeitungsladen in ihrem südtoskanischen Heimatdorf Morcone verpachtet zu haben, um wieder als Journalistin durch Rom zu streifen, in das sie sich während ihres Studiums verliebt hatte. Wenn es nach ihr ginge, wäre sie längst wieder hierhergezogen, weil es in Morcone so grottenlangweilig war – von einer Mordserie im vergangenen Jahr einmal abgesehen. Doch ihr Sohn Leo wollte auf keinen Fall aus seiner Schulklasse und Freundesclique weg. Daher pendelte Giada zwischen Dorf und Stadt, was anstrengend, als freie Reporterin des *Mercurio* aber möglich war.

Sie schwang sich auf die Steinbalustrade und ließ die Füße herabbaumeln. Sie spürte den kühlen Stein an ihren nackten Schenkeln und den Windhauch, der ihr sommerheißes Gesicht streifte. Sie nahm das Flugblatt und begann zu lesen.

»Manifesto« stand in dicken schwarzen Lettern über dem Text, und dann: *»Per un Partito Futurista della Bellezza«* – »Für eine Futuristische Partei der Schönheit«.

»Da haben wir's«, murmelte Giada. »Wie ich es mir dachte. Die Futuristen! Und jetzt wollen sie auch noch eine Partei gründen?«

Sie las weiter:

»1. Wir wollen die Liebe zur Schönheit besingen, die Makellosigkeit des Leibes, Erotik des Blutes und Reinheit des Geistes.

2. Schönheit gibt es nur im Kampf gegen das Hässliche. Kunst und Politik müssen aufgefasst werden als Angriff auf die Kräfte des Hässlichen, um sie zu zwingen, sich der Schönheit zu beugen.

3. Wir versprechen, das ewige Rom, das so tief im Morast versunken ist, wieder zur Hauptstadt der Schönheit zu machen.

4. Wir geloben, die Werke der Schönheit aus den privaten Sammlungen zu befreien, um sie zur Erhebung des Volkes auszustellen.

5. Wir schwören, eine Diktatur der absoluten Schönheit zu errichten, die als Anarchie der Anmutigen regiert.«

Die Hexen an Giadas Ohrläppchen begannen wild zu tanzen. Ärgerlich knüllte sie das Manifest zusammen. Denen hat wohl einer Grappa ins Gehirn gepinkelt, dachte sie. Erotik des Blutes! Kampf gegen das Hässliche! Diktatur der absoluten Schönheit! Was für ein Unfug! Und dafür musste nun das Denkmalamt viel Geld ausgeben, um den Brunnen von dem Pseudoblut zu reinigen. Wo doch die Stadt ohnehin schon pleite war. Ich werde einen Artikel darüber schreiben, der sich gewaschen hat …

In diesem Moment begann in ihrer Handtasche Gianna Nannini zu singen. *»Bello, bello e impossibile …«* Ihr Klingelton. Giada kramte das Handy heraus und warf einen Blick auf das Display. Es war Michele, der Feuilletonchef des *Mercurio. »Pronto?«*

»Ich bin's. Ich weiß, dass wir dich gerade zu dem Brunnenspektakel geschickt haben. Aber es gibt jetzt Wichtigeres zu tun. Fahr bitte sofort nach Parioli. In die Via Adelaide Ristori. Ein Mord.«

»Seit wann interessiert sich das Feuilleton für so was Rohes wie einen Mord? Ich habe hier eher was für dich. Eine abgefahrene Geschichte. Der ganze Brunnen oben an der Via Garibaldi ist blutrot. Eine Aktion der Futuristen. Sie haben eine Partei der Schönheit gegründet. Wenn du mich fragst: reinster Faschismus! Ästheto-Faschismus! Alles Hässliche soll ausgemerzt werden. Michele, wenn die an die Macht kommen, hast du nichts zu lachen.«

»Sehr spaßig! Aber jetzt hör mir bitte zu, Giada: Bei der Geschichte in Parioli geht es um mehr als irgendeinen Mord. Um viel mehr.«

»Ich höre.«

»Der Tote heißt Colasanti. Annibale Colasanti! Eh?«

»Unser Oligarch?«

»Fast. Es ist der Bruder von Cesare Colasanti, unserem *Sugar Daddy.*«

»Ich verstehe. Ist er auch Bauunternehmer? Steckt die Baumafia dahinter?«

»Nein. Annibale Colasanti fällt total aus der Familientradition. Ein Schöngeist. Kunstsammler. Lebemann. Früher war er eine bekannte Figur in der römischen Schickeria. Er fuhr einen blauen Lamborghini und trat auf Partys meist in einer roten Toga auf. Verrückter Typ.«

»Ach, der mit der Toga! Ich erinnere mich. Der war oft genug in den Illustrierten, die meine Eltern in ihrem Zeitungsladen in Morcone verkauft haben. Das ist aber schon lange her. Er muss ziemlich alt sein …«

»Aus deiner Fröschchenperspektive vielleicht«, sagte Michele, der kurz vor der Rente stand. »Er war überhaupt nicht alt. Anfang sechzig erst. Aber tatsächlich schon lange nicht mehr in der Öffentlichkeit. Ich glaube, er hatte vor etlichen Jahren einen schweren Unfall. Seitdem sah man ihn kaum noch. In der Kunstszene ist er aber immer noch eine Nummer. Er muss eine phänomenale Sammlung antiker Statuen haben. Man munkelt, er habe einige sensationelle Stücke Grabräubern beziehungsweise – wenn es nicht um Gräber ging – Raubgräbern abgekauft. Sie sollen ein Vermögen wert sein. Womöglich ist er deswegen überfallen worden.«

»Wann ist es passiert?«

»Keine Ahnung. Vielleicht heute Nacht? Wir wissen noch nichts. Haben nur den Tipp aus der Einsatzzentrale der Polizei bekommen. Ich möchte, dass du gleich hinfährst.«

»Warum ich?«

»Weil das ein komplexer Fall ist. Ein Prominenter,

Kunstszene, der Bruder unseres Mäzens – da braucht es Fingerspitzengefühl. Und man wird sich dahinterklemmen müssen, um was rauszubekommen. Cesare Colasanti wird dafür sorgen, dass die Polizei das sehr vertraulich behandelt. Er hasst Schlagzeilen rund um die Familie. Die Eskapaden seines Bruders haben ihn deshalb immer total genervt.«

»Also, noch mal: Warum ich?«

»Weil du Biss hast und hartnäckig bist, Giada. Du weißt, was ich von dir halte.«

»Und was wird unser Mäzen dazu sagen?«

»Das werden wir sehen. Selbstverständlich legen wir Cesare Colasanti die Geschichte vor, bevor wir sie drucken. Vielleicht zahlt er uns was extra, wenn wir sie nicht drucken?«

»Du hast ja einen Knall! Ich bin Reporterin, nicht Erpresserin«, schimpfte Giada los. »Ich recherchiere, um aufzuklären.«

Michele kicherte. »Manchmal funktionierst du wie ein Springteufel, Giada. Man drückt auf einen Knopf, und du gehst hoch. Glaubst du wirklich, ich mach so einen Scheiß? Natürlich drucken wir deine Geschichte. Gerade, weil es unser Mäzen ist, müssen wir darüber berichten, sonst machen wir uns ja lächerlich. Aber, wie gesagt, mit Fingerspitzengefühl. Und das heißt vor allem: nur belegbare Fakten; keine erfundenen Zitate. Deswegen du. Nimm es als Kompliment.«

Giada fühlte sich widerwillig geschmeichelt. Und spannend klang die Geschichte ja. »Adresse?«

»Schreib dir auf: Via …«

Drei Minuten später saß Giada am Steuer ihrer *ape* – eines dreirädrigen Zwerglasters der Firma Piaggio, der in

Italien Kultstatus genoss – und knatterte die Via Garibaldi zum Tiber hinunter.

Robert Lichtenwald streifte über sein Land in der Maremma, und er sah, dass es gut war. Die Oleanderbüsche standen in Blüte, Rosmarin, Thymian und Lavendel würzten die Luft, unten am Teich ringelte sich eine gelb-grüne Zornnatter auf einer Steinplatte wie ein verknotetes Stück Gartenschlauch. Lichtenwald hatte sich inzwischen an die ungiftigen, wenn auch beißfreudigen Schlangen gewöhnt, die ihn anfangs so erschreckt hatten. Er ging in Flip-Flops über den Kiesweg hoch zum Haus, lauschte dem hypnotisch wirkenden Liebeswerben der Zikadenmännchen und erfreute sich an der Wiese rund um die Terrasse, die dank nächtlicher Bewässerung auch jetzt Anfang August mit sattem Grün das Auge erfrischte. Knallpinkfarbene Bougainvilleen kletterten an den Natursteinwänden seines Landhauses empor. Von der Pergola über der Terrasse baumelten aus dichtem Laub die Tafeltrauben.

Lichtenwald schnitt hier einen gelblich verfärbten Wedel aus einer Fächerpalme, klaubte dort Steinchen aus dem Rosenbeet. Dann goss er die Engelstrompeten, die, obwohl im Halbschatten, ihre waschlappengroßen Blätter und wachsweißen Blüten hängen ließen.

Lichtenwald blickte umher. Es war alles in Ordnung. Alles getan. Monatelang hatte er ununterbrochen in Haus und Garten geschuftet, seit er im März aus Deutschland zurückgekommen war. Er hatte die Handwerker beaufsichtigt, während sie den Weinkeller herrichteten, WLAN installierten, die Fenster im Erdgeschoss gegen einbruchsichere austauschten und den Gartenteich anlegten. Er war herumgefahren, um Küchenmaschinen, Kerzenständer, Bettbezüge und einen hochauflösenden Fernseher für sein Wohnzimmer zu kaufen. Er hatte das Gebüsch um den Teich herum gerodet, Bambus und andere Ziergräser gepflanzt, den Weg von Unkraut gereinigt und neu gekiest und die tückischen Brombeerranken beseitigt, die sich wie NATO-Stacheldraht um die Nordseite des Hauses gelegt hatten. Kurzum: Er hatte das Rustico, das alte toskanische Bauernhaus, das er zusammen mit seiner Frau Stefanie vor Jahren als Feriensitz gekauft hatte, zu einem dauerhaften Domizil umgestaltet. Wenn Stefanie das sehen könnte! Es würde ihr gefallen.

Das rastlose Basteln an seinem Landhaus in der Südmaremma hatte Lichtenwald geholfen, der Traurigkeit und Unruhe auszuweichen, die ihn immer wieder heimsuchten, seit Stefanie ihn verlassen hatte. Er genoss es geradezu, von Sonnenaufgang bis Sonnenuntergang herumzuwerkeln und abends mit schmerzenden Knochen auf sein Wasserbett zu sinken. Zum Grübeln blieb ihm dadurch keine Zeit. Ja, er kam nicht einmal dazu, sich um seine neuen Freunde in Morcone zu kümmern, um Mario Pianigiani, den Wirt der Trattoria Tramonto, um Luigi La Torre, genannt der Philosoph, und um Giada Bianchi, die vulkanische Giada, mit der zusammen er vor einem Jahr ein mörderisches Abenteuer nur um Haaresbreite überlebt hatte.

Doch nun konnte sich Lichtenwald daranmachen, sein Leben im Süden richtig zu beginnen, so wie er es sich seit Schülerzeiten erträumt hatte, seit jenem ersten Urlaub ohne Eltern, mit Freunden und Rucksack am Meer in Ligurien. Wie würde es werden, dieses Leben? Lichtenwald wusste, dass es nur eine Sache gab, die noch gefährlicher war, als seine Träume zu beerdigen: sie zu verwirklichen.

Er ging barfuß ins Haus, um etwas Hitze aus seinem Körper an die Terrakottafliesen abzugeben. Es war Spätnachmittag und heißer denn je. Robert goss sich ein Glas eisgekühlten Parrina Bianco ein, einen Weißwein aus der Gegend. Dann zog er einen Zigarillo aus der noch jungfräulichen Packung, die er vor Tagen gekauft hatte. Er setzte sich in einen Korbstuhl unter dem Feigenbaum im Garten und tat, was er zwei Jahrzehnte lang nicht mehr getan hatte. Er rauchte. Anfangs brannte der Qualm auf seiner Zunge, doch bald schon gewöhnte er sich daran. Er schloss die Augen und ließ Bilder aufsteigen … aus der Studentenzeit … damals mit Stefanie … Lachen, Liebe, Nächte.

Er wollte nachdenken, was er nun machen sollte aus seinem wahr gewordenen Traum. Er stand auf und holte sich noch einen Zigarillo und noch ein Glas Parrina Bianco. Nikotin und Alkohol waberten durch seinen Kopf, er fühlte sich wohl und schlief ein. Da erschien Giada, sommerbraun, in Shorts und Tanktop. Ihre Zähne strahlten wie Scheinwerfer aus ihrem bronzefarbenen Gesicht, und die beiden Hexen aus Obsidian an ihren Ohrläppchen sausten um ihren Kopf, als würden sie Kettenkarussell fahren. Lichtenwald saß auf der Veranda eines Holzhauses und sah Giada zu, wie sie barfuß auf das Geländer einer Hängebrücke stieg, die über einen Urwaldfluss führte. Sie drehte sich um und winkte. Er wollte aufstehen, aber eine unerklärliche Schwere hielt ihn zurück. Sie streckte ihm die Zunge heraus und balancierte über den Fluss. Unendlich mühsam, als zöge ihn ein Magnet zurück, löste er sich von seinem Sitz. Doch dann, als er sich leicht und frei fühlte und auf die Brücke zurannte, strauchelte Giada …

ZWEI

Parioli war das mondäne Viertel Roms. Ein grüner Hügel im Norden der Stadt, der einst erschlossen worden war, um die Bonzen des faschistischen Regimes zu beherbergen. Nach dem Zweiten Weltkrieg zogen arrivierte Künstler, Schauspieler, Politiker, Diplomaten und Industrielle in die Palazzi, die in immergrünen Gärten entlang geschwungener Straßen schlummerten. Für den normalen Römer waren die Bewohner von Parioli eine Spezies der anderen Art, besonders begünstigt von einer Laune der Götter.

Giada mochte Parioli, nicht wegen seiner Bewohner, aber wegen seiner Gärten mit den lauschigen Schirmpinien, die sie an ihre Maremma erinnerten. Sie hatte die Fenster der *ape* heruntergekurbelt und sog die würzige Luft des Viertels ein, während sie die Via Adelaide Ristori ansteuerte. Sie brauchte nicht nach der Hausnummer zu suchen. Vor einem vierstöckigen, sandfarbenen Gebäude mit türkisfarbenen Fensterläden war die u-förmige Straße abgesperrt. Die Lampen auf den blassblauen Wagen der *Polizia di Stato* blinkten nervös. Zwei Beamte in kurzärmligen dunkelblauen Uniformen signalisierten Giada, umzukehren und sich zu trollen. Sie stieß ein Stück zurück, parkte in einer Einfahrt und stieg aus ihrer *ape.* Während sie auf die Polizisten zuging, kramte sie in ihrem Lederrucksack nach dem Journalistenausweis. Aus dem Eingang des Palazzo traten drei Personen in weißen Overalls. Die Spurensicherung war offenbar fertig. Direkt vor dem Haus stand ein schwarzblauer Alfa Romeo der Carabinieri. Sieh mal einer an, dachte Giada, Polizei und Carabinieri kloppen sich um einen dicken Fisch. Sie stutzte, als sie das runde Wappen auf dem Wagen sah. Ein goldener Drache vor einem goldenen Tempel. Offenbar eine Sondereinheit.

Ein schriller Pfiff zerriss die Nachmittagshitze. »*Signora*, bleiben Sie stehen!« Die beiden Polizisten stellten sich Giada breitbeinig in den Weg. »Sie können hier nicht weiter. Laufende Ermittlungen. Steigen Sie wieder in Ihre Schrottlaube und ziehen Sie Leine!«, sagte der eine. »Wir können aber auch später einen *caffè* zusammen trinken«, schnurrte der andere, während sein Blick Giadas gebräunte Schenkel entlangglitt.

Giada schloss unwillkürlich die Beine und verkniff sich ein »Arschloch«. »Ich bin Journalistin«, sagte sie spitz.

»Das sagen sie alle«, höhnte der erste Polizist.

»Sie können hier wirklich nicht durch, *signora*«, flötete der zweite. »Journalistin hin oder her. Das haben wir auch schon Ihren Kollegen gesagt. Da oben«, er nickte über seine Schulter hinweg, »liegt ein toter Mann in einer Wohnung, die mit Antiquitäten vollgestopft wie ein Museum ist. Die Spurensicherung ist gerade fertig. Die Leiche kommt jetzt in die Gerichtsmedizin, und die Wohnung wird versiegelt. Das ist alles, was ich Ihnen sagen kann.«

»Danke, Sie sind wirklich nett«, sagte Giada, legte den Kopf schräg und lächelte den zweiten Polizisten an. Sie ließ ihre Augen aufstrahlen, so hatte sie schon als Schülerin die Jungen beeindruckt. »Ach, eines noch: Der Tote ist ja Annibale Colasanti …«

»Dazu können wir nichts sagen«, fuhr der erste Polizist

dazwischen. »Es wird sicher bald eine Pressekonferenz geben, da können Sie und Ihre Kollegen sich informieren. Kapiert?«

»Der Tote ist also Colasanti«, fuhr Giada fort. »Erbe, Millionär, Lebemann, Kunstsammler. Da kommen viele Täter in Betracht.« Sie fuhr sich mit den Händen übers Gesicht und streifte ihre orangerot gefärbte Mähne zurück. »Hm. Er wurde also erschossen, sagten Sie ...«

»Aber nein«, rief der zweite Polizist, während er Giada betrachtete. »Er wurde nicht erschossen, sondern ...«

»Halt die Klappe!«, ging der erste dazwischen. »Willst du noch mehr Ärger bekommen, weil du vor jedem Mädel Männchen machen musst?«

Der Kollege verstummte.

»Gehen Sie jetzt endlich«, sagte der erste. »Mehr erfahren Sie von uns nicht.«

Giada warf den beiden Polizisten eine Kusshand zu und schlenderte an dem rot-weißen Absperrband entlang zur anderen Straßenseite, wo im Schatten eines Hauses Fotografen und Kameraleute lauerten wie ein Rudel Wölfe in einer Hungernacht. Sie sprach ein paar Notizen in ihr Handy. *»Porca miseria«*, murmelte sie vor sich hin, »verdammter Mist! Warum hat mich der Kerl so kühl abgewimmelt? Wahrscheinlich ist er schwul ... Und jetzt? Auf eine Pressekonferenz warten wie die ganze Meute? Um ein paar Brosamen aufzupicken, mit denen die Polizei die Kollegen abspeist? Nicht mit mir ...« Suchend blickte sie zu dem Haus hinüber, dessen Fassade durch Terrassen und Balkone aufgelockert war. Und wenn sie versuchte, von der Seitenstraße her über die Mauer zu klettern? Giada verwarf das wieder, als sie die Glasscherben sah, mit denen die Mauer gespickt war. Verdammter Mist ...

Drei Beamte in blauschwarzen Uniformen mit breiten roten Seitenstreifen an den Hosen traten aus dem Eingang des Hauses, in dem Colasanti ermordet worden war. Zwei Männer und eine groß gewachsene Frau, deren kräftiger pechschwarzer Zopf unter der Dienstmütze hervorquoll. Ihre stahlblauen Augen leuchteten in der Sonne auf. Sie sieht hinreißend aus, dachte Giada. Während die beiden Begleiter wie lästige Hausierer auf sie einquasselten, schritt die Offizierin auf das Auto mit dem Drachensymbol zu. Dieser selbstbewusste, ja herausfordernde Gang. Schlagartig wurde Giada klar: Sie kannte die Frau. Die blauen Augen im bronzefarbenen Gesicht, der Zopf. Es musste Donatella Laganà sein, *capitano* Laganà, die Carabinieri-Offizierin aus dem Städtchen Grosseto, die im vergangenen Jahr die Ermittlungen in der Mordserie von Morcone geführt hatte. Was machte sie denn hier? Egal. Die schickte der Himmel.

»*Capitano* Laganà!«, schrie Giada. Sie stellte sich in ihren weißen Turnschuhen auf die Zehenspitzen und winkte mit beiden Armen. »Kennen Sie mich noch?«

Donatella Laganà drehte sich auf dem Absatz um und griff unwillkürlich an ihr Halfter. Sie kniff die Augen zusammen und musterte die quirlige junge Frau mit den orangeroten Haaren und dem kurzen Rock, die da außerhalb der Absperrung auf und ab hüpfte. Dann bemerkte sie die zwei schwarzen Figürchen, die an den Ohrläppchen der Frau wippten. Ein Lächeln huschte über ihr ernstes Gesicht, während sie auf die Frau zuging. »Giada? Giada Bianchi! Was machen Sie denn hier?«

»Das wollte eigentlich ich Sie fragen, *capitano*«, rief Giada und streckte der Offizierin die Hand entgegen.

»Ts, ts, ts«, schnalzte Laganà und deutete gespielt vorwurfsvoll auf ihre Schulterklappen, auf denen eine Krone und ein Stern zu sehen waren. »*Maggiore*, mittlerweile.« Sie drückte Giadas Hand. »Rote Haare, Hexenohrringe – Sie haben sich nicht verändert. Und, wie läuft die Recherche bei meinen Kollegen von der *Polizia di Stato*?«

Giada wusste, dass die Staatspolizei, die dem Innenministerium untersteht, und die Carabinieri, welche zu den Streitkräften gehören, eine epische Rivalität verbindet. Die Carabinieri halten sich für etwas Besseres als die *poliziotti*, und sie sehen in ihren Uniformen jedenfalls deutlich fescher aus. Die Polizisten wiederum betrachten die Carabinieri als eitle Gockel, bei denen die Evolution mehr ins Federkleid als ins Gehirn investiert hatte. Diese Rivalität wird vom Gesetzgeber angeheizt, indem er beiden Einheiten praktisch dieselben Aufgaben zuweist, die Aufrechterhaltung von Sicherheit und Ordnung. Das führt zu erbittertem Kompetenzgerangel, was der italienische Staat als Kollateralschaden dieser besonderen Form der Gewaltenteilung hinnimmt.

Giada schnaubte und warf einen schrägen Blick auf die beiden Polizisten, die immer noch den Weg zum Haus versperrten. »Der eine ist okay, aber der andere ist ein A…, also ein Idiot. Dabei arbeite ich für eine seriöse Zeitung. Den *Mercurio*!«

»Sie arbeiten jetzt für den *Mercurio*?«, fragte Laganà anerkennend.

»Ja. Freiberuflich. Soweit es zeitlich eben geht. Ich lebe immer noch in Morcone, wegen Leo, Sie wissen schon, meinem Sohn, der partout nicht nach Rom ziehen will. Aber den Zeitungsladen hab ich verpachtet. Ich fand es auf Dauer einfach zu langweilig, in Morcone Illustrierte, Lose und Postkarten zu verkaufen.«

»Das versteh ich.« Laganà nickte ernst. »Auch mir ist es in Grosseto zu eng geworden. Daher habe ich mich auf einen Posten bei einer Sondereinheit hier in Rom beworben.«

»Hat das was mit dem Drachen und dem Tempel auf Ihrem Auto zu tun?«, fragte Giada.

»Durchaus. Drachen machen uns bislang zwar weniger zu schaffen, Tempel und deren Inhalte aber sehr.«

»Es geht um Kultur?«

»Genau. Der italienische Staat mag ja nicht zur Avantgarde effektiver Systeme gehören. Auf einem Gebiet aber sind wir spitze: beim Kulturgüterschutz. Das *Comando Carabinieri per la Tutela del Patrimonio Culturale* – das Carabinieri-Kommando für den Kulturgüterschutz – wird in der ganzen Welt bewundert. Und kopiert. Selbst die Franzosen nehmen unsere Einheit als Vorbild. Die Franzosen! Das hat mich gereizt. Zumal ich aus einer Region mit einer uralten Kultur komme ...«

»Aus Kalabrien, ich weiß ...«

»Genau!«

Giada verkniff sich die Bemerkung, Kalabrien sei doch eher für seine Mafia bekannt, die furchtbare 'Ndrangheta. »Und was machen Sie hier? An diesem Tatort, meine ich? Ich dachte, diesen Fall hat sich schon die Polizei geschnappt?«

»Wir wurden hinzugezogen. Der Tote«, Laganà deutete auf eine Wohnung mit Terrasse im dritten Stock, »hatte eine bedeutende Kunstsammlung. Womöglich steht der Mord damit im Zusammenhang.«

»Sind Kunstschätze geraubt worden?«, fragte Giada wie beiläufig.

Laganà lächelte. »Sie wollen mich aushorchen? Sicher

haben Sie die Kollegen schon auf die Pressekonferenz verwiesen.«

»Sie wollen mir also auch nichts sagen«, sagte Giada und starrte wie ein kleines Mädchen auf ihre Turnschuhe.

»Wer weiß«, sagte Laganà. Sie senkte die Stimme. »Manchmal treibt es Ermittlungen voran, wenn die Presse vorprescht. Und ich weiß von unseren Begegnungen im vergangenen Jahr, dass Sie zu den Guten gehören.« Sie lächelte komplizenhaft. »Zu den *puri e duri*, den Reinen und Harten. Ich meine das gar nicht ironisch«, fügte Laganà schnell hinzu, als sie Giadas schrägen Blick bemerkte. »Hier kann ich Ihnen allerdings nicht mehr sagen. Zu viele Ohren hören mit. Warum besuchen Sie mich nicht in unserer Kaserne?«

»Liebend gern.« Giada nickte heftig.

»Morgen Vormittag, sagen wir … um sieben?«

»Das nennen Sie Vormittag?«

»Der frühe Vogel fängt den Wurm.«

»Wo finde ich Sie?«

»Via Anicia 23, in Trastevere. Links neben der Kirche San Francesco a Ripa. Wir sind in einem ehemaligen Franziskanerkloster untergebracht. Bescheiden, aber voller Hingabe, das passt zu uns.«

»Die Hingabe nehme ich Ihnen ab«, lästerte Giada. »Aber Bescheidenheit, *maggiore*? Wie eine Bettelnonne wirken Sie nicht gerade!«

Laganà hielt die ausgestreckte rechte Hand an ihre Schirmmütze. »Wir sehen uns«, rief sie vergnügt.

Giada nahm Haltung an und schlug ihre Turnschuhe zusammen. »Wir sehen uns, *maggiore*!« Zackig drehte sie sich um und ging im Stechschritt die Straße hinunter. Die beiden Polizisten schauten ihr entgeistert nach.

Robert Lichtenwald saß auf seiner Terrasse und verzehrte die Crostini, die er sich zubereitet hatte. Er liebte die kleinen gerösteten Brotscheiben. Einen Teil hatte er mit gehackten Tomatenwürfeln und Zwiebeln belegt, andere mit Thunfisch und Kapern, wieder andere mit Avocadocreme und gebratener Hühnerleber. Genüsslich schmeckte er den unterschiedlichen Aromen nach, die sich wie die Sätze einer Symphonie in seinem Gaumen entfalteten. Es waren solche kleinen Sachen, die ihn so an Italien begeisterten. Wobei er gute Crostini genauso in München zubereiten konnte. Nur, da ging es ihm wie mit einfachem Landwein. Es war ein Unterschied, ob man ihn in seinem Terroir oder zu Hause trank. Während Lichtenwald wieder einmal versuchte, seiner chronischen Italienpassion auf die Spur zu kommen, bezog sich der Himmel mit lachsrot schimmernden Wolkenschlieren, zwischen denen bald das Blau des Abends hindurchlugte. Die Zikaden verstummten, und die Nachtfalter begannen, um die betäubend duftenden Kelche der Engelstrompeten zu taumeln. Lichtenwald überlegte, ob er sich eine Lampe und den Roman holen sollte, in dem er gerade las. Er ließ es bleiben und starrte in die Dunkelheit.

Wenn andere über Langeweile klagten, wusste Lichtenwald nie so recht, was sie meinten. Schon als Kind war er ständig mit etwas beschäftigt gewesen. »Der Bub langweilt sich nie«, hatte seine Mutter immer wieder festgestellt. Dann kamen Studium und Freundeskreis, Reisen, Sport, die Heirat mit Stefanie und die Geburt von Lea, der Kauf und das Renovieren des Häuschens in der Münchner Mondstraße, der Erwerb des Ferienhauses hier in der Maremma und natürlich die aufreibende Arbeit in einer größeren Münchner Strafrechtskanzlei, in der er sich bis zum Partner hochgeschuftet hatte. Und dann war auf einmal eines nach dem anderen weggefallen. Erst dünnte der Freundeskreis aus, weil er zu viel Zeit in der Kanzlei verbrachte. Abends konnte er sich nicht mehr aufraffen, in die Volleyball-Gruppe zu gehen. Die Rucksackreisen in ferne Länder mit Stefanie und später auch mit Lea waren Kurztrips in Wellnesshotels in Österreich oder Südtirol gewichen, die ihm guttaten, die Stefanie und dann auch Lea aber langweilig fanden.

Dann kam er eines Abends nach Hause, und Stefanie war nicht mehr da. Sosehr er auch wartete und hoffte und kämpfte, sie kam nicht mehr zurück. Lea war schon einige Zeit vorher, nach dem Abitur, für ein soziales Jahr nach Bolivien gegangen und hatte danach in Kiel angefangen, Meeresbiologie zu studieren. So war er auf einmal ganz allein in der Wohnung – und hatte tapfer versucht, sein Münchner Leben weiterzuleben. Dann nahm er sich ein Sabbatical in seiner Kanzlei, um in seinem Rustico in der Maremma sein Leben neu zu ordnen, doch die Mordserie des vergangenen Jahres trieb ihn wieder zurück nach München. Acht Monate hielt er dort allein durch. Schließlich ging es nicht mehr. Er verkaufte panikartig das Haus in der Mondstraße und seine Anteile an der Kanzlei, um sich endgültig seinen alten Traum zu erfüllen: ein Leben in Italien. Da saß er nun in seinem Rustico auf dem Landgut Montecivetta etwas außerhalb von Morcone und spürte zum ersten Mal etwas, das womöglich Langeweile sein konnte. So ein seltsames Mischgefühl aus Trägheit und Unruhe, gewürzt mit einer Prise Ratlosigkeit. Was würde er nun mit seinem Leben in der Maremma anfangen? Wie seine Tage füllen?

Andere mochten mit Ende vierzig in der Lage sein,

ein Leben in Muße zu führen. Doch Robert Lichtenwald merkte, dass er nicht zu diesem Menschenschlag gehörte. Seine erste Erkenntnis aus seinem neuen Leben hier in der Maremma.

Er zuckte zusammen, als er Schritte auf dem Feldweg hörte, der sein Häuschen mit der Teerstraße verband. Der Lichtkegel einer Taschenlampe hüpfte über den Rasen. Im nächsten Moment ertönte eine sonore Stimme: »Guten Abend, *dottore*! Darf ich stören?« Ein Hüne in Kakihosen und hellem Leinenhemd trat an den Metalltisch und stellte eine Flasche Wein ohne Etikett auf die Glasplatte. »Das ist ein Guter, Robert. Sauberer, kräftiger Sangiovese. Der wird Ihnen schmecken. Sie wissen ja:

Rotwein ist für alte Knaben
eine von den besten Gaben.«

»Epikur?«, riet Lichtenwald, der die Vorliebe Luigi La Torres für Philosophen- und Schriftstellerzitate kannte.

»Falsch!« Der Hüne schmunzelte. »Da kommen Sie nie drauf.«

»Petronius?«

»Unsinn!«

»Giuseppe Gioacchino Belli?« Belli war ein römischer Mundartdichter, der für seine deftigen Verse bekannt war.

»Schon besser. Aber auch falsch. Die Antwort lautet: Wilhelm Busch!«

Lichtenwald blickte verblüfft zu dem Mann mit dem kahlen Schädel empor. »Sie kennen Wilhelm Busch?«

»Selbstverständlich! Wunderbarer Kerl, dieser Busch. Wurde ins Italienische übersetzt. *Max e Moritz*, *La pia Elena* … Ich habe seine Bücher in meinem Taubenschlag.«

La Torre, in Morcone allgemein nur »der Philosoph«

genannt, wohnte in einem steinernen Taubenhaus auf Gut Montecivetta. Alle Versuche wohlmeinender Mitbürger, ihn zum Umzug in ein bequemeres Heim zu bewegen, wehrte er mit dem Argument ab: »Wenn Diogenes eine Tonne genügte, reicht mir ein Taubenschlag allemal.«

Robert lachte vergnügt bei dem Gedanken an Wilhelm Busch, in dessen Büchern er als Kind geschmökert hatte. »Setzen Sie sich doch! Ich hole Ihnen ein Weinglas.«

»Trinken Sie nicht mit?«

»Ich habe schon am Nachmittag zwei, drei Gläser von meinem Weißen getrunken. Das muss reichen.«

»Ts, ts, ts.« Der Philosoph schüttelte den Kopf. Dann rezitierte er in gebrochenem Deutsch:

»Ohne Wein und ohne Weiber
hol' der Teufel uns're Leiber.«

»Warten Sie ... das ist von Goethe?«

»Immerhin den erkennen Sie.«

Später beim Wein sagte La Torre: »Um ehrlich zu sein, ich bin nicht zufällig hier. Ich mache mir Sorgen um Sie, mein Freund. Sie igeln sich ein. Sie sitzen allein hier herum mit Ihren Pflanzen und tun – nichts. Außer ein bisschen Gartenarbeit. Das bekommt niemandem!«

Lichtenwald brach in Gelächter aus. »Aber was machen Sie denn in Ihrem Taubenschlag?«

»Ich?« La Torre blickte Lichtenwald entgeistert über den Rand seines Glases hinweg an. »Ich philosophiere!«

»Aber Sie sind auch ganz allein!«

»Keineswegs. Ich bin umgeben von geistvollen Burschen wie Aristoteles oder Ihrem Landsmann Schopenhauer. Und von spaßigen Gesellen wie Wilhelm Busch. Da bin ich doch nicht allein!«

»Und ich bin umgeben von Engelstrompeten, Rosmarinbüschen und Steineichen. Ich bin auch nicht allein. Außerdem heißt es doch: Die einzige Gesellschaft, in der man es aushalten kann, ist man selbst.«

»Hm, das klingt tatsächlich nach Schopenhauer …«

»Falsch!«, triumphierte Lichtenwald. »Oscar Wilde. Aber im Ernst: Ich habe gerade selbst darüber nachgedacht, dass ich nicht ewig hier im eigenen Saft schmoren möchte. Ich muss mir eine Beschäftigung suchen.«

»Wen Gott liebt, dem gibt er eine Aufgabe.«

»So ist es. Ich habe schon darüber nachgedacht, Deutschen und anderen Ausländern beim Kauf und bei der Verwaltung ihrer Ferienhäuser in der Toskana zu helfen. Schließlich bin ich Anwalt.«

»Wie prosaisch!«, protestierte La Torre. »Liegenschaftsverwalter für gelangweilte Wohlstandsbürger, für die die Toskana das ist, was für Marie Antoinette ihr Bauerndorf in Versailles war: Spielzeug. Warum machen Sie nicht etwas Schönes? Malen zum Beispiel?«

»Hab ich versucht. Aber ich kann nicht malen.«

»Dann lernen Sie es.«

»Ach, Luigi, was reden Sie da. Ein bisschen rumpinseln, das ist doch keine Aufgabe für einen Mann in den besten Jahren!«

»Sie sprechen von wem?«

»Von mir.«

»Hm.« La Torre musterte Lichtenwald mit wohlwollendem Missfallen. »Sie sind ein wenig dicklich geworden seit dem vergangenen Jahr. Treiben Sie noch Sport?«

»Ich habe es vor. Ich werde wieder mit dem Joggen anfangen. Muss ja herrlich sein hier in den Hügeln.«

Der Philosoph leerte schweigend sein Glas. Dann stand

La Torre auf und sagte zum Abschied: »Ich werde mir was für Sie einfallen lassen.«

»Da bin ich aber gespannt«, sagte Lichtenwald und winkte seinem Freund nach.

DREI

Giada erwachte, als ein lang gezogenes *»Ioooo – o Io«* aus ihrem Smartphone tönte. Dann begann Gianna Nannini mit rauchiger Stimme zu singen: *»Io che non ho capito niente.«* Giadas Wecksong. Sie tippte auf ihr Handy: 5.30 Uhr. Dann fiel es ihr ein: das Treffen mit *maggiore* Laganà. Sie zog die Vorhänge zurück und öffnete die Balkontür des Apartments im Aurelio-Viertel, das ihre alte Studienfreundin Giulia bewohnte. Giada übernachtete bei ihr, wenn sie in Rom recherchierte. Ihr Sohn Leo war inzwischen groß genug, um auch mal eine Nacht allein in Morcone zurechtzukommen. Die furchtbaren Erlebnisse im vergangenen Jahr, als ein Serienmörder Leo entführt hatte, hatten ihn schlagartig erwachsen werden lassen. Ein anderer Junge wäre daran zerbrochen, er jedoch wurde stärker, dachte Giada nicht ohne Stolz.

Sie trat auf den Balkon im vierten Stock des ruhig gelegenen Mehrfamilienhauses. Im Osten war der Himmel bereits von der aufgehenden Sonne erleuchtet. Die Luft war klebrig und viel zu heiß für diese Stunde. Giada schlich barfuß in die Küche und machte sich einen doppelten Espresso. Sie zog löchrige Jeans und ein T-Shirt an – Laganà sollte sich nicht einbilden, dass sie sich für den Termin bei ihr besonders zurechtmachte. Dann schloss sie leise die Tür und verließ das Haus.

In ihrer *ape* rumpelte sie die Via Gregorio Settimo hinunter, die Schlaglöcher und Pinienwurzeln rüttelten Giada wach. Noch waren kaum Autos unterwegs. Rom stand eher spät auf, zumal im August, wenn die meisten Familien entweder am Meer oder in den Bergen waren. Unten am Tiber bog sie in den Lungotevere Gianicolense ein, der sie am Fluss entlang nach Trastevere brachte. Es war erst halb sieben. So bummelte sie noch eine Weile kreuz und quer durch die Gassen des ehemaligen Handwerker-, Händler- und Arbeiterviertels, das längst ein Eldorado geworden war für Touristen, Nachtschwärmer und Menschen, die einen auf Künstler machen wollten und das Geld hatten, mehr als eine halbe Million Euro für eine 70-Quadratmeter-Wohnung hinzublättern. Dennoch hatte sich Trastevere mit seinen feuerfarbenen Häusern, von denen der Putz bröckelte, den weinüberwachsenen Fassaden, Blumenkübeln, Handwerksbetrieben, Bäckern, halbwilden Katzen und kopfsteingepflasterten Gassen einiges an Charme bewahrt, zumal zu dieser frühen Stunde, da sich die Movida, das römische Nachtleben, endlich schlafen gelegt hatte.

Um Punkt sieben klingelte Giada an einem Gitter, das in einen Torbogen des ehemaligen Franziskanerklosters an der Via Anicia eingelassen war. Sie hinterlegte ihren Personalausweis und wurde in ein Wartezimmer geführt. Neugierig trat sie auf den eleganten, langen Flur hinaus. Auf dem Marmorfußboden lagen Orientteppiche. In Glasvitrinen standen griechische Vasen, etruskische Grabbeigaben und bemalte Holzengel aus der Renaissance. An die schäbigen Polizei- und Carabinieri-Wachen des Landes gewöhnt, war Giada verblüfft von der Grandezza dieser Kaserne.

»Gefällt es Ihnen bei uns?«, fragte eine warme Frauenstimme in ihrem Rücken. *Maggiore* Laganà kam auf sie zu. Die beiden Frauen zögerten kurz und begrüßten sich dann mit einer Umarmung. »Gehen wir in mein Büro«, sagte Laganà. *»Caffè?«*

Kurz darauf schaute sich Giada in dem modernen Büro im alten Gemäuer um. Der Schreibtisch war peinlich aufgeräumt. Nur ein silberner Kugelschreiber und zwei Sonnenbrillen lagen darauf. In einem Bücherregal standen Kunstbände, an der Wand gegenüber hing ein Bild von Joan Miró. »Eine Fälschung«, sagte Laganà.

Während die beiden Frauen den heißen Espresso aus Plastikbechern schlürften, musterten sie sich lange. Schließlich ergriff Laganà als Erste das Wort: »Ich will ganz ehrlich sein: Ich habe Sie nicht in erster Linie hierher gebeten, um Sie zu informieren.«

»Sondern?«

»Um Sie zu warnen.«

»Wovor um Himmels willen?«

»Zunächst einmal vor sich selbst.«

Giada zog ihre sorgfältig gezupften, zu zwei kräftigen schwarzen Strichen geschminkten Augenbrauen hoch. Die beiden Hexen an ihren Ohrläppchen sprangen verärgert auf und ab.

»Giada«, sagte die Offizierin und legte ihr eine Hand auf den Arm. »Ich weiß, Sie sind mutig, leidenschaftlich und klug. Aber Sie sind auch stur, unberechenbar und leichtsinnig. Statt uns Carabinieri die Arbeit machen zu lassen, haben Sie sich im vergangenen Jahr mehrfach in Lebensgefahr begeben. Und auch Ihren Sohn ...«

Giada zog ruckartig den Arm zurück. »Lassen Sie Leo aus dem Spiel. Ich und Robert Lichtenwald waren es, die ihn gefunden haben. Hätten wir auf Sie gewartet, wäre er nie entdeckt worden.« Wenn es um ihren Sohn ging, verstand Giada keinen Spaß.

»Hätten Sie uns ungestört arbeiten lassen, wäre Leo gar nicht erst entführt worden«, sagte Laganà. »Und jetzt hören Sie mir bitte zu.«

Giada starrte auf das Wappen, das unter dem Foto des Staatspräsidenten an der Wand hinter dem Schreibtisch hing. Ein goldener Tempel, der dem Pantheon glich, und davor dieser Feuer spuckende Drache, der offenbar furchterregend wirken sollte, aber aussah, als sei er einem Kinderbuch entsprungen.

»Wie Sie sicher bereits wissen«, fuhr Laganà fort, »handelt es sich bei dem Ermordeten aus der Via Ristori um Annibale Colasanti, einen reichen Exzentriker und Kunstsammler.«

Giada nickte.

»Und wie ich Ihnen ja schon gesagt habe, ist das Carabinieri-Kommando für den Kulturgüterschutz eine hoch spezialisierte Eliteeinheit, die weltweit als Vorbild im Kampf gegen Grabräuber, Kunstdiebe, Hehler und Fälscher dient. Wir fahnden bei Auktionen und auf Internetseiten, beschlagnahmen gesuchte Objekte, überwachen archäologische Stätten, zum Beispiel auch im Nahen Osten, verbessern die Sicherheitssysteme von Museen und Archiven und bilden Kollegen aus anderen Staaten aus. Ich arbeite hier mit Archäologen, Kunsthistorikern und IT-Experten zusammen. Um es kurz zu machen: Sie können Gift darauf nehmen, dass wir in diesem Fall all das längst wissen, was Sie durch eigene Recherchen erst mühselig herausbekommen könnten.«

Giada verschanzte sich hinter einem spöttischen Lächeln und wiegte zweifelnd den Kopf.

»Außerdem mögen wir es nicht, wenn uns ins Handwerk gepfuscht wird«, sagte Laganà streng. »Und nun zu meiner zweiten Warnung: Wir haben Indizien, dass hinter dem Überfall auf Colasanti äußerst gefährliche Auftraggeber stecken. Die Kunstmafia, ein florierender Zweig des organisierten Verbrechens, agiert hier womöglich im Dienst internationaler Sammler, die vor nichts zurückschrecken, um außergewöhnliche Stücke an sich zu bringen.«

»Und Colasanti besaß solche hammermäßigen Teile?«

»Sie brauchen nicht auf junge Proletin zu machen, das nimmt Ihnen keiner ab, Giada. Ja, Colasanti besaß solche Schätze.«

»Woher wissen Sie das?«

»Ich will Ihnen etwas zeigen.« Laganà schaltete ihren Computer ein und winkte Giada hinter ihren Schreibtisch. Zwei Mausklicks – und auf weißem Hintergrund erschienen Fotos von einem guten Dutzend Madonnen-Gemälden. Ein weiterer Klick, und die Vergrößerung eines Bildes des Barockmalers Sassoferrato war zu sehen, ergänzt durch eine Beschreibung der Darstellung sowie Informationen über Maltechnik, Material, Größe des Bildes, letztem Aufenthaltsort und Datum des Verschwindens. »In dieser Datenbank sind mehr als eine Million gesuchte Objekte aus aller Welt verzeichnet, und sie wird, auch mithilfe von Interpol, ständig aktualisiert.«

Giada unterdrückte ein Lächeln. Da wollte die Carabiniera sie doch eigentlich aus dem Fall draußen halten, und nun erzählte sie ihr so viel. Offensichtlich ging der Stolz auf ihre Spezialeinheit mit ihr durch. »Beeindruckend«, sagte Giada leichthin. »Aber was hat das mit unserem Opfer zu tun?«

»Seine Wohnung gleicht einer Kunstgalerie, voller Plastiken von der Antike bis in die Renaissance. Colasanti umgab sich mit schönen, nackten Marmorkörpern erlesener Qualität. Aphrodite, Helena, Venus, David, Apollo, Narziss. Allerdings …« Laganà zog die Augenbrauen zusammen.

»Ja?«, ermunterte sie Giada mit einem Nicken.

»Wir haben bereits einige der Kunstwerke mit unserer Datenbank abgeglichen: Manche sind als gestohlen gemeldet oder als auf anderem Weg verschwunden aufgeführt. Colasanti muss sie sich auf dem Schwarzmarkt beschafft haben. Andere Objekte stammten offenbar aus illegalen Grabungen, an manchen waren noch Erdspuren zu sehen. Unser Sammler fand das womöglich romantisch. Schon erstaunlich, was so ein bekannter Mann da heimlich getrieben hat.«

»Aber Sie haben doch gerade gesagt, dass hinter dem Überfall auf Colasanti die Kunstmafia steckt. Wieso hat die dann all das wertvolle Zeug nicht mitgenommen?«

Laganà seufzte. »Das müssen wir noch herausfinden.«

»Wurde denn überhaupt irgendetwas geklaut?«

»Offensichtlich ja. Eine Vitrine war zerschlagen. Sie stand im Zentrum des größten Raumes. Unter den Splittern lag ein Leintuch. Die Spurensicherung sagt, dass die Vitrine damit abgedeckt war.«

»Und was war in der Vitrine?«

»Das wissen wir noch nicht. Doch was immer es war: Die Täter hatten es vermutlich genau darauf abgesehen.«

»Klingt spannend«, sagte Giada nachdenklich. Dann schoss sie eine Salve Fragen ab: »Wie kam der Täter denn ins Haus? Wie hat er Colasanti umgebracht? War die Wohnung nicht gesichert? Lebte er allein?«

»Er lebte allein. Mehr kann ich Ihnen jetzt wirklich nicht verraten.«

»Na, dafür, dass Sie mich nicht informieren wollten, haben Sie mir ganz schön viel erzählt«, sagte Giada fröhlich. »Darf ich es verwenden, ich meine journalistisch?«

»Ja. Vielleicht hilft es uns, wenn das alles bekannt wird. Womöglich weiß ein Freund oder Bekannter Colasantis, was in der Vitrine war, und kann uns weiterhelfen. Aber schreiben Sie ja nicht, dass Sie das von den Carabinieri wissen. Sonst macht uns Cesare Colasanti, der Bruder des Toten, die Hölle heiß. Sie könnten die Infos ja auch von der *Polizia di Stato* haben ...« Die Offizierin zwinkerte ihr zu.

»Verstanden.« Giada lächelte.

»Und – eine Gegenleistung möchte ich von Ihnen.«

Giada zog die Augenbrauen hoch.

Laganàs Stimme wurde schneidend. »Halten Sie sich aus den Ermittlungen heraus. Keine eigenmächtigen Aktionen. Ich habe keine Lust, Sie eines Tages in Ihrer verbrannten *ape* identifizieren zu müssen.«

Giada erschauerte, als sie daran dachte, was das für Leo bedeuten würde. Sie wurde ganz ernst. »Danke, dass Sie so offen mit mir sind. Aber Sie haben Ihre Berufsehre, und ich habe meine. Ich bin Reporterin. Sobald ich aus Angst aufhöre zu recherchieren, muss ich meinen Beruf an den Nagel hängen.«

»Ich kann Sie ab und an auf den neuesten Stand in dieser Sache bringen.«

»Das reicht nicht. Ich bin nicht das Sprachrohr der Carabinieri, selbst wenn es sich um eine Eliteeinheit handelt. Aber ich will Ihnen auch etwas geben für Ihre Infos: vielleicht eine weitere Spur.«

Laganà horchte auf.

»Ich war gestern Morgen an der Fontana Paola auf dem Gianicolo-Hügel. Man hatte uns anonym eine Aktion angekündigt. Der Brunnen war blutrot gefärbt. Und dann waren da Flugblätter, die vom Brunnenmonument regneten. Eine ›Futuristische Partei der Schönheit‹ kündigte an, Kunstwerke aus privaten Sammlungen zu befreien und dem Volk zugänglich zu machen. Und kurz vorher wird ein privater Sammler überfallen und eines seiner Kunstwerke geraubt … Wer weiß, vielleicht könnte es da ja einen Zusammenhang geben.«

Laganà machte sich Notizen. »Ich habe von der Aktion der Futuristen gehört. Aber das sind doch eher harmlose Spinner, denke ich. Wobei, das mit der ›Befreiung von Kunstwerken‹ ist schon seltsam, ja. Wir werden das überprüfen.« Ihre Smartwatch piepste auf. »Aber nun muss ich Sie verabschieden, Giada. Jetzt kommen die Mongolen.«

»Oje«, rief Giada, »ich dachte, die wurden vor achthundert Jahren in Polen gestoppt.«

Laganà lachte. »Es ist eine Polizeidelegation aus Ulan Bator. Sie bekommen einen Einblick in unsere Arbeit.«

»Dann bin ich beruhigt«, sagte Giada lächelnd, stand auf und schlug ihre Sneakers zusammen. »Melde mich ab, *maggiore*.«

»Und denken Sie an meine Warnung. Es ist gefährlich und sinnlos, hier auf eigene Faust zu recherchieren.«

»Wir werden sehen.«

Giada stieg in ihre *ape* und befahl ihrem Handy, Gianna Nannini zu spielen. Zu den Klängen von *Avventuriera* fuhr sie durch das sommerleere Rom hinaus Richtung

Morcone. Sie war prächtiger Laune und grölte mit: »... *e ho una corsa dentro che non so fermare* ...« Sie mochte die trotzig-rebellischen Songs der Bäckerstochter aus Siena, und sie mochte die schneidige Majorin Laganà. Das Gespräch war recht ergiebig gewesen. Giada hatte genug Stoff für einen ersten Artikel über den Fall Colasanti. Sie konnte darin etwas über die Arbeit der Kultur-Carabinieri erzählen und auch die mysteriöse Aktion der Futuristen an der Fontana Paola einbauen. Womöglich gab es da ja tatsächlich eine Verbindung. Während sie die Via Aurelia entlang nach Norden fuhr, vorbei an sonnengedörrten Feldern und den staubgrün bewaldeten Tolfa-Bergen, freute sie sich auf einen gemeinsamen Abend mit ihrem Sohn. Spontan zog sie ihr Handy hervor und rief ihn an.

»Mama?«, fragte er gedehnt.

Giada achtete nicht weiter darauf. Jungs in dem Alter waren manchmal etwas spröde. »Schatz«, flötete sie, »ich bin auf dem Weg nach Hause und freu mich auf dich. Sollen wir heute Abend in Morcone Pizza essen gehen oder nach Grosseto ins Kino fahren? Du hast ja Ferien.«

»Das geht schlecht, Mama. Gustavo hat mich für die Sommerwochen an den Bolsenasee eingeladen. Seine Familie hat doch da ein Ferienhaus. Sie holen mich schon am Mittag ab. Ich freu mich so. Wir können schwimmen, segeln und angeln ...«

»Was?« Giada erschrak selbst über ihre schrille Stimme. »Du verbringst die Sommerferien nicht hier bei mir in Morcone? Und das erzählst du mir jetzt?«

»Ich wollte es dir ja erzählen, Mama, aber du bist ja nie da. Und ...« Er stockte.

»Und?«

»Ich hatte Angst, dass du es mir nicht erlaubst.«

Giada wollte gerade loszetern, dass sie das in der Tat nicht werde und dass er den Bolsenasee vergessen könne. Doch dann fiel ihr ein, wie sie in diesem Alter gewesen war. Dass sie nur wegwollte, raus in die Welt. Und wie es sie genervt hatte, wenn ihre Eltern sie zurückhielten. Sie seufzte. »Also gut, Leo. Es würde vermutlich tatsächlich langweilig für dich die ganzen Wochen in Morcone. Zumal ich viel arbeiten muss, denn einige Kollegen sind im Urlaub. Also – fahr an den See, in Gottes Namen!«

»Du bist die beste Mama der Welt«, entfuhr es Leo. »Und du kannst mich natürlich besuchen.«

»Das werde ich tun«, sagte Giada und war sich nicht sicher, ob ihr Sohn sich über diese Nachricht freute.

Später half sie Leo beim Packen, was er eher widerwillig duldete. Als es an ihrem schmalen Häuschen an der nördlichen Stadtmauer von Morcone klingelte, wollte sie ihm die Reisetasche hinaustragen.

»Mama«, knurrte Leo, »jetzt werd bitte nicht peinlich.« Er drückte seiner Mutter einen flüchtigen Kuss auf die Wange und stürmte hinaus.

Giada sah ihm nach. Aus Kindern wurden Leute. Womöglich würde sie bald allein in Morcone leben. Sie setzte sich in ihre Schreibstube unter dem Dach und öffnete das Doppelfenster, um den Sommertag hereinzulassen. Sie liebte dieses Zimmer mit dem Dielenboden und den Deckenbalken aus Kastanienholz. Hier, inmitten überquellender Bücherregale und von Stapeln alter Zeitschriften konnte sie nachdenken und schreiben. Die Aussicht ging zwar nicht Richtung Meer, aber der Anblick der sanften Hügel der Maremma war ein guter Ersatz. Weißgelbe Stoppelfelder kontrastierten mit dunkleren Hängen, die mit Olivenbäumen gesprenkelt waren. Hier und da streckte eine Zypresse den Finger gen Himmel, der sich am Horizont mit graublauen Gewitterwolken bezog.

Es war Zeit, Cesare Colasanti mit dem Mord an seinem Bruder zu konfrontieren. Michele hatte ihr nur widerwillig dessen Handynummer gegeben und sie eindringlich gebeten, behutsam vorzugehen. Giada war es nicht angenehm, den reichen Gönner ihrer Zeitung in Bedrängnis zu bringen, aber auch das gehörte zum Job.

»Pronto!«, meldete sich Cesare Colasanti.

Giada stellte sich vor und erklärte, sie recherchiere im Mordfall seines Bruders.

»Und was hab ich damit zu tun?«

»Nun ja, er war immerhin Ihr …«

»Genau! Er war einmal mein Bruder. Aber das ist schon lange her. Er hat nichts als Ärger und Schande über unsere Familie gebracht. Gut, dass unser armer Vater das nicht mehr erleben musste.«

»Um Himmels willen«, sagte Giada. »Was hat er denn getan?«

»Was er getan hat? Das will ich Ihnen erzählen, aber nur für Ihren Hintergrund, ist das klar? Wenn Sie mich reinlegen, lasse ich Sie feuern.«

»Das dürfte nicht nötig sein. Ich bin eine Journalistin, die sich an Absprachen hält. Da können Sie sich gern in der Chefredaktion des *Mercurio* erkundigen«, sagte Giada spitz.

»Schon gut. Ich bin nur für Klarheit. Annibale war einmal ein ernsthafter junger Mann. Sehr klug, sehr begabt. Wir hatten vor, ihn für die Politik aufzubauen, damit das römische Bürgertum endlich mal wieder einen anständigen Vertreter bekäme. Doch Annibale hatte schon als Jugendlicher auch so eine versponnene Seite. Beschäftigte sich hingebungsvoll mit der Schönheit in der Kunstgeschichte und so Zeug, verkehrte in seltsamen rechtssektiererischen Kreisen und ging lieber reiten, anstatt sich ernsthaft in die Stadtpolitik zu stürzen. Auch wenn er ständig davon redete. Dann warf ihn eine gescheiterte Beziehung völlig aus der Bahn.«

»Eine Beziehung mit wem?«

»Das tut hier nichts zur Sache. Tragische Geschichte jedenfalls. Danach wurde mein Bruder zu einem peinlichen Exzentriker. Er fuhr vulgäre Rennwagen, kleidete sich altrömisch, sammelte Kunst und amouröse Abenteuer. War ständig in der Klatschpresse. Sie können sich vorstellen, wie unangenehm das für mich war. Und dann bildete er sich auch noch ein, ein begnadeter Reiter zu sein und auf Turniere gehen zu müssen. Ein Reitunfall hat dem allen ein Ende gesetzt.« Cesare Colasanti keuchte vor Empörung.

»Und dann?«, fragte Giada leise.

»Dann verkam er vollkommen. Er igelte sich in seiner Wohnung ein und pflegte keine Freundschaften mehr. Statt selbst Politik zu machen, begnügte er sich damit, aus dem Hintergrund Skandale loszutreten und alle Welt der Korruption anzuprangern. Doch damit stärkte er nur die radikalen Kräfte, was er vielleicht gerade bezweckte. Sonst beschäftigte er sich nur noch mit antiker Kunst und, wie ich hörte, mit einem widerlichen Laster. Er ließ …«

»Ja?«

»Ich will nicht mehr daran denken, und Sie brauchen das auch gar nicht zu wissen. Es genügt, dass Sie ungefähr erahnen können, was für ein Mensch mein Bruder war. Und warum mich sein Tod, ehrlich gesagt, wenig erschüttert.«

»Wann haben Sie ihn zum letzten Mal gesehen?«

»Das ist lange her. Jahre. Nach dem Reitunfall habe ich mich um ihn kümmern wollen. Doch als er sich dann so veränderte, habe ich den Kontakt abgebrochen.«

»Haben Sie irgendeine Ahnung, wer ihn umgebracht haben könnte?«

»Keine konkrete. Aber er hatte sehr wertvolle Antiquitäten bei sich zu Hause und verkehrte mit zweifelhaften Leuten. Da kommen genug Täter in Betracht.«

Nach dem Telefonat klappte Giada ihr Notebook auf und begann mit ihrem Artikel. Arbeitstitel: »Tödliche Kunst«. Sie berichtete über den Mord an Annibale Colasanti und verschwieg nicht, dass er der Bruder von Cesare, dem Mäzen des *Mercurio* war. Aber natürlich verriet sie nichts von dem, was Cesare Colasanti ihr anvertraut hatte. Sie führte vielmehr aus, die Wohnung des Opfers gleiche einem Kunstmuseum, aber nur ein einziges, bisher nicht identifiziertes Werk sei verschwunden. Und sie fügte hinzu, dass wohl einige Antiquitäten des Opfers dubioser Herkunft seien. Die *Polizia di Stato* ermittle. Von den Kultur-Carabinieri schrieb Giada dagegen kein Wort. Sie musste Laganà, ihre Quelle, schützen. Während sie die Sätze in die Tastatur ihres Notebooks hackte, grübelte sie darüber nach, wie seltsam es war, dass der Mörder nur ein einziges Kunstwerk mitgenommen hatte. Was es wohl war? Es schien jedenfalls so wertvoll oder zumindest so speziell zu sein, dass die Täter deswegen einen Menschen umbrachten. War das diesen Futuristen zuzutrauen?

Nach einigem Nachdenken fügte sie ein paar vorsichtige Sätze über die Partei der Schönheit hinzu. Nach zweieinhalb Stunden war sie fertig und sandte den Artikel direkt ins Redaktionssystem des *Mercurio.*

Winzige Schweißtropfen benetzten ihr sommerbraunes Gesicht. Es mochten an die vierzig Grad sein. Und sie hatte keine Klimaanlage. Giada ging ins Bad, ließ die Wanne mit kaltem Wasser volllaufen und setzte sich zehn Minuten hinein, bis sie spürte, wie die Kälte in ihre Knochen drang. Danach fühlte sie sich frisch und tatendurstig. Was würde sie mit ihrem Abend anfangen? In Morcone waren im Hochsommer praktisch alle ihre Freunde verreist. Sie konnte mit ihrer *ape* hinunter an den Strand von Osa fahren, doch da war jetzt alles voller Camping-Touristen. Oder allein nach Grosseto ins Kino? Zu heiß. Mit jemandem zum Essen gehen? Mit wem? Es müsste jemand sein, mit dem sie über den Fall Colasanti reden könnte. Denn der würde ihr jetzt nicht mehr aus dem Kopf gehen.

Giada ging in Gedanken ihre Freunde und Freundinnen durch. Wer nicht weg war, musste arbeiten, in den Restaurants und Bars des Ortes. Aber was war eigentlich mit Robert Lichtenwald, ihrem deutschen Bekannten, der mittlerweile ganz in seinem Rustico auf Gut Montecivetta lebte? Warum meldete der sich eigentlich nie?

Gemeinsam hatten sie im vergangenen Jahr nach dem Serienmörder von Morcone gesucht, auf dessen Todesliste sie selbst standen. Dabei waren sie einander nähergekommen, so nahe, wie ein phlegmatischer Deutscher und eine sanguinische Italienerin sich unter solchen Umständen kommen konnten. Aber eben nicht noch näher. Giada hatte geradezu physisch gespürt, wie Roberts abgängige Ehefrau zwischen ihnen stand, obwohl oder vielleicht gerade weil sie verschwunden blieb. Zusammen hatten sie schließlich den Conte di Montecivetta als Serienmörder enttarnt. Der saß nun im Hochsicherheitsgefängnis von Parma den Rest seiner Tage ab. Robert war nach München zurückgekehrt, um seine Arbeit als Anwalt wiederaufzunehmen, wie er sagte, in Wahrheit aber, wie sie wusste, mit der Hoffnung, sich mit Stefanie auszusöhnen. Und um für seine Tochter Lea da zu sein, wenn diese aus Lateinamerika zurückkam. Giada kannte Lea noch nicht. Leider. Es musste ein tolles Mädchen sein. Zupackender als ihr Vater.

Giada hatte mit Robert einen losen Mail-Kontakt aufrechterhalten. Kurze, nichtssagende Nachrichten, die immer kürzer wurden. Sie hatte den Eindruck, dass er ihr auswich. Und dann war Robert im März plötzlich zurückgekommen. Sie waren sich vor der Bäckerei quasi in die Arme gelaufen und auf ein Bier gegenüber in die Bar Roma gegangen. Sie hatten vereinbart, etwas zu unternehmen, einen Ausflug zu den heißen Quellen von Saturnia vielleicht, doch dazu war es nie gekommen. Robert hatte sich in seinem Rustico vergraben und war kaum mehr in Morcone aufgetaucht.

Sollte sie beleidigt sein und den Abend allein verbringen? Das war nicht ihre Art. Lieber wollte sie herausfinden, was mit Robert los war. Und war er, der erfolgreiche Strafverteidiger, nicht auch der ideale Gesprächspartner, um über den Mord an Colasanti zu reden? Giada spürte ein leichtes Ziehen im Bauch, als sie seine Stimme hörte: *»Pronto!«* Es klang vertraut – rachales R und geschlossenes O. Seine Aussprache hatte sich nicht verbessert.

»Pronto«, hauchte Giada übertrieben weich und verführerisch. »Ich habe einen Service für einsame Männer.«

»Wer sind Sie? Was wollen Sie?«, knurrte Lichtenwald irritiert.

»Ich begleite einsame Männer zum Essen. Wenn sie bezahlen«, hauchte Giada, ein Kichern unterdrückend.

»Was fällt Ihnen ein, hier bei mir anzurufen«, schimpfte Robert. »Das Letzte, was ich suche, ist eine Escortdame.«

Er wollte den Hörer aufknallen, als Giada losprustete: »Prüfung bestanden! Alles andere hätte mich auch sehr enttäuscht bei meinem seriösen deutschen *avvocato*. Zur Belohnung führe ich dich heute Abend in Morcone zum Essen aus – allerdings unter einer Bedingung.«

Nun lachte auch Robert. »Giada! Das ist natürlich etwas anderes. Aber was wäre die Bedingung?«

»Ich zahle!«

»Ist das verhandelbar?«

»Keineswegs.«

»Dann darf ich danach aber den Pisco Sour in der Bar Roma übernehmen.« Robert kannte Giadas Vorliebe für diesen Drink.

»Einverstanden.«

»Und wo treffen wir uns?«

»In der Trattoria Tramonto, um acht. Ich reserviere einen Tisch draußen auf der Gasse.«

»Frack oder Smoking?«

»Holzfäller-Look.«

VIER

Holzfäller-Look. Robert nahm Giada beim Wort. Also zog er eine olivgrüne Cargohose an und ein grobes, kariertes Hemd. Die Touristen in Morcone würden ihn für einen Waldarbeiter halten, der freitagabends auch mal was Anständiges essen wollte.

In der Via Garibaldi – jeder italienische Ort hat eine Straße nach dem Freiheitshelden benannt –, der von Natursteinpalazzi aus dem Mittelalter gesäumten Achse des Ortes, herrschte Hochbetrieb. Die Carabinieri sperrten die Straße im Sommer abends für Autos ab, sodass die Urlauber, die vom Meer her zum Abendessen hochkamen, ungestört flanieren konnten. Wobei es in Morcone nicht so wahnsinnig viel zu sehen gab, von der trutzigen Stadtmauer und ihren Wehrgängen und Türmen sowie dem Palazzo Aldobrandeschi an der Piazza einmal abgesehen. Dafür protzte Morcone mit seiner Restaurantszene. Ein halbes Dutzend ordentlicher bis sehr guter Trattorien konkurrierten miteinander. Allein vier von ihnen lagen an der Via Garibaldi und waren gut besucht von italienischen Großfamilien, deutschen Kleinfamilien und britischen Pärchen. Auch die Tische der Trattoria Tramonto waren alle besetzt. Lichtenwald sah sich um. Sein Blick blieb an einer elegant gekleideten *signora* hängen, die mit dem Rücken zu ihm saß. Sie trug ein enges, knielanges Kleid aus nachtblauer Seide und hatte das Haar hochgesteckt und unter einem Hütchen verborgen, was ihren Schwanenhals zur Geltung brachte.

Während Lichtenwald sich in den Anblick der fremden Schönen vertiefte, kam ein kräftiger Mann mit weißer Schürze aus dem Lokal. *»Buonasera, dottore«*, brüllte Mario Pianigiani, der Wirt, so laut, dass sich alle Gäste nach Lichtenwald umdrehten, auch die *signora* im blauen Seidenkleid. Es war Giada. Sie umarmten sich. Dann trat Giada zwei Schritte zurück, schüttelte den Kopf und sagte grinsend: »Du siehst ja aus wie ein Holzfäller! So kann ich nicht mit dir zu Abend essen.«

Die Gespräche an den anderen Tischen verstummten, Lichtenwald merkte, wie sein Gesicht heiß wurde. »Aber du hast doch ...«

Giada griff ihn am Handgelenk und zog ihn auf einen Stuhl an ihrem Tisch. »War nur ein Scherz mit der Holzfällerkleidung. Ich dachte nicht, dass du das ernst nimmst. Aber du gefällst mir so! Wie findest du mein Kleid?«

»Es sieht umwerfend aus, Giada«, sagte Lichtenwald. »Du siehst umwerfend aus. Aber warum hast du deine Haare versteckt? Und die Hexenohrringe abgenommen?«

»Ich liebe es, mich zu verwandeln und andere zu überraschen. Die Hexen sind von meiner Großmutter. Sie sollen mich warnen, wenn etwas nicht stimmt. Dann beginnen sie zu hüpfen. Aber bei dir brauche ich sie doch nicht – zurückhaltend, wie du bist. Typisch deutsch offenbar. Immerhin: Man fühlt sich sicher.«

Lichtenwald versetzte ihr einen Knuff auf die nackte Schulter. »Stille Wasser sind tief, sagt man in Deutschland.«

»Und das bedeutet?«

»Dass ich ein brandgefährlicher Bursche bin.«

Der Wirt trat an ihren Tisch. »Ich wähl euch was aus, einverstanden? Und was wollt ihr trinken? Einen Morellino di Scansano und stilles Wasser?«

Die beiden nickten. Kurz darauf stellte Sandra, die Nichte und Kellnerin Mario Pianigianis, einen Teller Crostini auf den Tisch. Dann schenkte sie einen granatroten Morellino in die Gläser.

Sie schwiegen, und Giada betrachtete Robert aufmerksam. Er hatte ein paar Kilo zugelegt, seit sie sich das letzte Mal gesehen hatten. Sein Gesicht war von einer gesunden Bräune. Doch etwas in seinem Blick irritierte sie. Etwas Unstetes, Flackerndes. Hatten die Erlebnisse vom vergangenen Jahr ihn noch mehr durcheinandergebracht als sie damals? Oder war es etwas anderes? »Du lebst nun seit einem halben Jahr hier in Morcone, und wir gehen das erste Mal zusammen essen. Was machst du eigentlich den ganzen Tag in deinem Rustico? Und warum hast du dich kein einziges Mal gemeldet? Nach dem, was wir vergangenes Jahr gemeinsam durchgemacht haben! Dir ist schon klar, dass ich verdammt sauer auf dich sein könnte?«

Robert lehnte sich zurück und legte die schwieligen Hände mit den Handflächen nach oben auf den Tisch. »Ich schufte wie Herkules. Siehst du?« Er spannte die Oberarme an, sodass sich die Muskeln unter dem Hemd abzeichneten. »Und hier!«

»Am Bauch auch?«, spottete Giada.

Er lächelte ergeben. »Ich wollte hier in der Maremma ja eigentlich ein besseres Leben anfangen. Bewusster, gesünder und so. Aber je mehr ich in Haus und Garten werkele, damit alles so wird, wie ich mir das vorstelle, umso größer wird mein Appetit. Ich muss inzwischen der beste Kunde im Alimentari sein. Und dann der Wein in den einsamen Nächten …« Robert lachte auf, als sei es ein Scherz. Doch seine Augen blieben ernst.

Mario Pianigiani stellte die Antipasti auf den Tisch. »Blätterteigrosen mit Artischocken, Pecorino und Sardellen gefüllt.«

Nachdem sie die Vorspeisen eine Zeit lang schweigend genossen hatten und der Wein sie ein bisschen gegen die Sorgen der Welt abgepuffert hatte, spürte sie eine Welle von Zuneigung in sich aufbranden. Sie legte die Hand auf Roberts Arm. »Ist es nicht ein Wunder, dass wir heute gesund und munter hier miteinander tafeln? Wir könnten jetzt auch auf dem Friedhof liegen. Es hat nicht viel gefehlt. Mich treibt der Conte di Montecivetta immer noch um. Besonders nachts in meinen Träumen. Hoffentlich wird er nie mehr aus dem Gefängnis entlassen. Ich würde sterben vor Angst!« Sie drückte seinen Arm fester. »Und wie geht es dir mit diesen Erinnerungen? Und wie lange willst du so weiterleben – allein in deinem Rustico? Vergraben in deine Projekte? Ohne ein Auge dafür, dass da draußen Menschen sind, die auch Aufmerksamkeit verdienen?«

»Der Graf von Montecivetta. Wenn ich ehrlich bin, versuche ich, so wenig wie möglich an ihn zu denken. Ich möchte mir von diesem Mann nicht meine Maremma kaputt machen lassen. Und ich war schon immer am glücklichsten, wenn ich ein Projekt hatte, in das ich mich mit Haut und Haaren stürzen konnte. Dann vergesse ich alles um mich herum, wie früher als Kind, wenn ich spielte. Für Stefanie und Lea war das sicher nicht immer leicht. Und«, nun nahm Robert ihre Hand in seine Hände, »es tut mir leid, wenn ich dich verletzt habe. Das wollte ich nicht. Du weißt doch, wie sehr ich dich mag.«

»Woher soll ich das wissen?«, sagte Giada und zog ihre Hand zurück. »Na, jedenfalls hast du jetzt ja viel Zeit.«

»Genau das ist das Problem«, sagte Robert prompt. »Mein Projekt ist abgeschlossen. Das Rustico ist so geworden, wie ich mir das immer erträumt habe. Schön hergerichtet, aber im alten Stil. Bequem, aber rustikal. Und erst der Garten. Du musst dir meinen Garten anschauen!«

»Mach ich gerne irgendwann, falls einmal eine Einladung von dir kommen sollte. Wobei mich Menschen eigentlich mehr interessieren als Pflanzen. Und was hast du als Nächstes vor?«

Robert zerkrümelte ein Stück Weißbrot zwischen Daumen und Zeigefinger. »Was würdest du denn an meiner Stelle tun?«

»Genieß dein Leben!«

»Das versuch ich. Aber wenn du jeden Tag schläfst, bis du aufwachst, gut isst und trinkst, ohne Verpflichtungen lesen, spazieren gehen, an den Strand fahren kannst – dann wird das irgendwann öde. Dann wird es verdammt schwer, das Leben zu genießen.«

»Deine Sorgen will ich haben! Vielleicht hätte ich ja eine Aufgabe für dich. Ich recherchiere da gerade an einem Kriminalfall ... Aber womöglich brauchst du ja auch einfach nur eine Freundin.«

Robert zuckte zusammen. Doch bevor er über eine Antwort nachdenken konnte, platzte Mario in ihr Gespräch: »Und, wie hat es euch geschmeckt?«

»Großartig«, sagten Giada und Robert synchron.

»Dann wartet erst mal, was jetzt kommt.« Er platzierte zwei Teller Spaghetti mit orangerotem Sugo vor die beiden.

»Bolognese?«, fragte Robert mit kaum verhohlener Enttäuschung.

»Ts, ts, ts. Das sind *Spaghetti alla buttera* – auf Cowboyart, wie man bei uns sagt. Der Sugo besteht aus den Schätzen dieser Erde: Wurst vom Haus- und vom Wildschwein, Pecorino, Tomaten, Oliven und natürlich Olivenöl. *Buon appetito!*«

Giada bemerkte zufrieden, dass Robert die Spaghetti inzwischen wie ein Italiener um die Gabel ringelte. Er hatte Integrationsfortschritte gemacht seit vergangenem Jahr. »Sag mal, Robert, bereust du es manchmal, dass du München verlassen hast und hierhergezogen bist?«

»Überhaupt nicht«, antwortete er spontan. »In München kam ich mir vor wie eingemottet. Ohne Stefanie, ohne Lea.«

»Aber dein Beruf als Strafverteidiger – den hast du dir doch ausgesucht. Und es ist sicher ein toller Beruf. Du setzt dich für andere Leute ein, damit sie fair behandelt werden. Wenn das nicht befriedigend ist ...«

Robert wiegte den Kopf. »Das war einmal.«

»Es langweilt dich heute?«

»So einfach ist es nicht.« Robert tunkte mit einem weiteren Stück Weißbrot die Reste des Sugo auf und schwieg.

»Ich zum Beispiel langweile mich häufig«, sprudelte Giada los. »Vor allem in diesem Kaff hier, in dem das Aufregendste, was passiert, die *Sagra del Baccalà* ist, das jährliche Stockfischfest ...«

»Denk an die Morde.«

»Das war vergangenes Jahr. Das wird sich nie wiederholen. Zum Glück! Aber erzähl mir endlich, warum du kein Strafverteidiger mehr sein willst.«

»Das ist eine lange Geschichte.«

»Dann erzähl sie kurzweilig.«

»Vor sechs Jahren hatte ich einen Mordfall. Mein Mandant war angeklagt, einen Schüler entführt und später stranguliert zu haben, nachdem eine Lösegeldübergabe gescheitert war.«

»Aber der Typ war unschuldig, und du hast ihn rausgehauen?«

»Nicht so schnell. Es gab einige Indizien gegen ihn und Ungereimtheiten in seinen Aussagen. Ich hatte so ein Gefühl, dass er den Jungen ermordet hatte, auch wenn es keine schlagenden Beweise gegen ihn gab.«

»Warum hast du ihn dann verteidigt?«

»Wie gesagt, es war nur so ein Gefühl. Und als Anwalt ist es meine Aufgabe, meinen Mandanten bestmöglich zu verteidigen. Das habe ich getan. Und …«, Robert zögerte kurz und nahm einen Schluck Rotwein, »… es hat mich schon auch gereizt, meine Erfahrung und mein Können auszuspielen, um diesen Fall zu gewinnen, der zunächst aussichtslos erschien …«

»Was macht denn das ›Können‹ eines guten Anwalts aus?«, unterbrach ihn Giada.

»Als guter Jurist brauchst du Fantasie.«

»Fantasie? Bei Juristen?«

»Exakt.«

»Kaum zu glauben!«

»Als Strafverteidiger kommt noch was hinzu: die Fähigkeit, sich an Details zu erinnern. Manche haben das Glück, von Natur aus mit einer Art fotografischem Gedächtnis ausgestattet zu sein. Andere, wie ich, mussten sich das mühsam antrainieren.«

»Kann man das denn?«

»Ein bisschen schon. Durch Konzentrationsübungen,

Meditation, genug Bewegung. Weniger Alkohol ist auch nicht schlecht.« Robert nippte an seinem Wein.

»Wenn ich als Reporterin eine Geschichte aufschreibe, will ich mich manchmal unbedingt an ein bestimmtes Detail erinnern, die Augenfarbe eines Menschen zum Beispiel, aber oft gelingt mir das einfach nicht.«

»Ich habe es mal mit Selbsthypnose probiert. Inzwischen habe ich meine eigene Technik entwickelt.«

»Und wie funktioniert die?«

»Entspannung, Atmung, Assoziation. Ich versetze mich in einen meditativen Zustand, dann fange ich an, die gesuchte Erinnerung mit anderen Erinnerungen einzukreisen.«

»Kannst du mir das einmal zeigen?«

»Klar. Aber ich sag dir gleich: Man muss lange üben.«

»Eher nichts für mich. Was ist eigentlich aus deinem Angeklagten geworden?«

»Am Ende haben die Richter den Mann freigesprochen, weil Zweifel an seiner Schuld blieben.«

Giada zog die Augenbrauen zusammen. »Ich kann verstehen, dass dich das umtreibt.«

»Es kommt noch schlimmer.«

»*Cazzo!* Verdammt!«, rutschte es Giada heraus. »Erzähl!«

In diesem Augenblick kam Sandra mit dem Hauptgericht. Sie beugte sich tief über den Tisch und lüpfte dann die beiden Hauben von den Tellern. Zum Vorschein kamen taubengroße, in Speck gehüllte Vögel, die einen betörenden Duft verströmten. *»Quaglie ubriache«*, sagte Sandra stolz.

»Betrunkene Quallen?«, fragte Lichtenwald verblüfft.

Sandra kicherte. »*Quaglie* heißt Wachteln. Besoffene

Wachteln also. Sie werden in einer Weinsoße geschmort. Wir wickeln sie in gerösteten Speck, um ihnen einen kräftigeren Geschmack zu geben.«

So gut die Vögel auch schmeckten, Robert und Giada konnten sich nicht recht darauf konzentrieren, weil ihr Gespräch sie gefangen hielt. »Also?«, sagte Giada und nickte aufmunternd.

Robert stützte die Ellbogen auf den Tisch und fuhr sich mit den Händen übers Gesicht. »Ich spreche nicht gern darüber.«

»Umso wichtiger ist es, dass du es tust. Du weißt doch, Verdrängung und so ...«

»Vier Jahre nach dem Freispruch wurde in München wieder ein Kind entführt, diesmal ein Mädchen. Die Polizei konnte es befreien, doch es hat sich bis heute nicht von dem Trauma erholt. Sie spricht nicht mehr. Kein Wort. Wieder wurde mein Mandant verdächtigt. Ich weigerte mich diesmal, ihn zu verteidigen. Er wurde dann verurteilt ...«

»Und jetzt wirfst du dir vor, am Schicksal des zweiten Kindes schuld zu sein?«

»Mitschuldig womöglich. Es treibt mich jedenfalls um.« Robert schob den Salzstreuer auf dem Tisch hin und her.

»Seitdem zweifelst du an deinem Beruf.«

»Ja.«

Giada nickte und schenkte Robert Rotwein nach. Sie aßen weiter, ohne ein Wort zu sprechen. Es war dunkel geworden, auf den Tischen der Lokale flackerten die Kerzen. Von der Piazza tönten die Schreie spielender Kinder herüber. Sandra servierte Pannacotta, Espresso und Mandelgebäck. Erst beim Grappa setzten die beiden ihre Unterhaltung fort. Der Alkohol überdeckte Lichtenwalds

Erinnerungen wie eine Samtdecke. Seine Unruhe aber wollte nicht verfliegen.

»Du brauchst eine Aufgabe«, sagte Giada.

»Ich weiß«, murmelte Robert. »Vielleicht fange ich ein bisschen mit Immobilienverwaltung an, hier in der Maremma. Für Ausländer, die nicht die Zeit und nicht die Kenntnisse haben, um sich um ihre Objekte zu kümmern.«

»Boh.« Giada zog eine Schnute. »Du willst den Hausmeister für diese Geldsäcke aus dem Norden machen? Ich habe eine bessere Idee: Warum hilfst du mir nicht bei meinen Recherchen? Ehrenamtlich, versteht sich. Deine Sätze als Anwalt kann ich mir nicht leisten. Aber ein Pisco Sour ab und an wäre schon drin.« Sie zwinkerte ihm zu und merkte, wie er leicht errötete. Er mochte sie, das war klar. Aber warum war er dann so zurückhaltend? Immer noch wegen Stefanie, seiner Verflossenen? Oder fand er sich zu alt für sie? War er ja eigentlich auch …

»Ich weiß nicht recht«, sagte Robert. »Wie könnte ich dir eine Hilfe sein?«

»Du bist zwar weder Italiener noch Journalist, aber als Jurist kannst du zumindest gut recherchieren. Du weißt ja, ich arbeite jetzt wieder voll als Reporterin. Und dass wir beide ein gutes Team sein können, haben wir letztes Jahr bewiesen.«

»Willst du mich wieder in Todesgefahr locken?«, sagte Robert und musste schmunzeln.

»Das brauche ich auch nicht mehr.«

»Woran arbeitest du denn gerade?«

»Das ist ein ziemlich mysteriöser Fall.« Giada beugte sich vor. Ihre Augen funkelten. »Ein Mord an einem Kunstsammler in Parioli. Seine Wohnung ist voller wertvoller Antiquitäten. Doch die Täter haben nur eine einzige Vitrine zerschlagen. Viel ist ansonsten noch nicht bekannt. Die Ermittler mauern ziemlich, weil das Opfer aus der Familie Colasanti stammt, bekannten, reichen Leuten in Rom. Ein Bruder finanziert quasi unseren *Mercurio*. Er hat mir erzählt, schon lange mit dem Opfer – es heißt Annibale Colasanti – gebrochen zu haben. Wegen dessen Lebenswandel. Muss ein kruder Typ gewesen sein. Sohn reicher Eltern, politischer Aktivist, Kunstsammler, Lebemann, Hurenbock, Eigenbrötler. Alles zusammen. Komisch, nicht wahr?«

»Allerdings. Aber was war denn in der Vitrine?«

»Das ist das Rätsel. Ich war heute in Rom bei den Kultur-Carabinieri. Sagen dir die was?«

Lichtenwald nickte. »Muss eine hervorragende Truppe sein. Ich habe mal einen spannenden Artikel über sie gelesen.«

»Respekt!«, sagte Giada. »Ich kannte die nicht. Nun: Unsere alte Bekannte Donatella Laganà arbeitet jetzt bei denen.«

»Die Carabinieri-Offizierin aus Grosseto? Eine tolle Frau.«

»So, so. Die hat dir also gefallen! Kann ich verstehen ...« Giada zog unwillkürlich ihre Ohrläppchen nach oben. Doch es waren an diesem Abend keine Hexen daran, die hätten tanzen können. »Jedenfalls haben die Carabinieri bislang keine Ahnung, was in der Vitrine war. Da jedoch einige Stücke in der Wohnung aus Raubgrabungen stammen, vermutet Laganà, der Inhalt der geplünderten Vitrine könnte auch vom Schwarzmarkt stammen. Vielleicht haben die Raubgräber mal wieder einen Coup gelandet, ein unbekanntes Etruskergrab geöffnet oder so was. Und womöglich hat Annibale Colasanti die Beute an sich gebracht und so die Kunstmafia auf sich gezogen. Aber das sind bislang nur Gedankenspiele.«

»Und die hat dir Laganà einfach so anvertraut?«

»Na klar!«, sagte Giada und warf den Kopf in den Nacken. »Ich bin eben eine vertrauenswürdige Person.«

»Zweifellos.« Robert lachte. »Aber was könnte ich denn da noch beitragen, wenn bereits zwei so exquisite Ermittlerinnen an dem Fall sitzen?«

Giada streckte Lichtenwald die Zunge heraus. »Ich werde mich morgen in Rom umschauen und im Umfeld Colasantis recherchieren. Du könntest unterdessen mal unauffällig Kontakt zur Raubgräberszene aufnehmen.«

»Ich?«, fragte Robert entgeistert. »Soll ich nachts mit der Taschenlampe durch die Macchia stapfen und rufen: Hallo, Raubgräber, wo buddelt ihr gerade?«

»Ich bin mir sicher, dir fällt etwas noch Besseres ein. Du könntest dich zum Beispiel als vermögender deutscher Toskana-Snob ausgeben, das sollte dir nicht allzu schwerfallen. Nun willst du für dein Rustico ein paar etruskische Kunstschätze ergattern. Und da du gehört hast, dass die Erde hier voll von dem Zeugs ist, versuchst du, mit *tombaroli* ins Geschäft zu kommen.«

»*Tombaroli*? Das sind Leute, die Gräber ausrauben?«

»Ja. Wenn es nicht um Gräber geht, sondern um illegale Grabungen in Burgen, Villen und so Zeugs, die nichts mit Bestattungen zu tun haben, spricht man dagegen von *clandestini*. Da das Wort *clandestini* aber auch für illegal im Land lebende Einwanderer gebraucht wird, benutzen wir *tombaroli* meist für alle, die rechtswidrig in der Erde rumbuddeln. Kapiert, *avvocato*?«

»So ungefähr. Grabräuber, Raubgräber – jedenfalls alles gefährliche Leute!«

»Warum sollten sie einem Kunden etwas antun, mit dem sich ein gutes Geschäft einfädeln ließe? Außerdem würde es viel zu viel Wirbel erzeugen, einen deutschen Anwalt umzulegen.«

»Wie beruhigend! Nun, ich denke darüber nach. Falls mir dieser Tage sehr langweilig sein sollte, kann ich mich ja mal umhorchen. Ich hätte da sogar schon eine Idee …«

»Du bist ein Schatz!« Giada beugte sich über den Tisch und gab ihm einen Kuss auf die Wange. Dann sprang sie auf und lief auf ihren sehr hohen Schuhen sehr aufrecht in die Trattoria Tramonto, um zu bezahlen. Den Pisco Sour in der Bar Roma würden sie ein andermal trinken, sagte sie Robert zum Abschied. Sie wolle morgen sehr früh nach Rom aufbrechen. Robert sah ihr nach, bis sie verschwunden war. Dann zündete er einen Zigarillo an und blieb noch lange allein am Tisch sitzen.

FÜNF

Die Via Adelaide Ristori lag verlassen in der Morgensonne, die Luft roch harzig nach Pinien und Zypressen. Die Fensterläden vieler Wohnungen waren geschlossen, sogar die Botschaft der Republik Guinea schien den Betrieb wegen der Hitze eingestellt zu haben. Giada überlegte, wie reich Guinea sein mochte, dass es sich ein so exquisites Botschaftsgebäude leisten konnte. Wie es wohl wäre, als Botschafterin in diesem kleinen Palast zu leben, umgeben von dienenden Geistern, beschäftigt mit vertraulichen Mittagessen in verschwiegenen Restaurants, mit abendlichen Empfängen und diplomatischen Missionen, um die Beziehungen zwischen Guinea und Italien voranzubringen? Und sie stellte sich vor, sie wäre Diplomatin geworden und lebte nun als Gesandte Italiens in Guinea.

Giada liebte es, sich andere Lebensläufe zu erdichten, die sie meist rasch wieder verwarf. Botschafterin in Afrika wäre sie aber gern noch ein Weilchen geblieben. Doch da war sie schon am Ziel. Auch das Mordhaus, wie sie es für sich nannte, wirkte verwaist. Das dunkelgrüne Metalltor, das in den Vorgarten und zum Hauseingang führte, war verschlossen. Werbeprospekte für Klimaanlagen ragten aus den Briefkästen. Die Klingelanlage aus blinkendem Messing verriet keine Namen, nur Wohnungsnummern. Doch neben einem Knopf stand *Portinaio* – Hausmeister. Giada drückte darauf. Nichts geschah. Sie klingelte zwei-, drei-, fünfmal. Als sie sich gerade zum Gehen wenden wollte, hörte sie ein Knacken aus der Sprechanlage. Eine kehlige Stimme rief ärgerlich: *»Chi è?«*, »Wer ist da?«

Das klang nicht so, als wäre der Kerl auf ein Schwätzchen mit einer Journalistin aus. »Ich komme wegen des Mordfalls von Herrn Colasanti«, sagte Giada. »Wir hätten noch ein paar Fragen.«

»Ich habe der Polizei und den Carabinieri schon alles gesagt, was ich weiß.«

»Gewiss. Es geht noch um ein paar Details. Könnten Sie mich bitte hereinlassen?«

»Sie sehen nicht wie eine Polizistin oder Carabiniera aus. Sie tragen keine Uniform – und Sie haben orangefarbene Haare!«

Erst jetzt bemerkte Giada das Kameraauge an der Hauswand, das auf den Eingang starrte.

»Ich ermittle im Umfeld von Annibale Colasanti. Da kann es von Vorteil sein, nicht als Staatsbeamtin aufzutreten.«

»Haben Sie einen Ausweis?«

Mist, fluchte Giada in sich hinein. Was nun? Ihr Gehirn arbeitete blitzschnell. Der Mann war Neapolitaner, das war nicht zu überhören. Dort zählten Beziehungen mehr als Ausweise. »Ich komme von *maggiore* Laganà«, sagte Giada bestimmt. Sie ging davon aus, dass Laganà den Hausmeister befragt hatte, schließlich war er in dieser Sommereinsamkeit womöglich der einzige Zeuge, der etwas von dem Überfall mitbekommen hatte. Ein Summen – das Tor sprang auf. Giada ging in den Vorgarten. Aus der Haustür trat ein kleiner Mann mit einem Reisigbesen in der Hand. Die dunklen Knopfaugen in seinem olivbraunen Gesicht musterten sie. »Machen Sie das Gatter wieder zu«, sagte er. »In diesen Wochen treibt sich viel Gesindel hier herum. Und dann kommen Sie herein, kommen Sie.«

Giada betrat ein wenig zögernd eine dunkle, mit Marmorboden ausgelegte Eingangshalle. Sie waren ganz allein hier. Gefährlich sah er ja nicht aus, der Hausmeister, aber wer weiß … Es passierte so viel in dieser Stadt.

An den Wänden zeigten Piranesi-Stiche Veduten von Rom. Eine breite Treppe führte nach oben. Daneben wartete ein hölzerner Aufzug in einem Drahtkäfig. Der Hausmeister deutete auf eine Tür links vom Eingang. »In meiner Wohnung ist es unerträglich heiß«, sagte er entschuldigend. »Die Herrschaften leisten sich keine Klimaanlage für mich. Gehen wir besser in den Innenhof.«

Giada nickte erleichtert. Ein lauschiger, von wuchtigen Arkaden umgebener Hof empfing sie. Aus Terrakottakübeln wucherten Hostas und Straußenfarne. Das Plätschern eines bemoosten Steinbrunnens verbreitete die Illusion von Kühle, obwohl kein Windhauch ging. In einem Käfig an der Wand hüpfte ein gelber Kanarienvogel hin und her. Nur die billige weiße Plastikgarnitur und der Baumarktgartengrill passten nicht zu der Idylle. »Wenn die *signori*, die Herrschaften, im Sommerurlaub sind, verbringe ich meine Tage am liebsten hier. Setzen Sie sich.«

»Sie sind jetzt ganz allein im Palazzo, Herr …?«

»Antonio. Antonio Esposito. Ja. Sie sind alle weg. In ihren Ferienhäusern auf Sardinien oder in den Abruzzen. Und meine Frau ist mit den Kindern bei den Großeltern in Neapel. Nur ich muss hier die Stellung halten, wegen der Pflanzen, der Post und natürlich der Einbrecher.« Er schaute betreten zu Boden. »Und was hat's genutzt?«

»Aber das ist doch nicht Ihre Schuld. Wie hätten Sie

das verhindern sollen? Könnten Sie mir noch mal kurz erzählen, was Sie von dem Überfall mitbekommen haben?«

»Na, wie ich Ihrer Kollegin schon berichtet habe, viel ist es nicht. Es muss gegen dreiundzwanzig Uhr gewesen sein. Es war so heiß, dass ich nicht schlafen konnte und noch hier draußen ein Glas Wein getrunken habe. Da klingelte es Sturm. Es waren zwei, nun ja, Damen, Sie wissen schon …« Sein dunkles Gesicht wurde noch einen Tick dunkler.

»Nutten?«

»Offensichtlich. Sie trugen Miniröcke und schwarze Lackstiefel und oben nur … Aber das wird Ihnen die *signora* Laganà ja alles erzählt haben.«

»Ja, ja … Und dann?«

»Nun, wie gesagt, ich habe oben angerufen.«

»Bei Colasanti. Warum war er eigentlich nicht im Urlaub?«

»Er fuhr nur ab und an für ein paar Tage in die Maremma, aber nicht im August, da ist – äh, da war es ihm zu voll.«

»Und Colasanti hat die beiden Damen …« Giada zögerte.

Der Hausmeister lächelte verschmitzt. »Aber das wissen Sie doch alles längst, nicht wahr?«

»Wie gesagt, es geht mir um die Details. Und manchmal fällt einem beim zweiten Mal ja noch etwas ein …«

»Also gut, ich habe ihm gesagt, da seien zwei Prostituierte, die sagten, sie würden ihn kennen und wollten ihn sprechen. Er fragte mich, ob sie hübsch seien, und als ich das bejaht habe, befahl er mir, sie hochzulassen.«

»Und das haben Sie getan?«

»Natürlich.«

»Sie waren nicht irritiert?«

»Überhaupt nicht.«

»Aber warum nicht?«

»Auch das steht doch im Protokoll. *Signor* Colasanti hat häufig derartige Damenbesuche gehabt. Offenbar ging er davon aus, dass die beiden schon einmal bei ihm waren.«

»Er hat sich regelmäßig Mädchen vom Strich kommen lassen?«

»Es waren nicht irgendwelche Mädchen von der Straße. Schon etwas Besseres. Ja, die hat er kommen lassen, mindestens einmal pro Woche. Daher war ich nicht überrascht …«

»Haben Sie je mit ihm darüber gesprochen?«

»Nein, nie. Wie käme ich dazu! Ich bin Hausmeister, nicht Gouvernante.«

»Auch wieder wahr.«

»Und meine Familie lebt von dem, was ich hier verdiene. Auch wenn es nicht viel ist.«

»Was war Colasanti für ein Typ?«

Der Hausmeister lächelte wieder. »Was sind Sie für ein Typ?«

»Was tut das hier zur Sache?«, fragte Giada irritiert.

»Schon gut. *Signor* Colasanti war ein Patriarch alter Schule. Autoritär, großzügig, mal leutselig, mal arrogant, stets im Anzug und mit Krawatte. Seit einem Reitunfall lebte er zurückgezogen und beschäftigte sich vor allem mit Kunst. Seine Wohnung war wie ein Museum.«

»Und daraus haben die Räuber nur einen einzigen Kunstschatz mitgenommen?«

»Da wissen Sie mehr als ich. Ich habe ihn nur im Eingang seiner Wohnung liegen sehen und dann gleich die Polizei gerufen. Es war schrecklich, alles voller Blut. Wenn ich die Frauen nur nicht ins Haus gelassen hätte …«

»*Signor* Esposito, ich muss Ihnen etwas gestehen«, sagte Giada, die gegen ihr wachsendes schlechtes Gewissen nicht mehr ankam. Der Hausmeister war ein netter Mensch, und sie kam sich schäbig vor. »Ich bin überhaupt keine Carabiniera.«

»Das war mir klar.«

»Was? Das wussten Sie? Wie denn das?«

»Nachdem ich Sie nach Ihrem Ausweis gefragt hatte, haben Sie kurz gezögert, bevor Sie sich auf *maggiore* Laganà berufen haben. Eine echte Carabiniera hätte sofort ihren Ausweis gezeigt. Und sie hätte natürlich einen dabeigehabt, gerade, wenn sie in Zivil unterwegs wäre.«

»Warum haben Sie mich dann hereingelassen?«

»Sie sahen sympathisch aus. Ich war neugierig, was Sie wirklich wollten. Viel Zerstreuung habe ich ja nicht in diesen Sommertagen. Und, was wollen Sie wirklich?«

»Ich bin Journalistin und recherchiere für die Zeitung *Mercurio* den Mord an Colasanti. Tut mir leid, dass ich Sie getäuscht habe. *Maggiore* Laganà kenne ich allerdings tatsächlich von einem früheren Fall. Und sie hat mir wirklich einiges über die Ermittlungen erzählt.«

»Sie sind ganz schön gerissen, *signorina*! Aber nicht gerissen genug, um einen neapolitanischen Hausmeister hereinzulegen. Nun, irgendwie müssen Sie ja an Ihre Informationen kommen, um etwas schreiben zu können. Das ist sicher nicht leicht in solchen Fällen. Aber wahrscheinlich hätte ich Ihnen auch aufgemacht, wenn Sie sich gleich als Journalistin ausgegeben hätten.«

»Darf ich Sie trotzdem noch etwas fragen?«

»Nur zu!«

»Warum empfing ein so kultivierter Mann wie Colasanti regelmäßig Nutten?«

Der Hausmeister zuckte mit den Achseln. »Keine Ahnung. Viele Römer gehen zu Prostituierten. Und da Colasanti gehbehindert war, ließ er sie eben zu sich kommen.«

»Er ging also kaum aus?«

»Selten. Wenn, dann musste ich ihn oben abholen und zum Taxi begleiten. Manchmal ging er auf Kunstauktionen. Oder in ein Restaurant. Oder eben für einen Kurzurlaub in die Maremma.«

»Was machte er da?«

»Dort wohnt wohl ein alter Freund von ihm. Mehr hat er mir nie erzählt.«

»Hat er Besuche in seiner Wohnung empfangen, ich meine außer den Horizontalen?«

»Selten. Bis auf eine alte Freundin, die regelmäßig vorbeikam.«

»Ist diese Freundin auch eine Prostituierte?«

»Keinesfalls! *Signora* Leone ist eine richtige Dame. Das sehen Sie sofort an ihrer Kleidung und ihrem Benehmen. Sie hat mich immer mit Respekt behandelt.«

»Wissen Sie, wo ich sie finden kann?«

»Sie hat eine Modeboutique gleich hier in der Nähe, in der Via Eleonora Duse.«

Giada machte sich eine Notiz. Sie schwitzte, vor Hitze und Jagdfieber. »Und in der Mordnacht, nachdem Sie die beiden Frauen hereingelassen hatten, was geschah dann?«

»Ich ging ins Bett, konnte aber nicht einschlafen, weil es immer noch so heiß war. Dann hörte ich von oben einen Schrei und ein Klirren. Während ich mich anzog, polterte es im Treppenhaus, ich hörte ein Stöhnen und stampfende Schritte, als würde eine schwere Last heruntergeschleppt. Ich, nun, ich …«

»Ich hätte an Ihrer Stelle Angst gehabt«, sagte Giada.

»Ja, nun, wissen Sie, ich habe ja keine Waffe, und …«

»Es war total vernünftig, dass Sie nicht eingeschritten sind. Sie haben also die Polizei gerufen?«

»Nicht sofort. Ich hab durch den Türspäher geschaut und gesehen, wie die Damen irgendein schweres Teil durch die Diele schleppten, die Haustüre aufrissen und verschwanden. Ich bin sofort nach oben in den vierten Stock gerannt, wo *signor* Colasanti wohnte. Die Tür stand offen. Und dann sah ich …« Dem Hausmeister versagte die Stimme.

»Seine Leiche.«

»Der *signore* lag regungslos am Boden. Unter seinem Kopf war eine Blutlache. Ich hab sofort gemerkt, dass er tot war.« Der Hausmeister schluchzte auf. »Er war ein seltsamer Mensch, aber so ein Ende, das hat er nicht verdient.«

»Und dann haben Sie die Polizei gerufen?«

»Genau.«

»Kann ich die Wohnung sehen?«

»Die Polizei hat sie versiegelt.«

»Könnten wir nicht vorsichtig …?«

»Das würden die sofort merken. Und ich will da auch nicht mehr hin, solange noch das Blut da ist und all das …«

»Verstehe. Ist Ihnen noch was in der Wohnung aufgefallen? Scherben am Boden, eine zerschlagene Vitrine?«

»Nein, ich war so erschrocken, als ich *signor* Colasanti da liegen sah …«

Giada stand auf und reichte dem Hausmeister die Hand. »*Signor* Esposito, eine letzte Frage: War irgendetwas ungewöhnlich in letzter Zeit an *signor* Colasanti, an der Umgebung hier? Hat er zum Beispiel eine besondere Lieferung bekommen, eine Statue oder so was?«

»Fehlt denn eine Statue?«

»Womöglich. Aber auch die Carabinieri wissen noch nichts Genaues.«

»Nun, der *signore* hat oft Lieferungen bekommen. Bücher, Wein, auch Lebensmittel vom Panorama-Supermarkt, weil er ja selbst kaum mehr ausging. Und klar, auch die Kunstwerke für seine Sammlung hat er geliefert bekommen. Aber ob da in letzter Zeit etwas dabei war … Ich weiß es nicht. Es wurden so oft Pakete für ihn abgeliefert, da habe ich nicht weiter darauf geachtet.«

»Und sonst – irgendein Besuch außer den Prostituierten und *signora* Leone?«

»Nein, niemand.«

Giada zog einen schwarzen Seidenschal aus ihrer Tasche und tupfte sich die Schweißperlen aus dem Gesicht.

Da starrte sie der Hausmeister entgeistert an.

»Ist was? Es ist furchtbar schwül heute …«

»Nein, es ist nur … Mir ist gerade noch was eingefallen. Da war noch ein Besuch, vor ein paar Wochen. Das hatte ich ganz vergessen.«

»Eine transpirierende Hure?«, fragte Giada pikiert.

»Nein, keine Prostituierte. So wirkte sie überhaupt nicht. Sie hat eines Vormittags geklingelt und nach *signor* Colasanti gefragt. Das ist ja das Kreuz. Da die Herrschaften keine Namensschilder auf der Klingelanlage wollen, läuten alle bei mir.«

»Wie hieß denn die Frau?«

»Sie hieß … Ich erinnere mich nicht mehr daran. Jedenfalls hab ich sie bei ihm angemeldet, und er hat sie sofort hochgebeten. Das war eine Dame! Sie trug ein elegantes Kleid. Und das Komische war: Sie hatte einen schwarzen Spitzenschleier über dem Kopf, der ihr bis über die Augen fiel. Bei dieser Hitze.«

Giada spürte, wie ihr vor Aufregung eine neue Hitzewelle in den Kopf strömte. »Haben Sie ihr Gesicht unter dem Schleier erkannt?«

»Bis zu den Augen nicht. Wegen des Schleiers. Ich hab nur die untere Hälfte ihres Gesichts gesehen.«

»Und? Wie sah die aus?«

»Wunderschön.«

SECHS

Was könnte es Schöneres geben, als an einem Augustmorgen mit nackten Füßen über den Terrakottaboden seines Rusticos in die Küche zu gehen und sich einen Espresso aufzubrühen, um in einen langen, unverplanten Sommertag zu starten? Robert Lichtenwald trat auf die Terrasse, spürte das Aroma des Kaffees auf der Lippenspitze.

Er streifte durch seinen Garten und kontrollierte das Wachstum seiner Pflanzen, merkte sich vor, was er hier stutzen, dort düngen, da umpflanzen wollte. Sein besonderer Stolz waren drei durchsichtige Plastikbecher, aus denen je ein etwa fünfzehn Zentimeter langer grüner Stiel mit zwei Blättern wuchs. Bäume der Reisenden. Robert hatte sie zum ersten Mal bei einem Urlaub mit Stefanie in Madagaskar wahrgenommen. Dort zierten sie als fünf, sechs Meter hohe fächerförmige Stauden mit dicken, bananenartigen Blättern den Garten der Hotelanlage. Seitdem hatte er davon geträumt, solche Pflanzen einmal selbst zu besitzen. Hier, in der südlichen Maremma, hielt er die Zeit dafür für gekommen. Er bestellte sich im Internet Samen, die aussahen wie mit blauem Wachs überzogene Ziegenkötel. Er wusch sie, streng laut Anleitung, mit Seifenwasser ab und überbrühte sie mit heißem Wasser, um die Keimung anzuregen. Dann weichte er die Samen einen Tag lang ein und pflanzte sie in Anzuchterde. Der Erfolg hatte etwas auf sich warten lassen. Doch nun war er stolzer Besitzer dreier Bäume der Reisenden, auch wenn diese noch weit davon entfernt waren, die auf Wikipedia genannte Maximalgröße von fünfzehn Metern zu erreichen.

Robert blickte gerührt auf seine Sprösslinge – und dann war auf einmal diese Unruhe wieder da. Begann er womöglich, sich zu verkünsteln? Wurde er gar schrullig? Es tat ihm nicht gut, nur für sich zu leben, als Frührentner in seinen Befindlichkeiten befangen. Der Philosoph hatte doch versprochen, sich etwas für ihn einfallen zu lassen. Vielleicht sollte er ihn in seinem Taubenschlag aufsuchen. Giadas Bitte fiel ihm ein. Er sollte Kontakt mit den *tombaroli* aufnehmen, den Raubgräbern, Grabräubern oder wie auch immer. Der Gedanke, mit ihr zusammen einen Fall zu recherchieren, gefiel ihm. Weil es ein spannender Fall war. Und weil Giada eine spannende Frau war. Das durfte er wohl so sehen, Stefanie hin oder her.

Frisch geduscht und unauffällig, aber teuer gekleidet – Designerjeans, nachtblaues Seidenhemd, handgenähte Mokassins – trat Lichtenwald hinaus in den Sommermorgen, um seine Recherche zu beginnen. Wie sollte er es anstellen, mit toskanischen Grabräubern in Kontakt zu kommen? Für solche Fragen gab es den Philosophen. Lichtenwald schlenderte auf einem Feldweg über das Gelände von Gut Montecivetta zum Taubenschlag des Mannes, der sein Freund war, obwohl sie sich aus Gewohnheit und Respekt voreinander weiter siezten.

Luigi La Torre saß mit einem Buch vor dem steinernen Turm in der Morgensonne. »Grabräuber wollen Sie also treffen«, brummte der Philosoph, nachdem Robert ihn ins Bild gesetzt hatte. »Gefährliche Leute, diese *tom-*

baroli. Riskanter Beruf. Aber es sind gute Typen darunter. Leute von hier, die die Gegend wie ihren Taubenschlag kennen. Das Problem ist nur, dass sie furchtbar scheu sind. Was man verstehen kann. Vielleicht fangen Sie mal bei Morucci an.«

»Beim Friseur? Was hat der denn mit antiker Kunst zu tun?«

»Beide dienen der Schönheit.«

»Aber der alte Morucci? Was interessiert den die Schönheit?«

»Schönheit ist immer mehr als die Oberfläche.«

»Platon?«

»Umberto Eco.«

Weil Robert wusste, dass der Philosoph nur scheinbar vor sich hin brabbelte, in Wirklichkeit aber stets seine Hintergedanken hatte, brach er tatsächlich zum Friseur auf. Und da er sich vorgenommen hatte, sich in Form zu bringen – und sei es, um den Blicken Giadas besser standhalten zu können –, nahm er, trotz seiner schicken Kleidung, das Trekkingrad, das er aus München mitgebracht hatte. Die kurvige, Richtung Meer hin abfallende Straße trug ihn mühelos nach Morcone. Er genoss es, wie der Fahrtwind sein Haar zerzauste, während ihn die Schlaglöcher und Bodenwellen durchrüttelten. Wann hatte er sich zum letzten Mal so jung gefühlt? Dann nahm er die Abzweigung und keuchte in den Ort hinauf. Er kurvte an den Touristen vorbei, die vor der Bar Roma auf der Piazza saßen, und lehnte sein Rad an die Mauer des Friseurladens.

Nachdem der *parrucchiere* Antonio Giusti im vergangenen Jahr von dem Serienmörder gemeuchelt worden war, hatte sein Vorgänger Benedetto Morucci den Laden wieder übernommen. Es durfte ja nicht sein, dass die Morconesi künftig rumlaufen mussten wie die Hippies. Doch es fiel Morucci nicht leicht, das Haarschneiderhandwerk wieder aufzunehmen, das er so viele Jahrzehnte lang ausgeübt hatte. Wegen diverser Leiden – Venenschwäche, Rückenschmerzen, Gelenkentzündungen – hatte sein Arzt ihm verordnet, große Teile seines fetten, mürben Körpers in Bandagen zu wickeln. Das bescherte ihm die Beweglichkeit eines Michelin-Männchens und den Hitzestau eines Saunabesuchers nach dem Aufguss. Dennoch schwitzte Morucci nicht sichtbar, er litt vielmehr still in sich hinein und freute sich auf der anderen Seite darüber, den einförmigen Tagen seines Rentnerdaseins in einem Wohnblock am Rande Morcones entronnen zu sein. Nun war er wieder der Friseur des Ortes und damit quasi auf einer Stufe mit Bürgermeister, Pfarrer und Carabinieri-Chef. Zudem war er nach wie vor ein tragendes Mitglied der Kirchengemeinde, im wahrsten Sinne des Wortes. Er durfte bei den Prozessionen die Statue der Madonna mittragen. Unter den Morconesi galt er daher als besonders frommer Mann, auch wenn natürlich selbst über ihn Gerüchte im Umlauf waren.

Binnen Wochen hatte Morucci erneut Besitz von seinem Salon an der Piazza dei Mille ergriffen. Er hatte die Popstar-Poster von den Wänden gerissen und durch Reklamebilder von Haarspray-Produzenten ersetzt. Er hatte die seltsame, an Drähten aufgehängte Studiobeleuchtung abnehmen lassen und eine Deckenlampe angebracht, deren funzliges Licht sich in den Ecken des Salons verlor wie ein Sonnenstrahl im Nebel. Er hatte in die Türöffnung einen Vorhang aus bunten Plastikschnüren gehängt, der die Luft hereinließ, aber die Fliegen abschreckte, wie es sich gehörte. Und er hatte das *»Parrucchiere«*-Schild über der Tür ersetzen lassen durch ein Schild mit der Aufschrift *»Barbiere«*. Denn er war Herrenfriseur. Punktum.

Und die Herren kamen, wenn auch nicht gerade in Scharen. Besonders die Älteren, seine früheren Stammkunden, aber auch einige Jungen, die von ihren Müttern wegen des günstigen Preises und mangels lokaler Alternative zu Morucci geschickt wurden. Selbst mancher Tourist verirrte sich hierher, um sich in der Augusthitze seinen Pelz lichten zu lassen. Nur eines verdross den alten Mann: Niemand wollte sich mehr von ihm rasieren lassen. Dabei war die Nassrasur die Kür des Barbierhandwerks. Wie hatte Morucci es früher geliebt, die scharfen Klingen geschmeidig über Hals, Kinn und Wangen seiner Kunden gleiten zu lassen, in deren Gesichtern er jede Falte, jedes Grübchen, jede Hautunebenheit kannte. Und er mochte den frisch-scharfen Duft des Rasierwassers, das er mit den Fingern sacht auf die Haut der Kunden klopfte, und das zufriedene Strahlen, wenn diese sich danach im Spiegel betrachteten. Nun aber kam praktisch niemand mehr zum Rasieren zu Morucci. Das hatte vor allem zwei Gründe: Erstens hatten die Leute heute alle Elektrorasierer zu Hause oder modernste Nassrasierer mit drei, vier Klingen samt Vibrationsautomatik. Und zweitens waren die Menschen heute viel zu gehetzt, um morgens auf eine Rasur zum Barbier zu gehen.

»Buongiorno, maestro«, sagte Lichtenwald leutselig, als er den Salon betrat. Die beiden kannten sich bereits und verstanden sich gut, auch wenn Morucci es missbilligte, dass der Deutsche – immerhin ein echter *avvocato* – sich nur das Haupthaar schneiden ließ, während er die Rasur zu Hause eigenhändig erledigte. Und das sah man natürlich.

»Ihre Haare habe ich doch erst vor Kurzem geschnitten«, brummte Morucci. »Sind Sie endlich zu einer ordentlichen Rasur bereit?«

Lichtenwald nickte. Es war gewiss nicht schlecht, dem Alten diesen Gefallen zu tun. Während der Friseur zufrieden brummend eine blaugrüne Paste mithilfe von Wasser und Pinsel zu einem penetrant nach Lavendel riechenden Schaum anrührte und Lichtenwalds Gesicht damit einpinselte, begann dieser wie beiläufig ein Gespräch. »Sagen Sie, *signor* Morucci, Sie kennen hier in der Gegend doch jeden Stein.«

»Klar«, sagte Morucci. Er legte seine fleischige Linke auf die Stirn des Anwalts und drückte dessen Kopf leicht, aber bestimmt nach hinten. Mit der Rechten griff er das Rasiermesser, um Lichtenwalds Haut von unten nach oben mit festem Druck abzuschaben. Da Morucci nicht mehr ganz die ruhige Hand von einst hatte, bildeten sich rote Punkte auf Lichtenwalds Hals, die mit dem Rasierschaum zu aparten Mustern verschwammen. Der Anwalt biss die Zähne zusammen. Er war schließlich nicht zum Vergnügen hier.

»Ich suche nämlich noch zwei, drei schöne Antiquitäten für mein Rustico.«

»Ah!«, sagte der Barbier, den die alten Morconesi wegen seiner wortkargen Art »den Florentiner« nannten.

»Einen etruskischen Steinsarg als Blumentrog für die Terrasse zum Beispiel. Und eine Statue von einem römischen Kaiser für mein Wohnzimmer ...«

»Mah!«, schnaufte Morucci und stoppte das Messer so abrupt auf der rechten Wange seines Kunden, dass sich dort ein rasch aufquellender roter Strich bildete. *»Madonna!«*, fluchte Morucci, holte ein fleckiges Taschentuch

aus seinem schwarzblauen Kittel und tupfte Lichtenwald das Blut aus dem Gesicht. »Steinsarg? Kaiser? Wahnsinnig teuer. Wie ein Lamborghini.«

»Vielleicht täten es ja auch eine griechische Bodenvase für den Garten und ein römischer Torso für das Haus ...«

»Auch teuer. Fragen Sie in den Antiquariaten der Via dei Coronari in Rom nach. Oder bei den Auktionshäusern. Bei Pandolfini in Florenz zum Beispiel.«

»Sie kennen sich aber gut mit dieser Szene aus!«, sagte Lichtenwald, während der Friseur ihm den Nacken ausputzte.

»Sie haben doch gesagt, dass ich jeden Stein kenne.« Zum ersten Mal flatterte ein Lächeln über Moruccis Gesicht.

»Hier in der Gegend, habe ich gesagt«, schränkte Lichtenwald ein.

»Und woher kommen Etruskerschätze und römische Antiquitäten?« Morucci deutete hinaus.

»Aus dieser Gegend.«

»Eben.« Der Friseur legte das Messer weg, schaute über Lichtenwalds schaum- und blutverschmiertes Gesicht hinweg und begann mit der längsten Ansprache, die er seit seiner ersten Pensionierung gehalten hatte. Das Thema schien ihn zu packen. »Das ganze Land hier, bis hinab nach Rom, ist durchsetzt mit etruskischen Gräbern. Manche sind erforscht und erschlossen. Tausende andere sind noch nicht entdeckt. Sie müssen sich die Maremma wie eine Wiese voller alter Maulwurfshügel vorstellen, die inzwischen mit Gras und Macchia überwachsen und nicht mehr zu sehen sind. Doch sie existieren weiter, samt ihren unterirdischen Gängen, Kammern und Schätzen. Und dann gibt es an der Küste und im Hügelland noch die

Reste von Villen und Landhäusern reicher Römer der Antike. Auch die sind längst nicht alle ausgegraben.« Morucci schloss die Augen und schnalzte mit der Zunge. »Ein Paradies für Raubgräber. Was die finden, wird auf dem Schwarzmarkt verkauft und gelangt über Umwege auch in den legalen Handel.«

»Kennen Sie solche Schatzsucher?«

»Jeder von hier kennt welche. Es sind ja nicht wenige. Einige Professionelle – und viele Amateure.« Er reinigte Lichtenwalds Gesicht und betupfte es mit Rasierwasser. Die Schnittwunden brannten, doch Lichtenwald merkte es kaum. Er starrte den Alten fasziniert an.

»Und wissen Sie was?«, sagte Morucci.

Lichtenwald schüttelte den Kopf.

»Ich war selber mal *tombarolo.*«

»Wollen Sie mich auf den Arm nehmen?« Andererseits: Warum hatte ihn der Philosoph sonst ausgerechnet zu dem Friseur geschickt?, dachte Robert.

»Doch, doch. Das ist kein Geheimnis. Ich habe als junger Bursche gut damit verdient. Vasen, Öllämpchen, Bronzefiguren – alles haben wir ausgebuddelt und verschachert. Bis uns diese Kultur-Carabinieri ausgehoben haben.«

»Und dann?«

»Musste in den Knast. Danach wurde ich Friseur. Man verdient weniger, schläft aber besser.«

»Ich verstehe. Und – haben Sie noch Kontakt zu *tombaroli*?«

»Nun. Nicht direkt.«

»Doch als Friseur bekommt man vieles mit.«

»Be' …« Er wurde wieder einsilbig.

»Wissen Sie, ich bin nicht ganz unvermögend. Und ich

bin verschwiegen. Ich war Rechtsanwalt in Deutschland. Falls Sie Leute kennen, die etwas verkaufen wollen …«

»*Eh*! Falls ich etwas höre … Aber rechnen Sie nicht damit. Ich bin seit Langem aus dieser Branche ausgestiegen. Ich bin ein alter Mann und will meine Ruhe haben.«

SIEBEN

Giada knatterte in ihrem orangefarbenen Zwerglaster den Lungotevere entlang. Obwohl Ferienzeit war, kam es an jeder Tiberbrücke zum Tohuwabohu. Von allen Seiten schossen die Autos so weit wie möglich in die Kreuzungen hinein, um jeden Meter wurde gekämpft. Die sonnenbebrillten Fahrer signalisierten sich gegenseitig Beschimpfungen, und da das nichts nutzte, wurden die Hupen eingesetzt. Dazwischen wälzten sich die Stadtbusse hindurch. Und dann waren da unzählige Motorrad- und Vespafahrer, die sich, wie Zentauren mit ihren Maschinen verwachsen, durch das Getümmel drängten. Giada liebte diese Melange aus Bewegung, Lärm, Hitze und Emotionen, und sie mischte bei diesem Chaos mit, so gut es mit ihrem Dreirad eben ging. *»Bello e impossibile«*, schmetterte Gianna Nannini aus dem Lautsprecher.

Erst als Giada vom Lungotevere abbog und nach Parioli hinaufknatterte, ließ der Verkehr nach. Sie parkte in zweiter Reihe vor der Boutique in der Via Eleonora Duse. Eine Frau schloss gerade den Laden. Ein rascher Blick ins Schaufenster zeigte Giada, dass hier Mode für Reiche und Schöne verkauft wurde.

»Wollen Sie zu mir?«, fragte die *signora* und musterte Giadas seltsames Gefährt. Sie trug einen eleganten Hosenanzug und als einzigen Schmuck ein massives goldenes Amulett um den Hals.

»Ich suche die Besitzerin, *signora* Leone.«

»Das bin ich. Aber ich muss los, mich auf einem Kulturbrunch sehen lassen. So eine Schickimicki-Veranstaltung – auf dem Dach des Viktor-Emanuel-Denkmals. Da tummelt sich meine Kundschaft. Das Taxi wird gleich kommen. Worum geht es denn?«

»Um Annibale Colasanti, den toten Kunstsammler. Sie kannten ihn gut, nicht wahr?«

Signora Leone schluckte, ihre Augen wurden feucht. »Annibale? Mein armer alter Freund.« Sie bekreuzigte sich rasch.

»Ich bin Journalistin und schreibe für den *Mercurio*. Ich möchte herausfinden, wer für den Mord an *signor* Colasanti verantwortlich ist.«

Giada hatte gefürchtet, nun abgewimmelt zu werden, doch die Boutiquebesitzerin sagte: »Das ist gut. Denn ich bezweifle, dass die Polizei den Fall wirklich aufklären will. Annibale hatte Feinde in höchsten Kreisen. Die werden immer geschützt.«

»Und wie nahe standen Sie *signor* Colasanti?«

Signora Leone blickte nervös auf ihre goldene Armbanduhr. »Wo bleibt nur das Taxi? Also, Sie wissen ja, Annibale stammt aus einer sehr reichen Familie. Wir lernten uns hier in Parioli über gemeinsame Freunde kennen. Vor mehr als zehn Jahren waren wir dann eine Zeit lang zusammen. Doch es war mehr eine Daueraffäre als eine Beziehung.«

»Woran lag das?«

»Jedenfalls nicht an mir. Ich habe ihn geliebt – und ich liebe ihn immer noch.« *Signora* Leone schluckte einen

Schluchzer hinunter. »Er hat mir damals gesagt, er könne nur noch begehren, aber nie mehr lieben. Denn seine Liebe sei gestorben.«

»Wie hat er das gemeint?«

»Das hat er mir nie verraten. Dann hatte er den schweren Reitunfall.«

Giada nickte. »Davon habe ich gehört.«

»Das hat ihn sehr verändert. Er wolle keine feste Beziehung mehr, hat er gesagt und sich von mir getrennt. Er zog sich von allen Menschen zurück und ließ sich von seiner Familie auszahlen, damit sein Bruder den Baukonzern der Colasantis allein übernehmen konnte. Annibale hätte bis an sein Ende finanziell sorgenfrei leben können. Doch er liebte Rom, seine ›Schöne‹, wie er unsere Stadt nannte, und es verbitterte ihn, wie sie von den Stadtregierungen ruiniert wurde. Deshalb nutzte er sein Geld und seine Kontakte …«

In diesem Moment brauste das Taxi heran. »Kann ich mitfahren?«, fragte Giada rasch.

Signora Leone beäugte skeptisch die kurze schwarze Latzhose und die orangerote Wuschelfrisur der jungen Frau, die sich so für das Schicksal Annibales interessierte. Doch dann blitzten ihre Augen auf. »Ich werde Sie als avantgardistische Künstlerin ausgeben. Steigen Sie ein!«

Auf der Fahrt erzählte *signora* Leone, wie Colasanti versucht hatte, die Stadtpolitik zu beeinflussen. Er bezahlte Privatdetektive, um der Korruption und dem Schlendrian in der Baubehörde, bei der Müllabfuhr oder in der Parkverwaltung auf die Spur zu kommen. Diese Informationen spielte er Journalisten zu. Er überzog mithilfe der besten Anwälte unfähige und korrupte Stadträte mit Klagen. Und seit Kurzem finanzierte er auch noch eine neue

Politbewegung mit, den Partito Futurista della Bellezza, der bei den nächsten Kommunalwahlen antreten wollte, um, wie Colasanti sich ausgedrückt hatte, die Stadt auszumisten. Giada wusste von ihrer Archivrecherche, dass Colasanti im Clinch mit vielen Stadtpolitikern lag. Aber dass er die Futuristen unterstützte, verblüffte sie dann doch.

»Aber das sind doch Spinner! Faschisten!«

»Annibale war anderer Meinung. Er hat behauptet, nur eine Diktatur der Schönheit könne Rom retten. Sonst werde die Stadt an ihrem eigenen Unrat ersticken. Die Zeit sei reif für eine neue, radikale Kraft, nachdem die Linke, die Rechte und auch die Fünf-Sterne-Bewegung beim Regieren versagt hätten.«

»Klingt extrem.«

»So war er. Und damit schuf er sich viele Feinde.«

»Sie glauben, es war ein politischer Mord? Getarnt als Raubüberfall?«

»Wurde denn etwas gestohlen?«

»Eine Vitrine wurde zerschmettert, der Inhalt entwendet, die Carabinieri wissen aber noch nicht, was es war.«

Signora Leone dachte nach. »Annibale hat vor einigen Wochen etwas erworben, um das er ein Riesengeheimnis gemacht hat. Er sagte, es sei das Schönste, was er je gesehen habe. Die ganze Welt würde danach jagen, wenn sie wüsste, was es sei und dass er es hätte. Ich habe das nicht besonders ernst genommen. Er war eben ein Exzentriker. Aber er konnte sehr liebenswert sein. Und sehr verständnisvoll. Ich glaube, er hat mich besser verstanden als ich mich selbst.« *Signora* Leone schluchzte auf, hatte sich aber schnell wieder unter Kontrolle. Als römische Geschäftsfrau lernte man das.

»Haben Sie das alles auch der Polizei oder den Carabinieri erzählt?«, fragte Giada.

»Ja. Ich hab mich sofort bei der Polizei gemeldet, sobald ich von Annibales Tod erfahren habe.«

»Und? Was haben die Polizisten gesagt?«

»Sie haben meine Aussage zu Protokoll genommen und wollten sie an die Carabinieri weiterleiten. Sie wirkten ziemlich lustlos. Wahrscheinlich hassen sie es, im August Dienst zu schieben.«

Die beiden Frauen auf dem Rücksitz des Taxis schwiegen und blickten aus dem Fenster. Die Fahrt ging den Corso Vittorio Emmanuele entlang, vorbei am Largo Torre Argentina mit den Resten frührömischer Tempel. Reisegruppen mit schnatternden Führern schleppten sich unter der Mittagssonne vorwärts, umschwärmt von schmächtigen Männern aus Pakistan oder Bangladesch, die Sonnenschirme, Selfiesticks und Mineralwasser anboten. Giada war froh, im klimatisierten Taxi zu sitzen, das jetzt in die Piazza Venezia einbog und auf das weiße Marmormonster zusteuerte, das Nationaldenkmal, dessen Versuch, die klassische Architektur antiker Monumente wieder aufleben zu lassen, am eigenen Größenwahnsinn gescheitert war.

»Sie waren nach wie vor mit ihm befreundet, auch nach dem Ende Ihrer, nun, Daueraffäre?«, fragte Giada schließlich.

Signora Leone nickte.

»Hatte er sonst noch enge Freunde?«

»In den vergangenen Jahren meines Wissens nur noch einen. Luca Corte, einen Reitstallbesitzer in der Maremma, bei dem Annibale früher seine Pferde untergestellt hatte. Er liebte den Hof und die umliegende Landschaft.

Immer mal wieder ist er für ein paar Tage dorthin gefahren.«

Das Taxi hielt an der rechten Flanke des Marmorungetüms, gleich neben der Cordonata, der Freitreppe, die Michelangelo zum Kapitol hinauf angelegt hatte. *Signora* Leone nahm Giada am Arm und führte sie an der Schlange anstehender Touristen vorbei zum Eingang des Viktor-Emanuel-Denkmals. Sie zeigte dem Wärter eine Einladungskarte mit Goldprägung. Dann eilten sie die Treppenstufen hinauf zur Kolonnaden-Terrasse und weiter zu einem gläsernen Aufzug, der sie in dreißig Sekunden aufs Dach des Nationaldenkmals brachte.

Giada stieß einen spitzen Schrei aus, so überwältigt war sie von dem Ausblick. Die ganze Stadt lag ihr zu Füßen, mit Palazzi, Kuppeln, Dächern und Gärten, den Albaner Bergen und den Abruzzen im Hintergrund und, Richtung Westen, einem weißbläulich flimmernden Streifen, in dem Giada das Meer zu erkennen glaubte.

»Waren Sie noch nie hier oben?«

»Nein. Ich dachte immer, das wäre bloß eine Abzocke für Touristen.«

Erst jetzt betrachtete Giada die riesige Terrasse selbst. Auf dem glänzenden Marmorboden standen runde Tische, mit weißem Damast bedeckt, beschattet von eleganten Schirmen in den Farben der Stadt – Orangegelb für die Sonne und Purpurrot für den Kriegsgott Mars. Und dann musterte Giada all die Menschen, die einem *Who is Who* der Einflussreichen und Schönen entsprungen zu sein schienen. Männer in schmal geschnittenen Anzügen, die Seidenhemden drei Knöpfe weit offen, Armani-Sonnenbrillen im Gesicht und Gel in den schwarz gewellten Haaren, soweit sie nicht mit glatt rasiertem Schädel und breitem Ohrring aus Weißgold auftraten. Und erst die Frauen: gertenschlanke, vollbusige Schönheiten in rückenfreien Cocktailkleidern oder paillettengeschmückten Miniröcken, mit kirschroten Schmollmündern, zierlichen Nasen und hohen Wangenknochen, bei denen nichts dem Zufall, sprich der Natur, überlassen zu sein schien, wie Giada bissig dachte. Ein Gezwitscher und Geschnatter, Federnspreizen und Flirten wie in einer Vogelvoliere, während Kellner und Kellnerinnen in schwarzen Hosen, weißen Hemden und roten Westen durch die Menge tänzelten und auf Silbertabletts Scampi-Spießchen, Vitello tonnato, Zitronensorbet, Spumante und Campari anboten.

Auf einer Bühne unterhalb einer Bronzequadriga hielt ein grau melierter Kulturdezernent mit Woody-Allen-Mimik eine Ansprache über Rom als Kunst- und Modestadt des dritten Jahrtausends, die allerdings kaum jemand beachtete.

»Amüsieren Sie sich gut!«, rief *signora* Leone, bevor sie in der Menge verschwand. »Wir sehen uns später. Ich werde Ihnen jemanden vorstellen, der Annibale gut kannte.« Giada stand auf einmal allein da, in ihrer kurzen schwarzen Latzhose und mit ihrem orangeroten Wuschelkopf. Hinter ihr zwitscherten zwei kaum dem Mädchenalter entwachsene Frauen in dramatisch hohen Stilettos. »Wir fahren am Wochenende mit Giorgios Yacht nach Portofino«, flötete die eine, während sie einen Stab mit einer Cocktailkirsche zwischen Daumen und Zeigefinger rollte.

»Ach, Portofino. Da fahren meine Alten immer hin. Das wäre mir zu langweilig«, stöhnte die andere. »Wir fahren lieber nach Fregene und ziehen durch die Clubs. Jetzt, wo die ganzen Filmfritzen in der Stadt sind. Vielleicht fällt da was für mich ab ...«

Da legte Giada jemand die Hand auf die Hüfte und raunte ihr ins Ohr: »Na, meine Schöne, kommen Sie gerade vom Set eines Gothic-Westerns?«

Giada fuhr herum, um dem Typen eine Ohrfeige zu verpassen, und erstarrte mitten in der Bewegung. Vor ihr stand der krasseste Mann, den sie je gesehen hatte. Muskulös und geschmeidig, elegant und animalisch, selbstsicher und schelmisch, maskulin und jungenhaft, mit einem Blick … Giada wurde schwummrig. Doch da warf ihr der junge Gott bereits ein »Bis bald, Kätzchen« hin und verschwand so abrupt, wie er gekommen war.

Sofort standen die beiden Stiletto-Mädels neben ihr. »Was wollte Ludo von dir?«, surrte die mit der Cocktailkirsche.

»Hat er dich angemacht?«, fragte die Zweite.

»Wer ist der Freak überhaupt?«, knurrte Giada, um Haltung bemüht.

»Der Freak?«, kreischten die beiden unisono. »Kennst du ihn nicht? Das ist Ludovico Primavalle! Der schönste Mann Roms, ach was, der Welt. Guckst du denn keine Serien?«

»Selten«, sagte Giada, die sich allenfalls die harten Sachen wie »Narcos« oder »Gomorrha« reinzog.

»Er hat die Hauptrolle in *Ti porto alle stelle*!« Die Cocktailkirschen-Signorina betrachtete Giada wie ein exotisches Insekt. »Was bist du überhaupt für eine? Wie kommst du hierher?«

»Ich bin Italoamerikanerin. Aus New York«, sagte Giada, einen leicht amerikanischen Akzent nachahmend. Sie war jetzt in ihrem Element. »Die nächsten Wochen lebe ich im Hassler Medici, die Ausstellung vorbereiten, ihr wisst schon!«

Die beiden glotzten sie ratlos an.

»Ja geht ihr denn nie in Museen? Lest ihr keine Kunstzeitschriften? *Die* Ausstellung. ›Flamboyanz und Futurismus‹. Kommenden Monat im Maxxi. Mit meinen postfaktischen Skulpturen aus der orangeroten Periode. Na? Klingelt da was bei euch?«

Die beiden schauten sich ratlos an.

»Ignorantinnen!«, sagte Giada und ließ sie stehen.

Dann war plötzlich wieder *signora* Leone neben ihr. Sie hatte sich bei einem Mann Anfang sechzig untergehakt. Er war als einer der wenigen hier unauffällig gekleidet, dunkelblauer Anzug, mittelblaue Krawatte. Nur sein seidiges, bis zum Nacken fallendes Haar und die knallrote Hornbrille wiesen darauf hin, dass er kein klassischer Manager war. Und der amüsierte Blick, mit dem er das Treiben um sich herum beobachtete, was Giada auf Anhieb für ihn einnahm. »Arturo ist der Kurator des Macro Testaccio«, stellte die Boutiquebesitzerin ihn vor. »Und ein alter Bekannter von Annibale. Vielleicht kann er Ihnen etwas über ihn erzählen. Ich lasse euch beide dann mal allein.«

»Wissen Sie, dass Sie die einzige schöne Frau hier oben auf der Terrasse sind?«, sagte Arturo mit so neutraler Stimme, als verlese er den Wetterbericht.

Dämliche Anmache, dachte Giada und wollte eine giftige Bemerkung ablassen. Doch etwas in seinem Blick ließ sie erahnen, dass er es ernst meinte. Er musterte sie konzentriert und distanziert zugleich, als betrachtete er ein Kunstwerk in einem Museum. Sicher ist er schwul, überlegte Giada mit einer gewissen Erleichterung.

»Schauen Sie sich doch nur um«, fuhr er fort. »Aufgespritzte Lippen. Gestraffte Wangen. Vergrößerte Brüste. Abgesaugte Schenkel. – Hier hat eine Armada von Chirurgen ein Panoptikum von Schönheitsattributen geschaffen, ohne der Schönheit selbst auch nur auf die Spur zu kommen. Sie dagegen versuchen, sich mit dieser Latzhose zu vermummen und mit dieser Frisur zu entstellen. Doch es gelingt Ihnen nicht. Ihre Schönheit lässt sich nicht verbergen. Denn wahre Schönheit muss von innen kommen, glauben Sie mir, selbst wenn das schockierend altmodisch klingt.«

»Das Gute, Wahre und Schöne? Und das sagt der Kurator eines Museums für zeitgenössische Kunst?«

»Sicher, zeitgenössische Kunst steht nicht mehr im Dienst der Schönheit, jedenfalls nicht mehr so absolut, wie das die klassische Kunst tat. Oft negiert sie die Schönheit geradezu, was allerdings im Umkehrschluss bedeutet, dass sie sich an ihr orientiert. In jedem Fall fasziniert Schönheit die Menschen heute mehr denn je. Nur, dass es vielen am Geschmack fehlt, sie zu erfassen und zu benennen.«

Giada griff sich ein vorbeigleitendes Glas Spumante und trank es in einem Zug aus. Es war heiß, und sie hatte Durst. Sie legte den Kopf schräg und erwiderte den Blick des Kurators mit ihrem spöttischsten Lächeln. »Was ist Schönheit überhaupt?«

»Eine vertrackte Frage. Die Versuche einer Antwort füllen Bibliotheken. Ich halte es mit Stendhal: ›Die Schönheit ist nichts als das Versprechen von Glück.‹«

Giada fiel nichts ein, was sie darauf erwidern konnte, was äußerst selten vorkam.

»Die Menschen reagieren auf das Schöne auf zweierlei Weise. Die einen wollen es ergreifen, um es zu besitzen und sich darin selbst ein Denkmal zu setzen. Gegen ihre

Sterblichkeit. Die anderen wollen es lediglich still betrachten, um es um seiner selbst willen zu verehren.«

»Und was wollen Sie?«

»Tja, das weiß wohl Gott allein.«

Giada, der das Gespräch nun doch etwas zu abstrakt wurde, fragte unvermittelt: »Und Sie kannten Annibale?«

»Ich kannte ihn seit Kindertagen. Wir gingen aufs selbe Gymnasium, aufs Mamiani. Wir haben einen Klub gegründet, wie das Jugendliche nun mal so getan haben, damals in den Nach-Achtundsechzigern. Wollten uns von den Hippies abheben und verschworen uns der Schönheit. Liegt ja auch nahe in Rom.« Arturo nahm ein Glas Orangensaft und schaute versonnen auf die Türme aus Quellwolken, die über den Bergen hinter Tivoli aufstiegen. Leise fügte er hinzu: »Und dann wurde Annibale ihr Opfer.«

»Er wurde von der Schönheit getötet?«

»Exakt. Nicht erst jetzt. Viel früher. Damals liebte er ein Mädchen …«

»Nicht ganz ungewöhnlich für einen jungen Burschen …«

Arturo nippte an seinem Orangensaft. »Wenn Sie sie gesehen hätten …«

»Äußere oder innere Schönheit?«

»Beides.«

»Und sie hat ihm das Herz gebrochen.«

»Er ihr, sie ihm … Ein Inferno.«

Giada hing an seinen Lippen. »Was ist passiert?«

»Es begann wie ein Märchen … Es war einmal eine wunderschöne Wirtstochter aus dem Testaccio-Viertel. Sie hieß Rubina Mori. Sie verliebte sich unsterblich in einen deutlich älteren Lebemann …«

Eine ältere Frau in einem auffallend dezenten Kostüm

tippte ihm auf die Schulter. »Kommst du bitte, Arturo? Der Kulturdezernent hätte jetzt einen Moment Zeit für uns.«

Arturo warf Giada einen entschuldigenden Blick zu. »Die Arbeit, Verehrteste. Falls Sie sich weiter für die Geschichte von Rubina interessieren, gehen Sie mal in die Trattoria da Mori essen. In der Via Monte Testaccio. Sie werden sie nicht verfehlen.«

Giada nickte. Das würde sie tun. Sie zog ihr Handy aus der Latzhose und machte einige Fotos von dieser schrägen Party auf dem Dach. Dabei nahm sie sich vor, diesen Arturo noch einmal aufzusuchen. Schließlich hatte er das Mordopfer fast sein ganzes Leben lang gekannt. Doch irgendwie verunsicherte sie der Typ. Ob sie etwa alt wurde? Noch nie hatte sie jemand »Verehrteste« genannt.

ACHT

Robert Lichtenwalds Gedanken rasten, als er zu seinem Rustico zurückradelte. Er war auf einer Spur. Der Friseur schien tatsächlich der richtige Mann zu sein, um ihn weiterzubringen. Allerdings schwieg Morucci über die *tombaroli* – fast wie ein Grab. Lichtenwald überlegte, wie er ihn zum Sprechen bringen könnte. Der Alte war einsam, das war klar. Sein ganzer Stolz war es, wieder Friseur zu sein. Doch nur wenige kamen zu ihm ... Wenn er ... Er schmunzelte. Seine Erfahrungen als Strafverteidiger waren nicht umsonst.

Nun wollte er erst einmal in Ruhe über den Fall nachdenken. Er packte Badesachen und Sonnencreme in einen Rucksack. Und ein Buch über die Futuristen, von denen ihm Giada erzählt hatte – *Il Futurismo tra cultura e politica.* So ausgestattet radelte er wieder aus dem Gelände der Tenuta di Montecivetta hinaus und die schmale Provinzstraße hinunter, deren Teer in der Hitze zu schmelzen schien. Er ließ die Abzweigung nach Capalbio links liegen und fuhr weiter Richtung Meer. Bald klebte ihm das T-Shirt am Rücken, Schweißtropfen rannen ihm von der Stirn in die Augen. Doch Lichtenwald liebte die Hitze. Als er die Via Aurelia erreichte, musste er einige Minuten warten, bis ihm die Urlauberautos, Wohnwagen und Schwerlaster, die in hohem Tempo nach Norden Richtung Pisa und nach

Süden Richtung Rom brausten, eine Lücke ließen. Dann fuhr er am Rand der Lagune Lago di Burano mit ihren Reihern, Kormoranen, Stachelschweinen und Schildkröten entlang. Die Luft roch jetzt schwer nach Salz, Moor und Tang. Ein paar Kilometer weiter, unmittelbar nach Chiarone Scalo, bog Lichtenwald rechts ab und erreichte einen Piniengürtel. Die riesigen dunkelgrünen Schirme mit den säulenstarken rotbraunen Stämmen empfingen ihn in ihrem Schatten. Lichtenwald spähte unwillkürlich die Gegend aus. Gab es irgendwelche Anzeichen von Grabungen? Kleine Erdhügel, unter denen sich Gräber verbergen könnten? Die Vorstellung faszinierte ihn, dass hier in der Gegend nachts die Grabräuber ihr Unwesen trieben, während tagsüber nichts ahnende Touristen ihren Sommerurlaub genossen. Urlaubsparadies mit Abgründen. Am liebsten hätte er selbst Schaufel und Hacke gepackt und wäre auf Schatzsuche gegangen. Doch so einfach war das nicht. Jedenfalls musste er Giada von seinem Rechercheversuch bei Morucci erzählen. Sie musste den Alten ja gut kennen. Was sie wohl gerade in Rom machte?

Er schloss sein Rad ab und legte sich auf den weichen Nadelboden, um Atem zu schöpfen. Als die ersten Ameisen an ihm hochkrabbelten, stand er auf und durchquerte die mit Macchia überwachsenen Dünen. Der Duft ätherischer Öle, die Sträucher und Büsche ausdünsteten, war so stark, dass ihm schwindlig wurde. Und dann lagen sie vor ihm, der Strand und das Meer, das ihn mit Wellenschwappen und leichtem Wind empfing. Lichtenwald riss sich wie ein Kind Turnschuhe und T-Shirt vom Leib und rannte in seinen Shorts ins Wasser. Obwohl es siebenundzwanzig, achtundzwanzig Grad warm sein mochte, wirkte es angenehm kühl. Er schwamm ein Stück hinaus und ließ sich von den Wogen auf und nieder schaukeln, während er mit zusammengekniffenen Augen das helle Band des Strandes und das dunkle der Pineta betrachtete. Um die Mittagszeit war wenig los an diesem vor allem bei Einheimischen beliebten Strandabschnitt. Nachdem die Sonne ihn getrocknet hatte, ging er zum Strandrestaurant Ultima Spiaggia, dessen Name weder etwas mit Dante noch mit Bootsflüchtlingen zu tun hatte, sondern das einfach so hieß, weil es am letzten Strand der Toskana vor der Grenze zu Latium lag.

Hier allerdings war viel los. Das Restaurant, das mit seiner Holzterrasse direkt auf die Düne gebaut war, quoll über vor Gedränge, Gelächter und Gerüchen. Kellnerinnen und Kellner hetzten mit überladenen Tabletts zwischen Küche und Tischen hin und her, um goldgelb frittierte Calamari und Scampi, schwarzviolett glänzende Miesmuscheln und silbrig schimmernde Doraden aufzutischen. Lichtenwald entschied sich fürs Buffet und bediente sich reichlich am cremigen Mozzarella, einem kräftig-süß schmeckenden *Prosciutto Toscana*, Krakensalat, gegrillten Auberginen, eingelegten Sardellen und marinierten Venusmuscheln. Er ergatterte noch ein beschlagenes Glas Weißwein und quetschte sich an den Rand der Theke, wo er in aller Ruhe schlemmte, während rundherum der italienische Sommer tobte.

Sein Smartphone brummte zweimal. Eine WhatsApp-Nachricht von Giada.

Hi, Robert! Geht's voran mit den Grabräubern? Guck mal, wo ich gerade bin!

Es folgte ein spektakuläres Bild von einer Dachterrassen-Party über Rom, *bella gente*, wohin man auch blickte.

Was Giada da wohl machte? Wer hatte sie dahin mitgenommen? Robert spürte überrascht, wie ein Gefühl in ihm aufstieg, das er lange nicht mehr erlebt hatte. War das etwa Eifersucht? Unsinn, dachte er und spülte den Gedanken mit einem Schluck Weißwein hinunter. Dann postete er ein Foto des Lokals zurück und schrieb darunter:

Auch nicht ohne, oder?

Sofort kam die Antwort:

Das Ultima Spiaggia! Ohne mich! Du Schuft! Bist du allein dort?

Quasi. Nur mit ein paar Freundinnen. Monica Bellucci, Michelle Hunziker und ein paar andere.

Als Antwort kam ein Emoji, das die Zunge herausstreckte. Dann in rascher Folge:

Ich hab einiges rausbekommen.

Muss heute Abend noch was in Rom recherchieren.

Können wir uns morgen Abend in Morcone treffen?

Bei mir um acht?, schrieb Robert zurück.

Okay. Bis dann. Und denk an die Grabräuber!

Als Robert Lichtenwald am Spätnachmittag auf dem Rad zu seinem Rustico hochkeuchte und sich auf eine Dusche freute, schaukelte ein Besucher in dem Rattanhängesessel, den er für die Terrasse gekauft hatte. Der Philosoph saß, wie üblich in weite Leinenkleider gehüllt, im Schneidersitz auf dem Kissen und ließ den Stuhl durch unmerkliche Bewegungen seines Körpers kreisen. Er schien zu meditieren.

Doch als Lichtenwald auf die Terrasse trat, war er sofort voll da. »Ich habe Ihnen was mitgebracht«, sagte Luigi La Torre und deutete auf einen Karton, der auf dem Tisch stand. »Es wird Sie aufmuntern. Und beschäftigen. Das auf alle Fälle!« Der hünenhafte Mann kicherte.

»Es?«, fragte Robert gedehnt und warf einen Blick auf den Karton. »Was ist es?«

»Schauen Sie halt hinein, Robert!«

Lichtenwald klappte mit spitzen Fingern den Deckel hoch, als ihn ein pelziges, fauchendes Etwas zurückschrecken ließ. Auf dem Boden der Schachtel saß das seltsamste Geschöpf, das er je auf seinem Grundstück zu Gast gehabt hatte – den Philosophen einmal ausgenommen. Das Wesen war etwa so groß wie eine Katze, aber stämmiger, mit kurzem, buschigem Schwanz. Der Körper war mit dichtem, graubraunem Pelz bedeckt, der an ein Murmeltier erinnerte, während der Kopf schwarz-weiß gestreift war wie bei einem Zebra, wobei die Nase des Wesens rüsselartig nach vorne gezogen war. Das Alien schaute den Anwalt aus vorwurfsvollen Knopfaugen an. »Was ist das?«, stammelte Lichtenwald.

»Raten Sie mal, *avvocato*!«

»Ein ... Schnabeligel?«

»Unsinn, die gibt es hier doch nicht.«

»Ein Stachelschwein?«

»Sehen Sie irgendwo Stacheln?«

»Ein Beutelteufel«, murmelte Lichtenwald, halb entsetzt, halb fasziniert. Vor Jahren hatte er mit Lea einen Tierfilm über den Tasmanischen Teufel gesehen, der sie fasziniert hatte. Besonders hatte sie beeindruckt, mit welch todesverachtendem Grimm sich das eher kleine Tier auf alles und jeden stürzte, was in sein Revier eindrang.

»Quatsch«, lachte der Philosoph. »Dämonen, weiß ich, wird man schwerlich los.«

»Goethe, Faust II.«

»Complimenti!« Luigi La Torre schien ehrlich beeindruckt.

»Also – was ist das jetzt?« Lichtenwald wurde ungeduldig, was selten vorkam. Das Wesen tat ihm leid, das da so hilflos in der Schachtel kauerte und fauchte.

»Ein Dachs.«

»Ein Dachs«, sagte Lichtenwald andächtig, dem noch nie ein lebendiger Dachs begegnet war.

»Ein junger Dachs«, ergänzte der Philosoph. »Ein Freund von mir arbeitet ehrenamtlich für eine Wildtierstation bei Scansano. Dort werden verwaiste Jungtiere und verletzte Tiere versorgt, die in der Natur nicht überleben könnten. Da habe ich mich für Sie umgesehen und diesen Dachs gefunden.«

»Aber warum einen Dachs?«

»Hätte ich Ihnen eine Wildsau mitbringen sollen? Der kleine Kerl hat mich gerührt. Bei den alten Kelten war der Dachs ein Gott der Heilkunst, der Stärke und Durchhaltekraft. Alles Dinge, die Sie gebrauchen können. Und – verzeihen Sie mein kindliches Gemüt – ist er nicht niedlich?«

Der Dachs legte wie aufs Stichwort den Kopf zur Seite und schnurrte. Lichtenwald nickte verhalten. »Niedlich, ja. Aber ein Wildtier.«

»Nicht unbedingt. Kennen Sie Monte Oliveto Maggiore?«

»Die Abtei? Ich bin als Student mit Freunden mal dort gewesen. Tolle Lage. Und erst die Fresken. Von Sodoma, nicht wahr?«

»Und von Signorelli. Aber mir geht es jetzt tatsächlich um Sodoma. Erinnern Sie sich?«

»An was?«

»An das Selbstporträt Sodomas?«

Lichtenwald schloss die Augen und begann, die gesuchte Erinnerung in seiner Vorstellung zu umkreisen. Und tatsächlich hatte er bald das Bild vor Augen: der Maler als Edelmann, höfisch-elegant gekleidet, mit langen schwarzen Locken, zu seinen Füßen zwei seltsame Tiere. Sie hatten Lichtenwald an Nasenbären erinnert.

»Und? Ich sehe, dass Sie sich erinnern. Man hat damals in der Toskana Dachse als Haustiere gehalten. Was spricht dagegen, das heute wieder zu tun?«

»Aber wie soll ich ihn halten? Ich bin in einer Arbeiterfamilie in der Großstadt aufgewachsen. Da war kein Platz für Tiere und kein Geld. Das Einzige, was ich einmal haben durfte, war ein Molch, den ich in einem Tümpel gefangen hatte. Er lebte im Keramiknachttopf meiner Urgroßmutter – allerdings nur drei Tage.«

»Tragisch«, sagte der Philosoph leicht zerstreut, weil er auf den jungen Dachs konzentriert war. »Aber keine Sorge: Ich werde Ihnen helfen. Wir bauen dem Dachs auf Ihrem Grundstück ein Gehege, mit einer Hütte und einer Tunnelröhre. Platz genug haben Sie ja. Bis dahin müssten Sie das Tier allerdings im Haus halten. Und vor allem müssen Sie es säugen. Es braucht noch Milch.«

Lichtenwald blickte unwillkürlich auf seine Brust hinunter. »Aber ich habe keine Milch.«

»Dann kaufen Sie welche. Oder rühren Sie Babymilchpulver an. Bio bitte. Und füttern Sie den Dachs mit einem Fläschchen.«

»Porca miseria!«, entfuhr es Lichtenwald, der seit einigen Wochen begann, auf Italienisch zu träumen und zu fluchen. Vermutlich ein Ergebnis gelungener Integration. Dann schloss er die Schachtel und trug den Dachs behutsam ins Haus.

»Halt!«, rief ihm der Philosoph hinterher. »Sie müssen

ihm noch einen Namen geben. Nennen Sie den ersten, der Ihnen einfällt.«

»Alfredo«, sagte Lichtenwald.

»Alfredo!« Der Philosoph nickte zufrieden.

NEUN

Giada saß in der römischen Wohnung ihrer Freundin und googelte nach Lokalen im Testaccio-Viertel. Unter den ersten Treffern war die Trattoria da Mori. »Römisches Traditionslokal«, war da zu lesen, »Spezialitäten sind Kalbsfüße, Stierhoden und Ochsenschwanz.« Giada schleckte sich mit der Zunge über die Lippen. Damals, als sie noch Teil des hippen, jungen Roms war, war sie öfter mit Freunden am Monte Testaccio ausgegangen. Sie wusste, was sich da gehörte. Sie ging unter die Dusche, tönte ihre Haare und behandelte sie mit Giulias Glätteisen. Nun hatte sie keinen koboldhaften Wuschelkopf mehr, sondern die glatten, braunroten Haare einer römischen Schönheit der Nacht. Sie zog sich eine enge Jeans und ein trägerloses weißes Top an. Ihre Sneakers dazu? Eher nicht. Giada inspizierte Giulias Schuhregal und wählte ein Paar grobe, geschnürte Lackstiefel mit Metallapplikationen. *Ecco*, Punk! Sie drehte sich vor dem Spiegel im Flur und verließ das Haus in bester Stimmung.

Monte Testaccio – der Scherbenberg. Einst lag hier am Tiber, im Süden der Stadt, ein Hafen des antiken Roms, in dem Öl, Wein und Getreide angelandet wurden. Als Verpackung dienten Amphoren aus Ton, die Container der Antike. Sobald die Lebensmittel auf den Stadtmärkten verkauft waren, wurden die verschmutzten Amphoren zerschlagen und die Scherben auf einen Haufen geworfen, der schließlich zu einem Berg wurde. Im Lauf der Jahrhunderte siedelten sich Büsche und Bäume auf dieser antiken Müllkippe aus mehr als fünfzig Millionen Amphoren an. Während oben Schafe und Ziegen weideten, gruben die Römer unten Höhlen in den Berg, um darin Wein aus den Castelli Romani zu lagern. Bereits im Mittelalter entwickelten sich daraus Schenken und Gaststätten. Viel später wurde das einstige Arbeiterviertel hip. Die Lokale an der Via di Monte Testaccio, die den Scherbenberg umkreist, entwickelten sich zum Hotspot des römischen Nachtlebens mit Clubs, Bars und Restaurants. Mittlerweile hatte die Partymeile ihre besten Jahre allerdings hinter sich. Dealer und Räuberbanden setzten den Nachtschwärmern zu, die sich durch Müll und wilde Parkplätze zu den Lokalen durchschlagen mussten. Gute römische Trattorien aber gab es hier immer noch. Sie tischten die traditionellen Gerichte auf, Kutteln, Kalbszungen und Artischocken auf jüdische Art etwa. Und nach wie vor zog der morbide Charme des Viertels Politiker, Schauspieler, alte Reiche und neue Schöne an, die in den trendigen Clubs am Fuß des Scherbenbergs feierten.

Auch Giada kam immer wieder gerne hierher. Jetzt, eine Stunde vor Sonnenuntergang, war wenig los. Sie parkte ihre *ape* auf einer vermüllten Wiese neben der Straße, ohne Angst haben zu müssen, dass ihr dieses Auto geklaut würde. Immerhin das hatte sie den Ferrari- und Porschefahrern voraus, die später hier einfallen würden. Die Luft roch nach Staub und abgefackeltem Unrat. Zwei junge Typen lungerten vor dem Club Radio Londra herum, der noch geschlossen hatte. Sie pfiffen Giada hinterher, und sie zeigte ihnen, ohne sich umzudrehen, den Mittelfinger. Sie hatte keine Angst, schon gar nicht um diese Uhrzeit. Und sie wusste aus Erfahrung, dass Menschen gegenüber dasselbe galt wie gegenüber Hunden: Man durfte keine Angst ausstrahlen.

Die Trattoria da Mori befand sich in einem für diese Straße recht stattlichen, ochsenblutfarbenen Haus, das direkt an den Scherbenberg gebaut war. Zwei bauchige Tontöpfe mit Ligusterbüschen säumten den Eingang. Die holzgetäfelte Gaststube mit dem weiß gekalkten Tonnengewölbe war noch leer. Giada setzte sich an einen Tisch in der hintersten Ecke, von wo aus sie das ganze Lokal im Blick hatte. Reporter-Gewohnheit. Sie bestellte bei einem untersetzten Kellner mit grauem Haarkranz ein Bier und *coratella di abbacchio con carciofi*, ein urrömisches Gericht, für das Innereien vom Milchlamm mit Artischocken, Zwiebeln, einer Zitrone und Weißwein in einem Tiegel geschmort werden. Während sie auf ihr Essen wartete, spazierte Giada durch den Speisesaal und betrachtete die Schwarz-Weiß-Fotos von Filmschönheiten und Prominenten, die offenbar alle schon einmal hier gegessen hatten. An der Rückwand hingen ebenfalls Bilder und Zeitungsausschnitte, die sich um das Lokal selbst und die Wirtsfamilie drehten. Giada fiel eine hinreißende Schönheit ins Auge, die auf nahezu allen Bildern zu sehen war. Sie ähnelte der Schauspielerin Monica Bellucci. Ein Foto zeigte das Mädchen mit den ebenmäßigen Gesichtszügen, den aufgeworfenen, vollen Lippen und dem herausfordernden Blick im Alter von vielleicht sechzehn, siebzehn Jahren vor der Kulisse eines archaisch wirkenden Dorfes aus verfallenden Natursteinhäusern, das sich wie ein Adlernest auf einem stark erodierten Tuffsteinfelsen festkrallte. Ein anderes Bild präsentierte die Schönheit, nun zwei, drei Jahre älter, wie sie eine Gruppe junger Männer im Lokal Da Mori bediente. Sie trug verwaschene Jeans und ein weißes, vor dem Bauch verknotetes Herrenhemd und hatte die Haare hochgesteckt, so dass ihr graziler Hals, die hohen Wangenknochen und die gewölbte Stirn bestens zur Geltung kamen. Noch auf dem alten Foto war die magnetische Ausstrahlung zu spüren, die diese junge Frau gehabt haben musste. Ein kühnes Lächeln spielte um ihre Lippen, während sie die schmachtenden Blicke der Burschen entgegennahm.

»Da könnte man glatt lesbisch werden«, murmelte Giada, während sie sich in den Anblick dieser Frau vertiefte. Sie schrak auf, als hinter ihr eine Stimme sagte: »*Incantevole, vero?* – Bezaubernd, nicht wahr?«

Es war der Kellner, der gerade ihre *coratella* brachte. »Niemand konnte sich ihrer Wirkung entziehen. Weder Köche noch Kellner noch Gäste. Weder Frauen noch Männer. Sie zog uns alle an. Wer sie sah, war ihr verfallen.«

»Und wer war dieses – Wunderwesen?«, fragte Giada ungewollt spöttisch.

»Rubina. Rubina Mori. Sie stammte aus einer alten Wirtsfamilie hier vom Testaccio. Die Mori betrieben diese Trattoria über Generationen. Zuletzt ihr Vater Acilio, bei dem sie abends als Kellnerin jobbte, seit sie vierzehn Jahre alt war. Von da an rannten die Leute der Trattoria die Bude ein. Arbeiter aus dem Viertel, Tagediebe, Politiker, Unternehmer, Prominente. Sie kamen nicht wegen des Essens, obwohl das nie schlecht war, sondern um Rubina zu betrachten. Manche saßen abendelang an ihrem Tisch und bestellten Wein auf Wein, weil sie sich keine Bewegung des Mädchens entgehen lassen wollten. Tja, ich selbst musste aufpassen, keine Teller fallen zu lassen, so sehr lenkte mich Rubina ab.« Der Kellner stellte das Essen auf den Tisch und näherte sich der Wand mit den Fotos, so als käme er noch immer nicht von der jungen Frau los.

»Und – was ist aus ihr geworden?«

Der Kellner seufzte. »Wenn ich das wüsste! Ich gäbe das Seelenheil meiner Mama dafür her! Niemand weiß es. Erst trafen Rubina zwei Schicksalsschläge. Ihr Vater wurde hier im Lokal vor ihren Augen ermordet, während sie selbst brutal vergewaltigt wurde. Sie führte die Trattoria noch einige Wochen fort. Dann verkaufte sie sie und verschwand von einem Tag auf den anderen.« Giada sah, wie die Augen des Kellners feucht wurden. »Niemand weiß, wohin. Sie hat keine nahen Verwandten mehr, und bei ihren entfernten Cousins und Cousinen in der Toskana hat sie sich nie mehr gemeldet. Diese Fotos hier an der Wand sind alles, was von ihr geblieben ist.«

»Und man hat nie wieder von ihr gehört?«

»Nie. Aber irgendwie lebt sie hier weiter. Viele Gäste kommen noch heute vor allem, um sich ihre Fotos anzuschauen.«

Giada nickte. »Das kann ich verstehen. Hatte Rubina damals einen *fidanzato*? Einen festen Freund?«

»Es gab da einen eleganten Herrn, viel älter als sie, so Mitte vierzig. Er holte sie oft nachts von der Arbeit ab und brachte sie am folgenden Nachmittag zurück. Rubinas Vater tobte, aber sie war bereits volljährig und ließ sich keine Vorschriften mehr machen. Ich weiß nicht, wer der Mann war, mit dem sie ging.«

Giada zuckte zusammen. Und wenn der Mann Annibale Colasanti war? Warum hätte ihr Arturo sonst geraten, dieses Lokal zu besuchen? Der Kellner starrte immer noch auf die Fotos von Rubina. »Sie sagte uns, es sei ihr *fidanzato*. Und wissen Sie was: Ich glaube, dass sie ihn liebte. Warum wäre sie sonst mit ihm gegangen? Sie war nicht das Mädchen, das einen reichen alten Sack suchte. Sie wollte studieren und Politikerin werden, weil sie was für unser Viertel und die einfachen Leute hier tun wollte.«

»Eine Mutter Teresa mit Sexappeal«, sagte Giada.

»Ich muss weiterarbeiten«, sagte der Kellner und deutete auf die Gäste, die das Lokal betraten. »Schauen Sie sich die Bilder von Rubina nicht zu lange an. Sie kann einen verhexen.«

ZEHN

Als Giada die Terrasse von Lichtenwalds Rustico betrat, sah sie ihn in einem Hängestuhl sitzen. Auf dem Schoß des Rechtsanwalts lag eine korpulente Katze mit schwarzweiß gestreiftem Kopf und saugte Milch aus einem Fläschchen, das Robert ihr gab. Das seltsame Wesen – nein, eine Katze war das nicht – hatte seine stark bekrallten Pfoten auf die Flasche gelegt. Es schmatzte und grunzte vor Wohlbehagen. Giada erstarrte und fragte dann verdattert: »Was ist denn das?«

»Darf ich vorstellen: Giada – das ist Alfredo. Alfredo – das ist Giada.«

»Und was treibt das Milchmonster hier?«

»Es soll mir Gesellschaft leisten und mich aus der Midlife-Krise reißen. Der Philosoph hat es mir geschenkt.«

»Das sieht ihm ähnlich. Aber ein Dachs ist doch kein Haustier!«

»So sehe ich das auch. Wir werden ihm ein Gehege im Garten bauen, und wenn er erwachsen ist, lasse ich ihn frei.«

»Cooler Plan.« Giada wollte Alfredos Kopf streicheln, der schnappte nach ihr. Er fürchtete offenbar, sie wollte ihm sein Fläschchen wegnehmen. Giada hatte tatsächlich Hunger. Und sie wusste, dass Lichtenwald gut kochte. Sie schnupperte in die Luft, konnte aber keinen Essensgeruch einfangen. »Was hast du denn heute zubereitet?«, fragte sie und lächelte Lichtenwald erwartungsvoll an.

Der Anwalt errötete. »Noch nichts. Ich wollte uns Doraden grillen, doch Alfredo hat mich den ganzen Tag in Beschlag genommen. Er ist noch zu klein, um ihn allein im Haus zu lassen.«

»Mamma mia!«, entfuhr es Giada mehr verdutzt als verärgert. »Das heißt, es gibt gar nichts zu essen – außer für das Milchmonster?«

»Wir könnten *Spaghetti aglio e olio* machen«, sagte Lichtenwald kleinlaut. »Dafür habe ich alles im Haus.«

»Cooler Plan«, sagte Giada erneut, doch diesmal ohne Sarkasmus. Sie liebte einfache Pasta-Gerichte.

»Kannst du dich mal um Alfredo kümmern?«, fragte Robert. »Dann geh ich rein und koche.«

»Ach was, das mach ich schon«, sagte Giada und verschwand im Haus, ehe Robert protestieren konnte.

Nachdem sie eine gewaltige Portion Spaghetti mit Knoblauch, Olivenöl und Peperoncino gegessen und eine Flasche noch recht jungen, samtroten Morellino der Fattoria Le Pupille getrunken hatten, während der Dachs in Lichtenwalds Schoß schlummerte, wandten sie sich dem Fall Colasanti zu. Giada erzählte, was ihr der Hausmeister über die Gewohnheiten des Kunstsammlers, die Frau mit dem Halbschleier und die Mordnacht mitgeteilt hatte. Sie beschrieb ihr Treffen mit *signora* Leone und die eigenwillige Party auf dem Dach des Viktor-Emanuel-Denkmals. Und sie schilderte Robert, was sie in der Trattoria da Mori in Erfahrung gebracht hatte. Robert Lichtenwald war es fast peinlich, dass er selbst erst so wenig beizutragen hatte. Immerhin war er beim *barbiere*

Morucci gewesen und hatte sich nach den Raubgräbern erkundigt.

Nach einem längeren Schweigen sagte Giada unvermittelt: »Robert? Wie geht es dir eigentlich?«

Lichtenwald zuckte zusammen. »Weißt du, Giada«, sagte er zögernd, »ich habe immer gesellig gelebt. Hatte meine Familie um mich, viele Freunde, Kollegen. Und hier bin ich meistens allein.«

»Warum hast du dich dann nie bei mir gemeldet? Ich habe viele Freunde hier, ich hätte dich mitnehmen können.«

»Ich konnte die Vergangenheit noch nicht loslassen.«

»Träumst du davon, deine Frau und deine Tochter wären hier?«

»Häufig. Aber daraus wird nichts werden. Ich habe in München alles versucht, Stefanie zurückzuerobern. Sie will mich nicht sehen und nicht einmal am Telefon mit mir sprechen. Sie sagt, dafür sei es noch zu früh. Zu früh!« Er lachte bitter. »Eineinhalb Jahre nachdem sie gegangen ist! Und Lea studiert jetzt in Kiel Meeresbiologie. Wir telefonieren oft. Sie ist ein tolles Mädchen. Aber sie hat viel zu viele eigene Pläne, um mehr als ein-, zweimal im Jahr ihren Vater in der Toskana zu besuchen. Ist ja auch gut so. Sie soll doch ihr eigenes Leben leben.«

»Das klingt traurig.«

Robert merkte, wie selbstmitleidig er daherredete. Er riss sich zusammen. »Warum sollte es mir anders gehen als anderen Vätern? Kinder müssen erwachsen werden. Und was Stefanie angeht – da bin ich wohl selbst schuld. Ich habe Ewigkeiten nicht gemerkt, wie einsam sie sich in den vergangenen Jahren an meiner Seite gefühlt hat. Weißt du, was einer ihrer letzten Sätze war, bevor sie abgehauen ist?«

Giada nickte. »Du hast es mir vergangenes Jahr erzählt: ›Wenn man dich braucht, bist du nicht da.‹ Aber ich kann das nicht bestätigen. Als Leo und ich dich brauchten, gegen den Conte di Montecivetta – da warst du da!«

Robert sah sie dankbar an.

»Und jetzt?«, fragte Giada.

»Ich weiß nicht.«

»Wirst du dir wieder eine Frau suchen? Eine Italienerin vielleicht?«

Robert sah sie nachdenklich an. »Das wissen die Götter. Bislang habe ich hier allerdings erst eine getroffen, in die ich mich verlieben könnte. Eine kluge, mutige Frau, sehr eigenwillig und sehr schön.« Kaum hatte er sie ausgesprochen, erschrak Robert über seine Worte. Der schwere Wein, die Hitze, die viele Zeit allein. Hatte er sich lächerlich gemacht, er, ein Mann mittleren Alters, ein bisschen schwermütig und ein bisschen außer Form?

»Du sprichst von *maggiore* Laganà«, sagte Giada.

Robert schüttelte den Kopf. Dann spürte er zwei warme Arme um seinen Nacken und zwei Lippen, die sich auf die seinen pressten. Ein sommerlicher Duft nach Blumen, Gräsern und Frau übertönte den Geruch des Dachses. Robert Lichtenwald schloss die Augen.

Später hörte er einen Dieselmotor tuckern. Und er war wieder mit Alfredo allein.

ELF

Robert erwachte, weil ihm kühl wurde. Was hatte er da geträumt? Giada, die ihn umarmte und küsste. Und er … Es war kein Traum. Doch irgendwann waren sie dann beide auf seinem Hängestuhl eingeschlafen, und als er aufwachte, war Giada weg. Es war verflixt, wie schon im vergangenen Jahr. Immer dann, wenn sie einander näherkamen, scheute er vor dem letzten Schritt zurück. Dabei zog ihn Giada an, nicht nur, weil sie sehr gut aussah. Ihn faszinierte, dass sie so anders war als er. Ihr rebellischer Geist, ihre Spontaneität, der unbändige Freiheitsdrang …

Freiheitsdrang? Wo war eigentlich Alfredo? Robert schaltete die Taschenlampe seines Handys an und leuchtete über die Terrasse. Nichts. Er ging hinunter in den Garten. Der Philosoph würde es ihm nicht verzeihen, wenn Alfredo etwas zugestoßen war. Mein Gott, was hatte er sich da mit diesem Tier aufgeladen! Eine halbe Stunde lang tigerte Robert durch den Garten, leuchtete unter die Büsche, schaute unten am Teich nach. Er rief leise und lockend. Vergeblich. Als er schon aufgeben wollte, hörte er ein schabendes Geräusch, leuchtete in die Richtung, aus der es kam, und sah den Dachs, der mit den Vorderpfoten unter dem Feigenbaum die Erde aufwühlte. Robert redete sanft auf ihn ein, hob ihn hoch und trug das sich windende Tier in die Küche. Dort legte er den Dachs in den Hundekorb, den ihm der Philosoph vorbeigebracht hatte, und gab ihm ein Stück Melone, an dem Alfredo zu knabbern begann. Er wusste nun dank Internet, was Dachse lieben. Dann ging Robert nach oben in sein Schlafzimmer. Er kontrollierte noch einmal sein Handy. 4.30 Uhr. Er hatte eine Nachricht bekommen. Giada.

War schön heute Abend mit Alfredo und dir.

Es folgte ein zwinkerndes Smiley.

Fährst du, wie besprochen, morgen mal zum Reitclub Centro Ippico Capalbio? Ich hab inzwischen herausgefunden: Der Besitzer, ein Luca Corte, war der beste Freund unserer Leiche. Bin morgen in Rom. Melde mich.

Robert fragte sich nicht zum ersten Mal, ob es wirklich seine Bestimmung war, in der Maremma zum Hiwi einer Kriminalreporterin zu werden. Allerdings war es nicht irgendeine Kriminalreporterin ... Bevor er länger darüber nachgrübeln konnte, was er eigentlich wollte, schlief er ein.

Capalbio ist einer jener Orte, die dem Wunschtraum eines teutonischen Italienschwärmers entsprungen zu sein scheinen. Rund und kompakt wie ein versteinerter Ammonit liegt das Viertausend-Einwohner-Städtchen auf einem Hügel über dem Lago di Burano und dem Meer. Eine liebevoll erhaltene Wehrmauer umgürtet die Natursteinhäuser mit ihren blassroten Ziegeldächern, aus deren Mitte die Burg mit dem mächtigen Turm ragt. Und dann sind da die umliegenden Olivengärten, der Duft der Macchia, der Wind vom Meer und das Geplauder der Leute, die abends auf der südlichen Stadtmauer ihren Aperitif einnehmen, um später bei Da Maria oder in einem anderen der zahlreichen Restaurants Zucchini-Carpaccio, Pappardelle mit

Wildschweinragout und in Rotwein geschmortes Kaninchen zu verzehren. Falls dieses Paradies einen Schönheitsfehler haben sollte, dann diesen: Es ist kein Geheimtipp. Schon gar nicht bei den Römern. Capalbio gilt vielmehr als Ausflugs- und Ferienhochburg begüterter Linksintellektueller aus der Kapitale. Politiker, Schauspieler, Schriftsteller, Journalisten diskutieren hier in gepflegt rustikaler Atmosphäre über die Ungerechtigkeiten der Weltläufte und die Stärken des letzten Brunello-Jahrgangs.

Robert war bei früheren Urlauben mit Stefanie und Lea ab und an zum Essen hier gewesen. Als Ort zum Leben aber zog er das einfachere Morcone vor. An diesem Morgen verzichtete er auf das Fahrrad, weil er nicht durchgeschwitzt bei seinem Rechercheziel ankommen wollte. Der Reitclub war leicht zu finden, er war in einem ehemaligen Weiler in einer grünen Senke unterhalb Capalbios eingerichtet. Auf dem Turnierplatz stand eine junge, sehnige Reitlehrerin, rauchte eine Zigarette und brüllte einer Gruppe Mädchen und Jungen Befehle zu. Die Kinder wirkten wie aus einem Katalog, in makellosen hellen Reithosen, weißen Blusen und staubfrei glänzenden schwarzen Stiefeln. Manche trugen trotz der morgendlichen Hitze Turniersakkos.

»Was wollen Sie?«, raunzte die Reitlehrerin Robert an.

»Ich suche Luca Corte.«

Die Frau musterte Lichtenwald scharf. »Der Chef ist drüben im Stall.«

Der helle Stall mit breiter Mittelgasse bot Platz für zwei Dutzend Pferde. Die Boxen waren frisch eingestreut, das Fell der Tiere glänzte. Ein Mann um die sechzig in Reitkleidung zäumte gerade einen Fuchs auf. »Suchen Sie mich, *dottore*?«, fragte er höflich mit tiefer Stimme.

Robert fand ihn sympathisch und beschloss, die Sache frontal anzugehen. »Ja, wenn Sie Luca Corte sind.« Der Mann nickte, und Robert fuhr fort: »Ich bin ein Rechtsanwalt aus München und lebe nun in meinem Landhaus in der Nähe von Morcone. Gerade helfe ich einer italienischen Freundin, die Zeitungsreporterin ist, bei ihren Recherchen.«

»Kein schlechtes Hobby für einen Anwalt.«

»Das weiß ich noch nicht so recht. Derzeit versuchen wir jedenfalls, etwas über den Mord an Annibale Colasanti herauszubekommen. Er war doch Ihr Freund?«

Die Miene des Reitstallbesitzers verdüsterte sich. »Der arme Annibale. Wir haben uns kennengelernt, als ich vor zwanzig Jahren diesen Reitstall aufmachte. Er war ein ausgezeichneter Reiter. Bis er dann diesen Unfall hatte. Und nun das!«

»Ich habe davon gehört. Aber was für ein Unfall war das eigentlich genau?«

»Sein Pferd blieb beim Ausreiten an einem Stück Stacheldraht hängen und stürzte. Annibales Bein geriet unter das Pferd. Seitdem war er gehbehindert und konnte nicht mehr reiten.«

»Haben Sie sich trotzdem noch getroffen?«

»Ja. Er kam bis zuletzt immer wieder hierher. Er liebte die Maremma und unseren Reitclub. Manchmal blieb er ein paar Tage hier, schaute den Reitern zu und machte mit mir Ausflüge. Furchtbar, sein Tod. Ein Raubmord, heißt es.« Der Rote begann unruhig mit den Hufen zu stampfen. »Aber jetzt entschuldigen Sie mich bitte. Ich muss den da zureiten.« Er klopfte dem Pferd mit der flachen Hand auf den Hals.

»Nur zwei Minuten noch«, beeilte sich Robert. »Sie

denken also, dass es ein Raubmord war? Oder hatte er Feinde? Ich habe gehört, dass er sich mit Politikern in Rom angelegt hat.«

Corte schüttelte den Kopf. »Ich habe wirklich keine Ahnung, warum er umgebracht wurde. Aber wenn ich raten soll: Es könnten Kunsträuber gewesen sein. Es war ja in römischen Sammlerkreisen kein Geheimnis, dass er eine wunderbare Kollektion besaß. Und er kaufte ständig zu, hatte so seine Kontakte in der Szene.«

»Und was ist mit der römischen Stadtpolitik? Da hat er sich doch Gegner gemacht.«

»Einige. Er mischte, wie Sie ja offenbar schon wissen, aus dem Hintergrund politisch mit. Deckte Korruption auf, forderte die etablierten Parteien heraus, indem er eine neue Bewegung unterstützte. Eine Partei der Schönheit – die wird Ihnen nichts sagen.«

»Es könnte also ein politisches Motiv geben?«

»Möglich. Dann wäre der Raubmord nur Tarnung.«

Der Fuchs begann, mit dem Kopf zu schlenkern, um Bremsen abzuschütteln. »Ich muss jetzt wirklich …«, sagte Corte. »Der rastet mir sonst aus. Sollen wir uns später mal in Ruhe unterhalten?«

»Sehr gern. Nur noch eines: Haben Sie Annibale Colasanti in der letzten Zeit mal gesehen – und ist Ihnen da etwas aufgefallen?«

Corte runzelte die Stirn. »Ich weiß nicht, ob ich Ihnen das erzählen soll. Nicht weil ich Ihnen misstraue … Ich will Sie da nur in nichts hineinziehen. Es gibt da gefährliche Leute.«

Lichtenwald streckte sich und atmete tief ein, um massiger zu erscheinen. Es war eine billige Taktik, doch er hatte immer wieder erlebt, dass sie wirkte. »Wissen Sie, *signor*

Corte, als Strafverteidiger hat man es oft mit sehr gefährlichen Leuten zu tun.«

Corte trat in seinen Reitstiefeln von einem Bein aufs andere. »Annibale war bei seinem letzten Besuch auffallend gut gelaunt. Er erzählte mir, am Monte Argentario sei man auf eine antike Villa gestoßen und habe eine sensationelle Statue gefunden. Die habe er sich gekauft. Doch sosehr ich ihn auch löcherte, er verriet mir nicht, was für eine Statue das war. Ich musste ihm sogar versprechen, kein Wort über die Sache zu verlieren. Aber jetzt, da er tot ist … Womöglich wurde er ja deshalb …«

Robert nickte ernst. »In der Tat. Das könnte sein. Und Sie wissen wirklich nicht, um was für eine Statue es sich handelte? Hat Colasanti nicht wenigstens irgendwelche Andeutungen gemacht?«

»Nein. Und wissen Sie: Hier in der Maremma gibt es viele, die nach alten Schätzen buddeln, illegal, versteht sich. Ich halte mich da lieber raus.«

»Das verstehe ich«, sagte Robert, bedankte sich und wandte sich zum Gehen.

»Viel Glück«, sagte Corte. »Und halten Sie mich bitte auf dem Laufenden, wenn Sie etwas über Annibales Tod herausfinden.«

Als Robert zum Parkplatz hinter dem Stall ging, sah er die Staubfahne auf dem Zufahrtsweg zum Gutshof. Noch bevor er in seinen Wagen gestiegen war, waren die Carabinieri da. Ein nachtblauer Alfa Romeo mit roten Streifen auf der Heckhaube und an den Seiten. Dahinter ein schweres Motorrad. Es hielt direkt neben Lichtenwalds Auto. Eine große, schlanke Gestalt in schwarzer Ledermontur stieg ab, hob mit beiden Händen ihren Helm hoch und ließ die langen schwarzen Haare auf die Schultern herabfallen. »*Che sorpresa, l'avvocato tedesco!*«, rief *maggiore* Laganà. »Ich wusste gar nicht, dass Sie Reitstunden nehmen.«

»Das tu ich auch nicht. Ich war in einer anderen Angelegenheit hier.«

»Helfen Sie wieder Ihrer Freundin mit den Hexenohrringen bei Recherchen?« Laganà hob spöttisch den Zeigefinger. »Das kann gefährlich werden.«

»Ich weiß. Ich habe meine Erfahrungen gemacht«, sagte Lichtenwald mit einem Augenzwinkern. »Aber, Sie wissen ja: Wer sich nicht in Gefahr begibt, kommt darin um.«

»Das haben Sie bestimmt von Ihrem Freund, diesem Philosophen im Taubenschlag«, sagte die Carabinieri-Offizierin.

»Womöglich. Er färbt auf mich ab. Und was machen Sie hier?«

»Ich nehme Reitstunden.«

»Mit zwei Kollegen?«

»Warum nicht. Wir wollen uns für die Einheit bewerben, die in den Parks von Rom Streife reitet.«

»So sehen Sie aus!« Lichtenwald lachte. »Die Tochter eines Carabinieri-Generals, die es schon als junge Frau zur Majorin gebracht hat, will sich um Taschendiebe und nachlässige Hundehalter im Park kümmern. Das nenne ich Ehrgeiz!«

Laganà musste ebenfalls lachen. »Natürlich bin ich nicht als Reitschülerin hier.« Sie drückte den Rücken durch und tat, als würde sie Zügel halten. »Ich kann reiten.«

»Dann ermitteln Sie wegen dem ermordeten Kunstsammler, wegen Colasanti?«

»Auch. Aber nicht nur.« Sie tippte auf das goldene Abzeichen mit einem Tempel und einem Drachen, das an ihrem Motorrad prangte.

Robert nickte. »Sie arbeiten jetzt für die Kultur-Carabinieri. Giada Bianchi hat es mir erzählt.«

»Ja. Und die Maremma ist da für uns ein interessantes Pflaster. Unzählige archäologische Stätten, die nahe Kunstszene Roms und jede Menge reicher Villenbesitzer aus dem In- und Ausland. Sie haben doch sicher auch schon mal daran gedacht, sich einen etruskischen Sarkophag auf die Terrasse zu stellen, *avvocato*?«

Lichtenwald lächelte. »Klar. Aber ich würde ihn nur ganz legal kaufen. Ich bin ein seriöser Anwalt.«

»Das sagen sie alle«, antwortete Laganà.

»Jedenfalls ... ermitteln Sie gegen Luca Corte wegen des schwarzen Kunstmarkts?«

»Wollen Sie mich verhören, *avvocato*?«

»Ich bin nur neugierig.«

»Das haben Sie mit Ihrer Freundin Giada Bianchi gemeinsam. Noch einen schönen Tag, *dottore!* Und passen Sie auf sich auf. Auf sich und Ihre Freundin.«

Lichtenwald schwirrte auf der Rückfahrt der Kopf. Der Fall wurde kompliziert. Immer mehr Verdächtige. Eine mysteriöse Statue. Kunsträuber. Die Frau mit dem schwarzen Schleier, von der Giada ihm berichtet hatte. Korrupte Politiker. Die Futuristen. Und jetzt auch noch dieser Freund Colasantis, den die Carabinieri womöglich verdächtigten, ein Grabräuber oder Hehler zu sein. Da blieb ihm und Giada nichts anderes übrig, als Spur für Spur zu verfolgen. Die Sache mit dem mysteriösen Kunstwerk, das Colasanti kurz vor seinem Tod erworben hatte, elektrisierte Lichtenwald. Da bei dem Überfall nur eine Vitrine ausgeraubt worden war, lag es nahe, dass der Kunstsammler darin sein neues Prachtstück verwahrt hatte. War er deswegen ermordet worden?

Lichtenwald fuhr nach Morcone und begab sich schnurstracks zum Barbier. Der alte Morucci fegte gerade die Haare am Boden auf einen Haufen, den er dann in die Ecke des Salons kehrte. Das Bücken war ihm fast unmöglich geworden.

»Ecco, il dottore«, keuchte der Alte. »Eine Rasur?«

»Ja, in Ordnung«, seufzte Lichtenwald und murmelte auf Deutsch: »Wenn es der Wahrheitsfindung dient.« Wieder ließ er sich in den durchgesessenen Friseursessel aus karamellfarbenem Kunstleder sinken, um sich von Morucci malträtieren zu lassen. Eine Viertelstunde später ging er pfeifend aus dem Salon, während Blut aus kleinen Wunden an seinem Hals sickerte. Er hatte Morucci von der Entdeckung der antiken römischen Villa am Monte Argentario erzählt und dabei so getan, als wisse er bereits viel mehr. Der Barbier hatte zunächst gemauert. Als ihm Lichtenwald aber wie beiläufig versicherte, er werde fortan mindestens einmal pro Woche zur Rasur kommen, weil dies so angenehm sei, taute der Alte auf. Ja, eine Gruppe *tombaroli* sei auf dem Monte Argentario auf so eine Villa gestoßen. Und, ja, es werde gemunkelt, dabei sei eine einzigartige Statue gefunden worden, offenbar eine archäologische Sensation. Mehr wisse er auch nicht. Er könne sich aber mal umhören. Als Friseur bekomme man ja so einiges mit.

Bereits am Nachmittag fuhr Morucci in seinem Fiat Panda, der ebenfalls aus dem antiken Rom zu stammen schien, bei Lichtenwalds Rustico vor. Da er nicht mehr selbst steuern konnte, ließ er sich von Tinca, einer jungen, aufgeweckten

Rumänin fahren, die sich mit allerlei Arbeiten rund um Morcone über Wasser hielt und ihre Familie zu Hause in Rumänien unterstützte.

Lichtenwald und der Philosoph waren in einem Brico-Baumarkt in Grosseto gewesen und gerade dabei, ein Gehege mit Schutzhütte für den Dachs zu errichten. Während sich Tinca mit dem Tier anfreundete, arbeitete sich Morucci stöhnend aus dem Panda heraus. Robert setzte sich mit dem Barbier an das Tischchen unter dem Feigenbaum, und Morucci kam sofort zur Sache: »*Ehi!* Habe versucht, einen Kontakt herzustellen. Aber die Burschen wollten nichts davon wissen. Sie sind misstrauisch ... »

»Dann probiere ich es halt selbst. An wen kann ich mich da wenden?«, fragte Robert Lichtenwald. »Und wo genau befindet sich diese antike Villa, in der die *tombaroli* graben?«

»Wenn die das erfahren, dass ich Ihnen was verrate, machen sie mich fertig.«

»Das glaube ich nicht. Ich will die Raubgräber ja nicht verpfeifen, sondern nur eine Information. Und womöglich kaufe ich denen sogar was für mein Rustico ab.«

»Aber *avvocato*!«, rief Morucci in gekünstelter Empörung.

»Also, jetzt verraten Sie mir die Grabungsstelle schon! Dann werde ich auch tatsächlich regelmäßig zu Ihnen zur Rasur kommen.«

»Ma va«, murmelte der Barbier und strich sich über das schüttere Haar. »Wissen Sie, der Salon läuft ja nicht mehr besonders gut. Ich habe Mühe, Tinca zu bezahlen. Und ohne sie bin ich aufgeschmissen. Aber nur, indem ich Sie rasiere, verdiene ich auch noch nicht genug. Wenn Sie also ...«

Robert hatte verstanden. Er bot dem Alten fünfhundert Euro Belohnung an, falls seine Informationen hilfreich sein sollten. Und er versprach dem Barbier, bei den Toskana-Deutschen Werbung für seine Rasierkünste zu machen. Ein kleiner Aderlass soll ja ganz gesund sein … Das allerdings sagte Robert nicht laut. Morucci begann zu flüstern und zog ein Blatt Papier mit einer Skizze aus der Hosentasche. Die beiden beugten sich darüber. Er solle in der Abenddämmerung kommen, riet der Barbier Robert, dann rückten die Raubgräber gewöhnlich an, um sich nach Einbruch der Dunkelheit ans Werk zu machen. »Und das mit der wöchentlichen Rasur bleibt natürlich versprochen!«, sagte er zum Abschied.

»Sie haben das Ehrenwort eines deutschen Rechtsanwalts«, sagte Lichtenwald und legte seine Rechte auf die Brust.

Morucci nickte zufrieden und ließ sich von Tinca in den Panda bugsieren. Die Rumänin setzte sich ans Steuer und rief Lichtenwald durchs offene Fenster zu: »Wenn Sie mal einen Hüter für den Dachs brauchen, Hilfe in Haus und Garten oder sonst einen Wunsch haben, komme ich gerne. Fragen Sie einfach bei Morucci nach mir.«

ZWÖLF

Giada hatte den ganzen Vormittag in Giulias Wohnung in Rom am Notebook gearbeitet. Es war Zeit, einen Stein ins Wasser zu werfen. Sie schrieb über den Mord an Colasanti und was sie inzwischen herausgefunden hatte. Da Giada den Anspruch an sich hatte, eine ernsthafte Journalistin zu sein, verschwieg sie nicht, was sie alles noch nicht wusste. Sie wies die Leser auf die verschiedenen Fährten hin, von denen – vielleicht – eine zum Ziel, sprich zu den Mördern des Kunstsammlers führte. Allein dessen Leben bot Leseanreize genug: Sohn eines römischen Baumagnaten, Schöngeist, Lebemann, Kunstsammler; eine offensichtlich tragische Liebe zu einer Gastwirtstochter, ein Reitunfall; Hurenbock – Giada drückte sich in dem Artikel gewählter aus –, Korruptionsjäger und Sponsor einer politischen Partei. Der Überfall der zwei Prostituierten auf Colasanti in dessen Wohnung in Parioli. Und ein geheimnisvolles Kunstwerk, von dem auch die Carabinieri behaupteten, sie wüssten nur, dass es verschwunden sei.

Michele, der Feuilletonchef des *Mercurio*, reagierte enthusiastisch, nachdem sie den Artikel in die Redaktion gesendet hatte. »Gut gebrüllt, Löwin!«, schrieb er ihr per E-Mail. »Das ist ja ein richtiger Thriller. Gut, dass wir dich darauf angesetzt haben. Das melden wir morgen auf der Eins. Und die Lokalseiten machen wir damit auf.«

Giada hieb mit der rechten Faust gegen ihre flache linke Hand, dass es klatschte. Das würde ihre Verhandlungsposition stärken, wenn sie bald eine höhere Mindestpauschale vom *Mercurio* verlangte. Die Zeiten waren hart im Print-Journalismus, vor allem für freie Mitarbeiter. Doch Giada war zuversichtlich, sich zu behaupten. Sie erinnerte sich, wie einst ein älterer Redakteur der Zeitung *Repubblica*, bei der sie begonnen hatte, zu einem Kollegen gesagt hatte: »Das Mädchen hat Hummeln im Arsch.« Für eine Reporterin war das ein großes Kompliment. Die Hummeln im Hintern – dadurch stach Giada bis heute aus der Masse der Kollegen heraus. Doch das half ihr jetzt auch nicht weiter bei der Frage, von welchem Faden aus sie den Fall Colasanti aufrollen sollte.

Der Besuch in der Trattoria hatte sie nicht sehr viel weitergebracht. Immerhin, sie wusste jetzt etwas mehr über das Leben des Mannes, den die tragische Geschichte mit der Wirtstochter aus der Bahn geworfen hatte. Und sie fragte sich, wo diese Rubina Mori geblieben war. War sie tot? Fortgezogen? Oder lebte sie noch in Rom? Sie hätte gewiss viel zu erzählen. Aber wie sollte sie an sie herankommen? *Maggiore* Laganà um Hilfe bitten? Ausgeschlossen. Die Carabiniera würde toben, wenn sie erführe, wie intensiv Giada in dem Fall ermittelte.

Die Fragen türmten sich in Giadas Kopf zu einem Turm von Babel: Ging Colasanti zu Prostituierten, weil er sich nie mehr in eine Frau verlieben wollte? Sammelte er schöne Kunst, weil er darin einen Widerschein der Schönheit Rubina Moris suchte? Und engagierte er sich in der römischen Politik, um irgendwie die Wunschträume der jungen Frau wahr zu machen? Geriet er so Leuten in die Quere, mit denen sich auch Rubina angelegt hatte?

Den *Partito Futurista della Bellezza* hatte sie im Internet längst recherchiert. Er hatte eine eigene Website, auf der zwar keine Postadresse, immerhin aber eine Telefonnummer für die Kontaktaufnahme angegeben war. Nach langem Klingeln meldete sich eine Männerstimme: *»Pronto?«*

»*Pronto!* Mein Name ist Giada Bianchi. Spreche ich mit der Partei der Schönheit?«

»Gewissermaßen«, antwortete die Stimme zögernd. »Wir sind in der Gründungsphase. Wie kann ich Ihnen helfen?«

»Ich habe Ihr Flugblatt oben an der Fontana dell'Acqua Paola gelesen. Das hat mich gepackt. Ich liebe Rom und möchte etwas gegen den Verfall der Stadt tun. Und die alten Parteien sind doch alle korrupt.«

»Ganz unsere Meinung«, sagte die Stimme. »Aber mit wem habe ich die Ehre?«

»Ich komme aus der Maremma, daher, wo die Welt noch in Ordnung ist. In Rom habe ich studiert und war hier lange mit einem Mann aus der Filmbranche liiert. Ich kenne viele Leute, habe gute Kontakte. Vielleicht kann ich beim Aufbau der neuen Partei nützlich sein. Könnten wir uns mal treffen?«

»Das ist nicht so einfach«, sagte der Mann vorsichtig. »Wir haben noch kein Parteilokal. Und wir müssen behutsam vorgehen. Wer in Rom etwas verändern will, lebt gefährlich.«

»Wirklich?«

»Definitiv, Verehrteste, das kann ich Ihnen versichern.«

Giada fiel fast das Smartphone aus der Hand. Schon wieder dieses »Verehrteste«! Dabei war sie doch noch jung! Sie schluckte ihren Unmut hinunter und sagte ruhig: »Spielen Sie auf Colasanti an?«

Am anderen Ende herrschte Schweigen. Giada glaubte schon, der Mann habe aufgelegt. Doch dann sagte er: »Sie kannten Colasanti?«

»Ich kannte ihn«, flunkerte Giada. »Mein früherer Lebensgefährte, der Mann vom Film, interessierte sich für antike Kunst.« Das entsprach der Wahrheit. »Wir trafen Colasanti ab und an bei Auktionen oder auf Vernissagen. Einmal hat mein Freund sogar etwas von ihm gekauft, ich glaube, es war eine etruskische Bodenvase.« Das war wieder gelogen. Und Giada hoffte inständig, dass der Mann nicht weiter nachfragen würde.

Doch dessen Misstrauen schien zu schwinden. Er seufzte. »Colasantis Tod ist eine Tragödie. Für unser Parteiprojekt. Und für ganz Rom.«

»Ja, er war ein beeindruckender Mann. Und er hat sich für die Stadt engagiert, hat die Korruption bekämpft. Habe ich jedenfalls gehört.«

»So ist es. Also ... Wenn Sie Colasanti kannten, sollten wir uns vielleicht tatsächlich mal treffen.«

»Ich stehe zu Ihrer Verfügung. Wo soll ich hinkommen?« Giada hatte gelernt, Gelegenheiten beim Schopf zu packen.

»Kennen Sie die Via Giulia?«

»Selbstverständlich.«

»Gut. Sie wird an einer Stelle von einem Torbogen überspannt, von dem wilder Wein herunterwächst.«

»Kenn ich auch. Ist ein schönes Fotomotiv.«

»Direkt neben dem Torbogen steht eine Kirche. Santa Maria dell'Orazione e Morte.«

»Die kenne ich nicht.«

»Die kennt kaum einer. Darum ist sie ein guter Treffpunkt. Wie wäre es heute Abend um neun?«

»Ist die Kirche da noch offen?«

»Nein. Sie wird seit Jahren renoviert und ist dauerhaft geschlossen. Klopfen Sie an das Türchen links vom Hauptportal. Sie können es nicht verfehlen. Daneben ist eine große Steinplatte mit einer interessanten Gravur in die Wand eingelassen.«

»Was ist darauf zu sehen?«

»Lassen Sie sich überraschen, Teuerste.«

Teuerste – auch das noch.

Giada hätte die Stunden am liebsten vorgedreht, so gespannt war sie auf ihr Rendezvous mit dem Mann von der Schönheitspartei. Doch es war erst fünfzehn Uhr. Sie verließ die Wohnung ihrer Freundin Giulia und lief hinunter zur Piazza Pio XI., um sich am Kiosk den *Mercurio* und gegenüber in der *Pasticceria Siciliana Svizzera* einen *Cannolo* – eine frittierte Teigrolle mit Ricotta-Füllung – und drei Marzipanfeigen zu kaufen. Ihr Magen knurrte. Doch sie hielt noch so lange durch, bis sie hoch in den Park der Villa Doria Pamphili gegangen war und sich dort auf eine Bank gesetzt hatte. Andächtig holte sie die Marzipanfeigen aus der Papiertüte. Die grün-violetten Früchte, die gerade am Aufplatzen waren und ihr sämiges, fleischrotes Inneres öffneten, sahen verblüffend echt aus. Giada schloss die Augen und biss hinein. Göttlich. Dann fiel ihr Blick auf die erste Seite des *Mercurio*. Rechts vom Aufmacher über Intrigen in der Regierungspartei sah sie eine kurze Meldung mit fetter Schlagzeile: »Römischer Filmstar verschwunden«. Das Bild darunter zeigte einen Beau bei einer Preisverleihung. Giada erschrak. Sie kannte den Mann. Es war der Typ, der sie auf dem Dach des Nationaldenkmals angequatscht hatte.

Aufgeregt las sie: »Der angeblich schönste Mann Italiens ist verschollen. Familie, Freunde und Kollegen stehen vor einem Rätsel. Die Polizei befürchtet, Ludovico Primavalle könnte einem Kapitalverbrechen zum Opfer gefallen sein.«

Weiter hinten im Blatt, auf den Seiten mit den bunten Geschichten, fand Giada die Fortsetzung: Aus Filmkreisen habe der *Mercurio* erfahren, dass der Serienstar des italienischen Fernsehens aber auch womöglich mit einer neuen Flamme durchgebrannt sei. Primavalle sei zuletzt am Samstag gesehen worden, als er in den Studios von Cinecittà für die neue Staffel drehte. Am Montag sei er nicht mehr zu den Dreharbeiten erschienen. Am Dienstag habe seine Frau Marissa eine Vermisstenanzeige bei der Polizei aufgegeben. Eine Freundin der Familie habe gesagt: »Die Ehe der beiden war schon lange zerrüttet. Ludos ständige Seitensprünge ...«

Giada verschlang die zweite Hälfte der Marzipanfeige. Gut, dass sie bereits auf den Fall Colasanti angesetzt war. Sonst hätte sie womöglich über diesen abgängigen Promi recherchieren müssen. So schön er auch war: Colasantis Schicksal faszinierte sie mehr.

Der Nachmittag verging so faulig-schwül, wie Augustnachmittage in Rom eben vergehen. Also fast gar nicht. Giada spürte in sich den Drang, ihren Fährten nachzugehen. Doch sie wusste, dass sie auch Zeit brauchte, alles sacken zu lassen, um auf neue Ideen zu kommen. Also durchquerte sie den weitläufigen Park mit seinen Brunnen, Teichen, Statuen, Sandwegen, Wiesen und Wäldchen. Dann stieg sie den Gianicolo-Hügel hinunter, schlenderte durch Trastevere und überquerte den Ponte Garibaldi. Auf den schrägen Befestigungsmauern der Tiberinsel lagen nordisch aussehende junge Frauen und Männer halb nackt in der Sonne und tranken Bier aus Büchsen. Ihre Körper waren krebsrot. Schön sah es nicht aus …

Giada trat in den Schatten der Platanen, die einen Platz an der Via Arenula überdachten, beobachtete die alten Leute mit ihren Hunden, die sich vermutlich keinen Urlaub leisten konnten, und die Touristen mit ihren Stadtplänen, die es sich leisten wollten, im August in Rom ihre Ferien zu verbringen. Giada liebte Rom mehr als jede andere Stadt, aber in diesen heißesten Wochen wäre sie auch lieber auf Sardinien beim Schnorcheln oder am Gran Sasso beim Bergsteigen gewesen. Als alleinerziehende Mutter reichte ihr Geld dafür nicht aus. Mit dem Unterhalt, den ihr Ex für Leo zahlte, der Pacht aus ihrem Zeitungsladen und dem Geld für ihre Artikel kam sie gerade so über die Runden, dass ihr Sohn und sie im Alltag nicht knausern mussten. Auch ihre *ape* war noch drin. Nie wäre es ihr ernsthaft in den Sinn gekommen, sich einen betuchten Liebhaber zuzulegen, der mit ihr die Wochenenden in Capalbio und den Sommer auf einer Yacht im Maddalena-Archipel verbringen würde … Sie schüttelte grinsend den Kopf. So ein Typ würde ihr schnell auf die Nerven gehen, außerdem würde sie sich tödlich dabei langweilen, wochenlang auf einer Yacht zu sitzen. Und nach Capalbio konnte sie auch ohne Mäzen fahren, das lag ja quasi vor ihrer Haustür.

Ihre Gedanken wanderten zu Robert, der so anders war als die Männer, mit denen sie bisher zusammen gewesen war. Sie dachte an den Abend auf seinem Rustico zurück, an die Umarmung, die Küsse. Hatte das mehr zu bedeuten als die heftige Anziehung eines Augenblicks? Falls er jemals seine Stefanie verschmerzen sollte und zu etwas Neuem bereit war, dann wollte er mehr, das spürte sie. Eine Beziehung. Und mit Beziehungen hatte sie so ihre Erfahrungen gemacht. Sie raubten ihr die Freiheit, und ohne Freiheit wollte sie nicht mehr leben. Außerdem waren Robert und sie einfach zu verschieden.

Giada lächelte bei dem Gedanken an den etwas umständlichen, in seine Leben-im-Süden-Träume versponnenen Deutschen. War es nicht schön, einen guten Freund zu haben, ohne dass Sex, zumindest als Möglichkeit, eine Rolle spielte? Ein Mann könne mit einer Frau nicht wirklich befreundet sein, ohne ihrem Körper zu huldigen, hatte sie einmal in einem Roman gelesen. Robert und sie konnten das Gegenteil beweisen. Wobei ... wie er sie neulich in der Trattoria Tramonto angeschaut hatte ... und wie er sie dann auf seinem Rustico geküsst hatte ... Vielleicht sollte sie ihm gegenüber künftig besser wieder das Rap-Girl geben. Nur so, als Versuch. Ob er sie dann noch begehren würde? Oder gerade deshalb?

Giada sah auf die Uhr. Erst halb acht. Noch eineinhalb Stunden. Sie bummelte durch die schmale Via dei Giubbonari, in deren Palazzi eine Boutique neben der anderen untergebracht war. Hier herrschten fast immer *soldi* – Schlussverkauf. Kurzerhand erwarb sie für ein paar Euro Camouflage-Shorts und ein verwaschenes schwarzes T-Shirt mit einem Anarcho-Zeichen darauf. Mal sehen, was Robert dazu sagen würde. Dann ging sie um die Ecke in das Lokal *Dar Filettaro a Santa Barbara*, eine Institution im Viertel, kaufte sich ein knusprig frittiertes Stockfischfilet und verzehrte es mit einem Becher Weißwein auf der winzigen Piazza Largo dei Librari. Sie nahm ihr Handy heraus und schrieb an Leo:

Bist du gut angekommen? Wie gefällt es dir am Bolsenasee? Hier alles gut. Bin gerade in Rom. Bussi. Mama

Sie sah an den Häkchen, dass Leo ihre Nachricht gelesen hatte. Doch er antwortete nicht.

Endlich war es kurz vor neun. Giada ging die paar Schritte hinüber zur Via Giulia, einer kerzengeraden Straße, die Papst Julius II. in der Renaissance durch das Gassengewirr der Altstadt hatte schlagen lassen. Sie lief ein Stück hoch zu dem Torbogen mit dem wilden Wein. Dahinter lag eine Barockkirche, die Giada tatsächlich noch nie aufgefallen war. Es gab einfach zu viele davon in Rom. Am Hauptportal hing ein Schild mit der Aufschrift: *»Chiuso per restauro«* – »Wegen Restaurierung geschlossen«. Sie betrachtete die Fassade. Neben dem linken Seiteneingang war eine grauweiße Marmorplatte in die Wand eingelassen. Die Gravur zeigte ein geflügeltes Skelett, das auf eine lateinische Inschrift deutete: *»Hodie mihi cras tibi.«* Da Giada kein Latein in der Schule gehabt hatte, blieb ihr die Bedeutung rätselhaft. Zwischen den Füßen des Skeletts klaffte eine kleine Öffnung: »Spende für das ewige Licht auf dem Friedhof«, stand auf Italienisch darauf. Giada ging zwei Schritte zurück und musterte das Skelett. Es sah erstaunlich realistisch aus, wie aus einem Horrorfilm. Neugierig geworden, googelte sie auf ihrem Handy die lateinische Inschrift. *»Heute mir, morgen dir.«* Giada nickte unwillkürlich. Das war die Kurzfassung jenes Spruches, den der Priester murmelte, wenn er einem am, Aschermittwoch ein Aschekreuz auf die Stirn zeichnete: »Bedenke, Mensch, dass du Staub bist und wieder zum Staub zurückkehren wirst.« Giada hatte den Spruch nie gemocht. Sie hielt es lieber mit Heraklit: »Alles fließt.« Nun entdeckte sie auch die Totenschädel, die die Fassade schmückten. Über dem Portal war eine Sanduhr zu sehen. Klar. Die Lebenszeit verrinnt. Seltsame Kirche, dachte

Giada. Warum der Mann von der Schönheitspartei sie ausgerechnet hierher bestellt hatte?

Sie gab sich einen Ruck, klopfte gegen die Tür des Seitenportals und wartete. Dann hörte sie Schritte.

DREIZEHN

»Was zum Teufel mache ich eigentlich hier?«

Robert fuhr schweißgebadet die Via Panoramica entlang, die rund um die Felshalbinsel des Monte Argentario von Porto Ercole bis nach Porto Santo Stefano führt. *»Panoramica«* war ja zutreffend; der Blick auf das in der Abendsonne glühende Meer, aus dem die Inseln Giglio und Giannutri herausragten wie Gesteinsbrocken aus einer Lavaflut, war betörend. Aber *»Via«*? Das sollte eine Straße sein? Das unbefestigte Teerband voller Schlaglöcher und Steine wäre besser mit Giadas *ape* als mit seiner Limousine zu befahren gewesen. Und dann, kurz hinter der Abzweigung zu dem Feriendorf Il Carrubo, zerbröselte der Teer völlig, und es ging auf einem ausgewaschenen Feldweg weiter. Gut, dass er etwas früher aufgebrochen war, um sein Ziel noch bei Tageslicht zu erreichen. Vorsichtig steuerte Lichtenwald seinen Wagen weiter, um Löchern und Felsbrocken ausweichen zu können. Längst kam ihm kein Auto mehr entgegen. Er hatte alle Fenster geöffnet, weil er es dekadent fand, mit laufender Klimaanlage am Meer entlangzufahren. Doch die Schwüle war unerträglich. Nach einem Weiler führte eine Piste nach links Richtung Meer, wie es Morucci auf der Skizze eingezeichnet hatte. Lichtenwald fuhr ein Stück weiter, parkte seinen Wagen in einer Einbuchtung in der Macchia, ging zurück und betrat die Piste. Zwischen dichtem Niederwald hindurch marschierte er bergab. An einer Wegbiegung lag ein überfahrenes Stachelschwein. Es mussten also ab und an mal Menschen hier vorbeifahren.

Kurz vor der Küste, wo der Pflanzenbewuchs aufhörte und der nackte Fels steil zum Meer hin abbröckelte, erreichte Lichtenwald die Ruinen einiger Häuser samt einem halb verfallenen Turm, der einst wohl dazu gedient haben musste, das Meer nach Seeräubern abzusuchen. Die Torre Ciana war auf der Karte eingezeichnet. Er war also richtig. Er sah sich um. Ein Pfad führte ins Gebüsch. Auf dem Boden lagen rote und blaue Patronenhülsen. Er vermutete, dass sie von Jägern stammten, die selbst diesen abgelegenen Teil des Küstengebirges aufsuchten. Lichtenwald wartete an dem Turm, bis es zu dämmern begann. Dann folgte er dem Pfad ins Gebüsch, wie es ihm Morucci beschrieben hatte. Da sich kein Lüftchen mehr regte, war es jetzt noch schwüler als zuvor. Stechmücken fielen über Robert her wie eine Staffel Kamikaze-Kämpfer. Was Giada wohl gerade auf ihrer Recherche in Rom machte? Ob sie dort einen Freund hatte? Sie hatte ihm nichts davon erzählt.

Der Weg führte über die Hügel parallel zur Küste Richtung Nordwesten. Das verriet Lichtenwald der Abendstern, den er zwischen den Wolken ausmachen konnte. Ein scharfes Rascheln ließ ihn zusammenzucken. Er lachte über seine Schreckhaftigkeit und sagte zu sich selbst: »Geräusche der Nacht. Irgendwelche Tiere.« Der Pfad war beschwerlich. Immer wieder strauchelte er über eine Wurzel oder einen Stein. Einmal rutschte er auf lockerem Kies aus und fiel zu Boden. Lichtenwald malte sich aus, wie jeden Augenblick ein Stachelschwein seine Pfeile auf ihn abschießen oder eine Viper in seinen Unterschenkel beißen würde. Von Skorpionen und giftigen Tausendfüßlern einmal abgesehen. Er wusste aus seinem Naturführer über die Toskana, was sich alles hier tummelte. Aber fürchten musste er sich wohl eher vor den Männern, denen er hier begegnen sollte. Gewiss, der alte Barbier aus Morcone hatte keinen Grund, ihn ans Messer zu liefern – blutig schneiden konnte er ihn ja auch selbst. Aber wer wusste schon, was diese Typen vorhatten. Die Geschichten von Entführungen fielen ihm ein, von vermögenden Leuten aus dem Norden, die wochenlang in Erdlöchern und Schweineställen gefangen gehalten und am Ende manchmal gemeuchelt worden waren, wenn die Übergabe des Lösegelds misslang. Zwar hatte sich das alles eher in Kalabrien oder auf Sardinien abgespielt, aber waren nicht die Kronzucker-Kinder mitten in der Toskana verschleppt worden?

Lichtenwald wollte sich Mut machen und flüsterte sich auf Italienisch zu: *»Io non ho paura.«* – »Ich habe keine Angst.« Doch dann fiel ihm ein, dass dies der Titel eines italienischen Bestsellers war, bei dem es um eine grausige Entführung ging. Natürlich sagte er sich, dass die Grabräuber null Interesse hatten, einen deutschen Anwalt zu meucheln und so den Fahndungsdruck auf sich zu lenken. Doch er hatte nicht erwartet, dass es hier derart einsam war. Zum Glück war sein Smartphone eingeschaltet. Es hatte schwachen Empfang, so dass man wenigstens seine Leiche finden würde. Nun, seinen Galgenhumor hatte er offensichtlich nicht verloren.

Endlich erreichte er eine Senke. Büsche und Bäume standen hier lichter, und das Geräusch der Wellen verriet, dass das Ufer nah war. Diesen Ort hatte Morucci ihm beschrieben. Lichtenwald schaltete die Taschenlampe seines

Handys an und leuchtete den Boden ab. Tatsächlich waren bei genauerem Hinsehen Spuren von Grabungen zu sehen. Erdhaufen, die niedrigen Reste von Steinmauern und der Fuß einer Säule, alles notdürftig mit Zweigen abgedeckt. In einem Ginsterstrauch entdeckte Robert Schaufeln, Spitzhacken, Metallstäbe und eine Schubkarre. Mittlerweile war es ganz dunkel geworden.

Als Lichtenwald Geräusche hörte, knipste er sein Handy aus. Bis zu diesem Augenblick war er sich unschlüssig gewesen, ob er sofort auf die *tombaroli* zugehen oder sie zunächst belauschen und beobachten sollte. Jetzt glitt er schnell zu Boden und robbte rückwärts hinein in die Macchia. Die Entscheidung war instinktiv gefallen. Zweige und Dornen zerkratzten ihn, doch er nahm es kaum wahr. Er zerrieb etwas trockene Erde zwischen den Händen, spuckte darauf und rieb sich das Gesicht damit ein. Bei der Bundeswehr hatte er gelernt, dass diese simple Tarnung nachts erstaunlich wirkungsvoll war.

Sie kamen zu Fuß und schienen sich in der Dunkelheit perfekt orientieren zu können. Ohne zu stolpern, steuerten sie auf die Lichtung zu. Lichtenwald konnte aus seinem Versteck heraus drei kräftige Männer erkennen, bäuerlich aussehende Typen in dunklen Hosen und dunklen Hemden. Sie trugen schwere Stiefel. Der Vorderste zog die Werkzeuge aus dem Ginster heraus und reichte sie seinen Kumpanen. »Fangt dort an, wo ihr gestern aufgehört habt!«

»In Ordnung, Aldo.«

Es folgte das Knirschen von Schaufeln in kiesigem Grund. Es roch leicht nach Tabak, und die Kiefer des Mannes, den sie Aldo nannten, begannen hörbar zu mahlen. Kautabak, dachte Robert.

Plötzlich leuchtete ein Wolkenfeld wie eine Lampe am Himmel auf, dann erschien der Mond, fast voll und unnatürlich groß. Lichtenwald sah die Schatten der beiden Männer zwischen zwei Mäuerchen graben. So also arbeiteten *tombaroli*. Nach einer Weile rief einer der beiden mit gedämpfter Stimme: »Aldo, schau mal her! Ich glaube, wir sind wieder auf etwas gestoßen.«

Aldo ging auf die Knie, beugte sich über die Grabungsstelle und leuchtete mit einer Taschenlampe hinein. »Hierher! Leuchte hierher!«, sagte sein Kumpan. Robert hörte ein wischendes Geräusch. »Hier! Siehst du die kleine Fläche aus weißen und schwarzen Steinchen? Könnte Teil eines Bodenmosaiks sein.«

»Vorsichtig!«, flüsterte Aldo. »Gebt mir die Schaufeln hoch und macht mit den Händen weiter. Hier habt ihr die Grubenlampe.«

Atemlos hörte Lichtenwald mit, wie die Männer das Mosaik freilegten. Aldo stand daneben und kaute. Ab und an leuchtete er mit der Lampe auf das freigelegte Werk. Nach einer halben Stunde rief einer der beiden Männer: »Das wird ja ein Delfin!«

»Pst!«, zischte ihn Aldo an. »Willst du, dass uns jemand ertappt?«

»Hier ist doch weit und breit niemand!«

»Wer weiß? Es könnte ein Fischer an der Küste vorbeifahren oder ein Pärchen am Wachturm herumknutschen. Das kommt nicht so selten vor.«

Schweigend schabten die beiden Männer weiter das Mosaik frei. Robert wurde es zunehmend ungemütlich auf seinem Beobachtungsposten. Zumal ihn die Mücken piesackten und er sich nicht traute, sich zu kratzen. Nur ganz vorsichtig tastete er mit den Händen die Stiche im

Gesicht ab. Jetzt herauszukommen war viel zu gefährlich. Er musste warten, bis die drei fertig waren, und dann versuchen, am nächsten Tag über Morucci Kontakt mit ihnen aufzunehmen. Immerhin hatte er nun etwas gegen sie in der Hand. Das entdeckte Mosaik.

»Ich muss mal kurz hinter die Büsche«, sagte Aldo zu seinen Männern und verschwand. Robert hörte ein Plätschern und Rieseln. Dann war es wieder still. Plötzlich packte ihn etwas mit unglaublicher Wucht an den Knöcheln und zog ihn aus dem Gebüsch, ehe er auch nur an Gegenwehr denken konnte. »Wen haben wir denn da?«, zischte Aldo und hielt Robert seine Taschenlampe ins Gesicht. Er versetzte Robert einen kräftigen Tritt, sodass dieser sich vor Schmerz krümmte. »Wer bist du, Mann? Einer von den Carabinieri? Oder von einer anderen Bande?«

»Nein!«, rief Robert. »Ich bin Deutscher! Eine Art Tourist! Nur zufällig in die Sache hineingeraten. Wollen Sie meinen Ausweis sehen …«

»Halt's Maul, oder du rufst noch halb Porto Ercole herbei!« Aldo leuchtete erneut in das mit Erde beschmierte, von Stichen übersäte und vor Schreck verzerrte Gesicht Lichtenwalds. Dann musste er lachen. »Dem Akzent nach musst du tatsächlich Deutscher sein! So gut bekommt das keiner von den Bullen hin! Aber was machst du dann hier in den Büschen? Beim nächsten Mal schmier dir nicht nur das Gesicht mit Dreck ein, sondern auch die Handflächen! Die habe ich im Dunkeln schimmern sehen.« Er gab Robert erneut einen Tritt, diesmal weniger fest.

Robert richtete sich mühsam auf und hockte sich auf ein Mäuerchen. Aldo tastete ihn blitzschnell ab. Dann standen die drei Männer um ihn herum und blickten auf ihn hinab. Ihm war klar, dass er auspacken musste. »Ich habe eine italienische Freundin, Giada Bianchi«, begann er.

»Die Journalistin aus Morcone? Kennen wir.«

»Ja. Der helfe ich bei einer Recherche über den Mord an …« Er stockte. Womöglich waren die drei ja in das Verbrechen verwickelt. Aber jetzt war es zu spät. »Über den Mord an Annibale Colasanti.«

»Der Kunstsammler. Den kennen wir auch.«

»Er wurde umgebracht. Womöglich, um eine Statue aus seiner Wohnung zu rauben.«

»Auch das wissen wir.«

Robert lief es kalt den Rücken herunter. Waren sie die Mörder? »Giada Bianchi möchte wissen, um was für eine Statue es sich handelt«, sagte Robert leise.

Aldo gab seinen Männern einen Wink. Sie setzten sich auf den Boden. »Morucci, der alte Hurensohn, hat schon von dir erzählt. Er hat dir also verraten, wo wir sind? Hurensohn eben! Nun gut, jetzt kannst du mit uns sprechen.«

»Sie brauchen keine Angst zu haben, dass ich Sie verrate«, stammelte Robert Lichtenwald.

»Wenn wir das hätten, hätten wir dir bereits mit den Schaufeln den Schädel eingeschlagen und dich über die Klippen geworfen«, sagte Aldo. »Giada ist eine von hier. Sie hat ihre Journalistenehre. Sie würde nie eine Quelle verpfeifen. Außerdem, *avvocato*: Es wäre nicht schwer, dich zu finden. Und wir *tombaroli* sind viele.«

Lichtenwald brach wieder der Schweiß aus. Die Stiche im Gesicht begannen noch stärker zu jucken. Er riss sich zusammen und schaute Aldo so ruhig er konnte in die Augen. »Was wissen Sie über den Tod von Colasanti und das Kunstwerk?«

»Colasanti war ein guter Kunde. Ein hervorragender

Kunde. Und ein echter Kenner. Sein Tod ist ein großer Verlust für uns, vor allem geschäftlich«, sagte Aldo ohne einen Hauch von Ironie. »Die Carabinieri werden herausfinden, dass wir mit ihm dealten, vielleicht wissen sie es bereits. Dann fällt der Verdacht auf uns. Daher sind wir die Ersten, die wissen wollen, wer ihn gekillt hat.«

»Wir haben also eine gemeinsame Mission«, sagte Robert erleichtert.

»Jetzt übertreib mal nicht! Jedenfalls haben wir Colasanti erst vor Kurzem ein ganz besonderes Stück verkauft, das wir exakt hier ausgegraben haben.« Er deutete auf ein großes Loch neben dem Säulenstumpf. »Er hat sehr viel dafür bezahlt. Offenbar hatten es die Täter auf dieses Kunstwerk abgesehen.«

Robert war wie elektrisiert. »Woher wissen Sie das?«

»Von einem Cousin in Rom, dessen Onkel in der Registratur der Kultur-Carabinieri arbeitet.«

»Jemand kannte also das Geheimnis um dieses Kunstwerk.«

»Richtig. Und womöglich sind wir jetzt selbst in Gefahr. Denn wir wissen, was für ein Kunstwerk das war. Nur wir könnten es identifizieren, falls es irgendwo auftauchen sollte.«

»Da haben Sie recht«, sagte Lichtenwald, den Vorteil dieser neuen Konstellation abwägend. »Sie, Colasanti und dessen Mörder verbindet ein Geheimnis. Nun, Colasanti ist inzwischen tot …«

»So ist es.«

»Sie wollen also herausfinden, wer die Mörder sind, um sich vor ihnen zu schützen.«

»Ja. Vor ihnen und vor den Bullen.«

»Die Sie schon allein wegen der Raubgrabungen ausheben könnten«, sagte Robert, der sein anwaltliches Selbstbewusstsein zurückerlangte.

»Ach, die ›Raubgrabungen‹ … Die Toskana und der Norden Latiums, die alten Etruskergebiete, sind voller ungehobener Schätze, um die sich die Behörden einen Dreck scheren. Daher haben sich Männer wie wir darauf spezialisiert, diese Schätze zu heben.«

»Was illegal und strafbar ist«, konnte sich Lichtenwald nicht verkneifen.

Der Mann lachte heiser, während seine beiden Kumpane sich wieder daranmachten, das Mosaik freizulegen. »Illegal und strafbar ist in Italien fast alles. Hier ist verboten, was nicht ausdrücklich erlaubt ist. Keiner kann all die Gesetze einhalten, wenn er überleben will. Und weißt du, warum unsere Politiker das so eingerichtet haben? Damit die Leute in der Illegalität leben und ständig Angst haben müssen, ertappt zu werden. So werden sie nie zu selbstbewussten Bürgern, die aufmucken könnten. Wir sind alle erpressbar.«

»Sicher nicht ganz falsch, aber auch sehr bequem für die Leute«, widersprach Robert, der diese Argumente schon oft von Italienern gehört hatte. »Da der Staat ohnehin böse und sowieso alles verboten ist, hält man sich an gar keine Regeln mehr – und alles ist erlaubt. Das schadet am Ende allen.«

»Wir schaden niemandem, wenn wir vergessene Schätze heben.«

»Na ja. Sie entziehen der Allgemeinheit Kunstwerke, die sonst professionell geborgen und in den Museen ausgestellt werden könnten.«

»Dass ich nicht lache!«, höhnte der Mann. »Der italienische Staat ist nicht einmal in der Lage, seine bestehenden

Sammlungen und berühmtesten archäologischen Stätten zu erhalten. Schau dir Pompeji an, das die UNESCO zum Weltkulturerbe erklärt hat. Oder die von Erdbeben zerstörten Orte in den Abruzzen, deren rascher Wiederaufbau nach jedem neuen Erdstoß versprochen wird. Oder fahr nach Anzio, südlich von Rom, und betrachte die Verwahrlosung der Villa und der Grotten Kaiser Neros am Meer. Und da glaubst du, ausgerechnet dieser Staat sei in der Lage, die vergessenen Schätze der Maremma zu heben?«

»Aber es ist doch immer noch besser, die antiken Kunstwerke bleiben geschützt in der Erde, als dass Sie und Ihre Freunde sie mit wilden Grabungen beschädigen und an reiche Privatleute verscherbeln!«

»Viele von uns arbeiten professionell. Ich zum Beispiel habe an der Sapienza Kunstgeschichte studiert. Wir können wahrscheinlich noch besser als die offiziellen Archäologen die Erdoberfläche lesen, um zu erkennen, ob unter einem Wiesenhügel ein Tumulus-Grab steckt. Wir prüfen mit Metallstäben, die wir vorsichtig durch die Decke der Gräber stoßen, ob sich darin Kunstschätze befinden, die es zu bergen lohnt. Wir benutzen Metalldetektoren …« Der Mann fühlte sich offensichtlich in seiner Grabräuberehre verletzt. »Und: Wenn wir das Zeug nicht heben würden, könnte sich niemand daran erfreuen. Dank uns begeistern sich Sammler in aller Welt an diesen Kunstwerken. Und manches landet auf Umwegen schließlich in den öffentlichen Museen, durch Verkäufe, Schenkungen, ja, auch Beschlagnahmungen. Das ist alles nur uns zu verdanken.«

»Eigenwillige Logik«, murrte Lichtenwald.

Aldo leuchtete in die Grube, in der seine Männer arbeiteten. Mittlerweile war das Delfin-Mosaik nahezu vollständig freigelegt. Der Meeressäuger sprang ihnen aus dem weißen Hintergrund mit verblüffender Plastizität entgegen. Aldo ging ins Gebüsch und kehrte mit einem Sack voller Möbeldecken zurück. Er reichte sie in die Grube hinunter. »Deckt alles damit ab und tut lockere Erde darauf. Aber *piano*«, raunte er seinen Männern zu. »Wir müssen erst überlegen, was wir damit machen. Und mehr Leute mitbringen.«

Während die Männer das Mosaik wieder verbargen, erzählte der Chef Lichtenwald, angefangen habe alles vor etlichen Wochen, als ein Kumpel hier Schlingen ausgelegt habe, um Kaninchen zu fangen. Dabei habe er gesehen, dass ein Teil des Hangs zum Meer hin abgerutscht sei. Im Schutt habe er Tonscherben und ein Bruchstück einer kannelierten Säule entdeckt. »Daraufhin hat er mich verständigt. Seitdem sind wir hier beschäftigt. Ganz behutsam. Um nichts kaputt zu machen und keinen Verdacht zu erregen. Schon bald sind wir in einem größeren Umkreis auf Reste von Mauern, Säulen und Architraven gestoßen.«

»Was glauben Sie, was das hier mal war?«, fragte Lichtenwald, den die Raubgräberei immer mehr faszinierte.

»Eine römische Ferienvilla? Vielleicht eine Art Liebesnest. Der Ort hier ist sehr abgelegen. Der ganze Monte Argentario gehörte im ersten Jahrhundert vor Christus den Domizi Enobarbi. Die Familie besaß drüben auf der Nordseite eine große Villenanlage. Die Reste sind längst ausgegraben und können besichtigt werden. Das hier könnte eine Dependance gewesen sein.«

»Und was ist mit der Plastik, die Sie Colasanti verkauft haben?«

»Das war ein Zufallsfund, gleich zu Beginn. Wir entdeckten einen mit Erde und Geröll gefüllten Hohlraum, womöglich war das mal eine Grotte im Garten der Villa. Wir haben sie freigelegt – und sind auf diese Figur gestoßen.«

»Wen oder was stellt sie dar?«

»Das bleibt unser Geheimnis. Ich habe Colasanti versprochen, es niemandem zu erzählen.«

»Aber der ist tot.«

»Versprochen ist versprochen.«

»Warum wollte Colasanti, dass es ein Geheimnis bleibt?«

»Nun, diese Plastik ist … eine mythologische. So viel kann ich dir verraten. Sie zeigt eine legendäre Gestalt, von der bisher keine antike griechische Statue gefunden worden ist. Jetzt wissen wir endlich, wie die alten Griechen sich diese Gestalt vorstellten. Deswegen wollte Colasanti sie unbedingt haben. Er hatte etwas Besonderes mit ihr vor, wie er sagte. Mehr hat er uns auch nicht erzählt.«

Die Männer machten sich auf den Rückweg zum Turm. »Und Sie haben diesen Schatz ausschließlich Colasanti angeboten?«

Aldo zögerte. »Du kennst dich gar nicht auf dem Markt aus, stimmt's?«

»Woher sollte ich?«

»Also: Wenn du etwas möglichst gut verkaufen willst, würdest du es dann nur einem Menschen anbieten? Wettbewerb und so?«

Robert schoss das Blut in den Kopf. Er fühlte sich wie ein Greenhorn, er, der erfahrene Strafverteidiger. Aber das hier war ein anderes Terrain. »Sie haben die Statue also noch jemand anderem angeboten. Und wer war das?«

»Das kann ich dir wirklich nicht sagen. Wenn ich unsere Kunden ausplaudere, ruiniere ich unser Geschäft.«

»Hat Colasanti mehr geboten?«

»Sagen wir so: Er hat sehr viel geboten. Und als wir den Preis weiter hochtreiben wollten, hat er angedeutet, er könne uns alle hochgehen lassen, wenn wir die Plastik nicht an ihn verkaufen.«

»Und da haben Sie sie ihm verkauft, ihn umgebracht und die Statue ein zweites Mal an den anderen Interessenten verscherbelt.«

Aldo lachte höhnisch auf. »Wenn es so wäre, dann gäbe es zwei Möglichkeiten: Entweder ich hätte dir das alles nicht erzählt – oder du wirst in ein paar Minuten ein toter Mann sein.«

Lichtenwald brach der Schweiß aus. Er blickte sich um. Sie waren in tiefer Nacht auf einem schmalen Pfad, umgeben von Macchia in einer abgelegenen Ecke des Monte Argentario. Und die anderen waren zu dritt. Er hätte keine Chance.

Der Mann drehte sich um, legte ihm eine klobige Hand auf die Schulter und sagte: »Du hast Glück. So war's natürlich nicht. Wir haben Colasanti die Statue zu einem sehr hohen Preis verkauft. Und er hat uns zugesagt, dass dies ein Ausnahmefall war, dass er uns nie wieder erpressen werde. Warum sollten wir ihn umbringen? Er war ein ausgezeichneter Kunde, verschwiegen, mit besten Kontakten in die Kunstwelt. Das alles hätten wir uns genommen …«

»Aber die Carabinieri könnten genauso kombinieren, wie ich es gerade getan habe.«

»*Complimenti, avvocato.* Notorische Grabräuber genießen vor Gericht leider keine hohe Glaubwürdigkeit. Deswegen wollen wir ja, dass die Bianchi herausbekommt, wer wirklich hinter dem Mord steckt.«

Sie waren am Turm angelangt. »Du steigst jetzt in dein Auto und fährst nach Hause, *avvocato*«, sagte der Capo. »Finde heraus, wer der Mörder Colasantis ist und wo sich die Statue befindet. Gib dir Mühe. Und schweig über uns wie ein Grab. Nichts ist einfacher, als sich nachts an dein Rustico anzuschleichen und dich mit einer abgesägten Flinte auf deiner Terrasse zu erschießen.«

VIERZEHN

»Wer ist da?«, brummte eine tiefe Stimme.

»Giada Bianchi. Wie verabredet.«

Zwei Riegel wurden geräuschvoll beiseitegeschoben, ein Schlüssel drehte sich viermal im Schloss. Langsam ging die Tür auf. In der Dämmerung erkannte Giada eine prägnante rote Hornbrille, die ihr bekannt vorkam. Woher bloß … Auch der Mann stutzte und lächelte dann.

»Treten Sie ein, *signora* Bianchi, wir hatten ja bereits das Vergnügen. Ihre Stimme kam mir schon am Telefon irgendwie vertraut vor«, sagte Arturo, der Kurator des Macro-Museums im Testaccio-Viertel, den sie auf der Dachterrassenparty kennengelernt hatte. Er versperrte die Tür hinter ihr sorgfältig, nahm sie sachte beim Arm und führte sie in die erleuchtete Kirche. »Setzen Sie sich!« Er deutete auf eine der Bänke.

Giada blickte sich um. Sie waren in einer typischen römischen Barockkirche, halbdunkel, mit erdrückendem Schmuckwerk und riesigen Ölschinken in den Seitenkapellen. An den Wänden waren Gerüste angebracht, die bis hoch in die Kuppel hinauf reichten. Weißgrauer Staub hatte sich auf dem Fußboden und den Bänken abgelagert. Es sah nicht so aus, als wäre hier in letzter Zeit gearbeitet worden.

Giada wischte mit der Hand den Staub von einer Bank

und setzte sich. Arturo tat es ihr nach. »Die Renovierungsarbeiten ruhen gerade. Geldmangel.«

Sie schwiegen. Giada betrachtete den muskulösen Leib des gekreuzigten Christus in der Apsis, der aussah, als habe er jahrelang in einem Fitnessstudio trainiert. Arturo fing ihren Blick auf. »Ein Werk von Cirro Ferri, einem Schüler Pietro da Cortonas. Ein schöner Mann, dieser Christus, nicht wahr?«

Giada nickte. »Er sieht aus wie ein antiker Held aus Marmor. Ohne Blut und ohne Schmerzen.«

»Daher lieben wir dieses Bild. Es zeigt den Triumph der göttlichen Schönheit über die Hässlichkeit des Todes.«

»Wer seid ihr?«, fragte Giada leise. In diesem Moment hörte sie ein Klicken, und die elektrische Beleuchtung ging aus. Nur einige Kerzen spendeten ein schwaches Licht.

Der Mann neben ihr atmete schwer aus. »Das ist eine lange Geschichte. Ich habe Ihnen ja schon erzählt, dass Annibale, ich und einige Freunde bereits am Gymnasium einen Klub der Schönheit gegründet hatten. Später, als Studenten, nahmen wir dieses Projekt wieder auf. Abgestoßen von der Dekadenz Roms, von der Korruption seiner Politiker und dem trägen Reichtum seines Bürgertums, wollten wir an die Antike anknüpfen. Wir bewunderten ihre Götter und Helden, Apoll, Aphrodite alias Venus, Herkules, Athene – die wir Römer Minerva nennen –, Äneas, Scipio, Augustus.«

»Wobei die antiken Götter ja auch dekadent und korrupt waren«, warf Giada ein. »Und es kreuz und quer miteinander getrieben haben.«

»Das haben wir damals nicht so gesehen. Wir ließen uns von ihren makellosen Körpern verführen. Außerdem waren sie ja auch nicht alle dekadent – und nicht so bis ins Mark wie die heutigen Römer.«

»Mag sein«, sagte Giada ausweichend.

»Nun, wir haben damals eine Art Bund geschlossen und uns geschworen, unser Leben der Schönheit zu widmen, genauer gesagt den drei Schönheiten des Körpers, des Geistes und der Seele.«

Giada warf einen prüfenden Blick auf den Mann, der da an ihrer Seite saß. Er hatte sich gut gehalten. Sein Äußeres war gepflegt, sein Körper wirkte athletisch und zeigte die Haltung eines noch jugendlichen Mannes. Sein Blick war wach und ließ auf einen intelligenten Geist schließen. Aber die Seele? Da hinein konnte Giada noch nicht schauen. Auch ihre Hexenohrringe, die sie heute trug, zeigten ihr nichts an.

»Und wir schworen uns weiter, dass jeder von uns freiwillig aus dem Leben scheiden würde, wenn er dem Ideal der drei Schönheiten nicht mehr folgen konnte.«

»Aber das ist doch verrückt!«

»Wir waren jung, schwärmerisch, idealistisch. Und wir wollten nicht enden wie die anderen. Feist, zynisch, unglücklich.«

»Es ging Ihnen also um Ihr eigenes Wohl!«

»Keineswegs. Kommen Sie mit, ich werde Ihnen etwas zeigen.«

Er ergriff Giadas Hand, als sei sie ein Schulmädchen, und sie ließ es zu ihrer Überraschung geschehen. Das schummrige Licht, der Geruch nach Kirche und Kerzen und die sonore Stimme des Mannes hatten sie in eine Art Trance fallen lassen. Sie traten durch eine unscheinbare Tür in einen Korridor, an dessen Ende eine Treppe ins Dunkle führte. Arturo redete weiter sanft auf sie ein. Giada hatte das Gefühl, es ergehe ihr wie Mogli im Dschungelbuch, der von der Schlange Kaa eingelullt wurde. Bevor sie diesen Gedanken vertiefen konnte, sprach Arturos Stimme weiter: »Die Kirche war damals verwahrlost und, wie heute, geschlossen. Doch sie hatte wegen des Skeletts an der Fassade unser Interesse geweckt. Es gelang uns, den Hausmeister der Erzbruderschaft zu bestechen, der die Kirche bis heute gehört. Wir versprachen ihm monatlich drei Büchsen Espressopulver von Sant'Eustachio dafür, dass er uns einen Schlüssel zur Verfügung stellte. Und er bekam seinen Espresso bis zu seinem Tod vor einigen Jahren. Den Schlüssel haben wir immer noch.«

Sie waren am Fuß der Treppe angelangt. Es war stockdunkel und roch nach Kalk, Moos und Feuchtigkeit. Obwohl es hier deutlich kühler war als draußen, bemerkte Giada, dass sie schwitzte. »Ich mache Licht«, sagte Arturo und entzündete mit einem langen Streichholz mehrere Kerzen.

Die Flammen vertrieben die Finsternis und offenbarten das Grauen. Giada schrie auf und wollte die Treppe hinauf nach oben rennen, doch Arturo hielt sie sanft, aber bestimmt am Handgelenk fest. Verzweifelt wand sie sich, um sich zu befreien. Dabei nahmen ihre weit aufgerissenen Augen immer mehr Details dieses Horrorkabinetts wahr. Von der Decke hingen Kandelaber, die aus den Wirbelknochen von Menschen gefertigt waren. An der Wand war ein Kruzifix aus Totenschädeln angebracht. In einer Ecke lehnten Sensen, während über einem Weihwasserbecken ein Skelett in die Wand eingemauert war, das höhnisch zu ihr herübergrinste. Giada würgte und begann dann wieder zu schreien. Laut und ausdauernd. Doch der Griff um ihr Handgelenk blieb fest. Der Irre würde sie schlachten und ausnehmen, um ihre Knochen ebenfalls hier unten zu arrangieren. »Robert!«, schrie Giada wie von Sinnen. »Hilf mir! Er bringt mich um!« Doch Robert war weit weg, in einem abgelegenen Winkel des Monte Argentario in der Maremma.

Erst allmählich drang die dunkle, sanfte Stimme des Mannes wieder zu ihrem Bewusstsein durch. »*Signora* Giada, beruhigen Sie sich doch. Es ist alles in Ordnung. Das hier ist nur eine Krypta, und die Knochen haben die Mitglieder der Erzbruderschaft einst hier untergebracht.« Giadas Schreien ging in ein Wimmern über. Sie fühlte sich erschöpft und fror mit einem Mal. »Ich will Ihnen alles erklären. Kommen Sie.«

Er drückte sie sanft auf eine Steinbank, zog ein Flakon hervor, goss etwas von dem Inhalt auf ein Taschentuch und tupfte ihr damit das Gesicht ab. Ein frisch-herber Duft vertrieb den Modergeruch. Ihre Stirn fühlte sich frei und luftig an. »Das tut gut, nicht?«, sagte der Mann, von dem sie nur den Vornamen Arturo kannte. »Wir haben dieses Eau de Toilette damals von einem Parfümeur für unseren Klub kreieren lassen. Bergamotte für die Kopfnote, verschiedene Gewürze in der Herznote und Galbanum als Basis. Wir nannten es das Parfum der Götter.«

»Sie waren ganz schön durchgeknallt«, stammelte Giada, die langsam wieder die Fassung gewann, weil sie vermutete, nun doch nicht gleich gemeuchelt zu werden.

»Ich würde es lieber erhaben nennen.«

»Finden Sie das etwa auch erhaben?« Giada deutete auf die Knochenkompositionen.

»In gewisser Weise ja. Um das nachzuempfinden, müssen Sie die Geschichte dieses Ortes kennen. In früheren Jahrhunderten erhielten mittellose Menschen und nicht identifizierbare Leichen, die im Tiber oder auf dem Land um Rom herum gefunden wurden, kein christliches Begräbnis. Nicht selten wurden sie einfach liegen gelassen und von Tieren aufgefressen. Seit dem sechzehnten Jahrhundert erbarmten sich einige fromme Männer dieser Toten. Sie sammelten sie ein und bestatteten sie zwischen der Via Giulia und dem Tiber, zumeist in unterirdischen Gewölben. Im Lauf der Zeit kamen so hier bei Santa Maria dell'Orazione e Morte – der Kirche der Heiligen Maria des Gedenkens und des Todes – Tausende Leichen zusammen. Als Ende des neunzehnten Jahrhunderts die Tiberbefestigungen gebaut wurden, verschwand der Friedhof der Namenlosen. Nur ein kleiner Teil blieb erhalten – diese Krypta.«

Giada hatte ihm mit wachsender Faszination zugehört. Es tröstete sie, dass es schon immer barmherzige Menschen gab. Doch dann fiel ihr Blick auf Regalbretter voller akkurat aufgereihter Totenschädel. »Aber diese Zurschaustellung von Menschenknochen ist doch makaber. Und wieso traf sich Ihr Klub der Schönheit ausgerechnet in diesem Beinhaus?«

»Weil die Schönheit Tod und Verfall überwindet, genauso, wie diese Erzbruderschaft sie einst überwunden hat. Die schöne Seele überdauert den Tod. Aus Altem entsteht Neues. All das drückte für uns diese Krypta aus. Daher haben wir uns hier der Schönheit verschworen, nicht nur um unserer selbst willen, sondern – um es mit Dostojewski zu sagen – weil Schönheit die Welt retten wird.«

»Und warum erzählen Sie mir das alles?«, fragte Giada gereizt. Das Ganze begann sie wieder zu beklemmen. Sie wollte hinaus an die Luft.

»Das erfahren Sie gleich. Wir waren damals zu sechst.

Und wir trafen uns seither jedes Jahr in dieser Krypta, um uns Rechenschaft abzulegen über den Weg, den jeder von uns eingeschlagen hatte. Einer wurde ein legendärer Parfümeur, er hat unseren Schönheitsduft ersonnen; heute lebt er in Mailand. Der Zweite wurde Gärtner; er hat einige der schönsten Parks Europas gestaltet, und seine Rosenzüchtungen machen in der ganzen Welt Furore. Der Dritte wurde Schönheitschirurg in London, allerdings nicht so einer, der Frauen zurechtschneidet wie ein Kleid: hier ein bisschen mehr Busen, dort etwas weniger Schenkel und die Lippen bitte genauso wie bei Brigitte Bardot; nein, er kümmert sich um Menschen, die innere Schönheit besitzen und deren äußere Schönheit verunstaltet wurde, durch einen Unfall, eine Krankheit, ein Verbrechen; jene Frauen etwa, die Opfer von Säureanschlägen wurden, sie haben die Bilder sicher gesehen.«

Giada nickte. Die Erzählung Arturos zog sie erneut in ihren Bann.

»Der Vierte von uns wurde Meeresforscher; er leitete ein Institut in Kalifornien und tat alles, um die Schönheit der Ozeane gegen den Menschen zu verteidigen; mit den Jahren wurde er immer pessimistischer und verlor den Glauben an sein Schaffen; er ist dann bei der Blockade einer Ölbohrinsel ertrunken; wir vermuten, es war Selbstmord.« Arturo schwieg, während die Kerzen wilde Schatten auf die Wände warfen und das höhnische Grinsen des Skeletts über dem Weihwasserbecken zu einem traurigen Lächeln zerlief.

»Und der Fünfte?«, fragte Giada leise.

»Das bin ich. Ich studierte Kunstgeschichte, arbeitete in verschiedenen Museen in der Welt und leite nun das Macro Testaccio, wie Sie wissen; ich möchte beweisen, dass auch die moderne Kunst nach wie vor der Trias des Schönen, Wahren und Guten verpflichtet sein kann.« Er lachte auf. »Es darf nur nicht zu offensichtlich sein. Denn dieser Ansatz ist gerade nicht sehr populär. Aber das wird sich wieder ändern.«

»Bleibt Bruder Nummer sechs. Annibale Colasanti?«

»So ist es. Annibale war der Begabteste von uns allen, unser Spiritus Rector. Er studierte Jura und Politik in Rom, wollte die Gesellschaft verändern, Italien erneuern. Doch irgendwie hat er sein Talent vertändelt. Statt selbst in die Politik zu gehen, versuchte er, von außen etwas zu bewirken. Wie viel das gebracht hat, sehen Sie am Zustand Roms.« Er lachte bitter. »Vor allem aber hat er die Schönheit verraten. Er hatte die wunderbarste Gefährtin der Welt.«

Giada begriff sofort. Arturo hatte sie ja selbst nach Trastevere geschickt. »Rubina!«

»Rubina Mori! Wir waren alle in sie verliebt. Wir vergötterten sie. Und wissen Sie was? Wir haben sie als erste Frau in unseren Klub der Schönheit aufgenommen. Hier in dieser Krypta hat sie gelobt, auch ihr Leben der Schönheit zu weihen. Was in ihrem Fall wie eine Selbstverständlichkeit wirkte.«

»Und dann?«, fragte Giada ungeduldig wie damals als kleines Mädchen, wenn ihre Großmutter beim Vorlesen einer packenden Geschichte eine Atempause einlegte.

»Dann hat er sie verraten.«

Arturo stieß den Satz mit einer Heftigkeit hervor, die Giada erschreckte. Sie merkte, wie der Mann neben ihr zu zittern begann. Als sie ihn anschaute, sah sie, dass er weinte. Nun war sie es, die seine Hand ergriff. »Sie lieben sie noch immer?«

Er nickte.

»Was ist ihr zugestoßen?«

»Ich kann jetzt nicht darüber sprechen.«

»Und was ist Ihrem Freund Annibale Colasanti zugestoßen?«

»Seit er Rubina das angetan hatte, war er nicht mehr derselbe – und nicht mehr mein Freund. Nur noch einer meiner Blutsbrüder im Klub der Schönheit.«

Arturo hatte sich in Rage geredet. Giada löste vorsichtig ihre Hand. »Sie haben ihn umgebracht?«

»Wen?«

»Annibale Colasanti.«

»Er hätte sich selbst umbringen müssen. Denn er hat die Schönheit verraten, in Rubina und in sich selbst.« Arturo schwieg lange, und Giada wagte nicht, seine Gedanken zu unterbrechen. Endlich sprach er weiter: »Später war für Annibale Schönheit nur noch ein Mittel zum Genuss, nicht mehr Verpflichtung. Etwas zum Kaufen. Er kaufte sich schöne Frauen, Kurtisanen, um sie zu besitzen. Er kaufte sich wunderbare Kunstwerke, um in seiner Wohnung eine Sammlung ganz für sich allein zusammenzustellen. So hat er auch Dostojewskis Satz verraten, dass Schönheit die Welt verändern soll.«

»Verändern wird.«

»Wird und soll.«

»Da mussten Sie und der Rest des Klubs reagieren.«

»Es war unsere Pflicht.«

»Und da haben Sie zwei als Callgirls verkleidete Mörder zu ihm geschickt.«

Arturo straffte sich und hob abwehrend die Hand. »Nicht so schnell. Wir haben ihn ermahnt und gewarnt. Immer wieder. Bei jedem Treffen. Schließlich hat er uns versprochen – mir, dem Parfümeur, dem Gärtner und dem Schönheitschirurgen –, er werde alles wiedergutmachen. Er gelobte uns, nun wirklich in die Politik zu gehen, eine Partei der Schönheit zu gründen und mit ihr Rom zu läutern.«

Giada musste unwillkürlich auflachen. »Rom und Läuterung!«

»Tatsächlich ist nichts passiert. Da kamen wir anderen auf die Idee mit diesen Aktionen. Futuristische Partei der Schönheit. Befreiung der privaten Kunstschätze. Wir wollten ihm Angst machen und ihn antreiben.«

»Und er hat immer noch nicht reagiert.«

»Doch. Bei unserem letzten Treffen hier, es ist erst einige Wochen her, sagte er, er habe nun den Schlüssel zu allem. Ein Kunstwerk, wie wir es noch nie gesehen hätten.«

Giada schaute gebannt auf Arturo. »Das Kunstwerk aus der zerschlagenen Vitrine«, flüsterte sie. »Was hat Colasanti Ihnen darüber erzählt? Woher hatte er es?«

»Er war da sehr wortkarg, machte daraus ein Mysterium. Er sagte nur, es habe ihn sehr viel gekostet, weil die Leiterin eines Auktionshauses hartnäckig mitgeboten hätte.«

»Welche Leiterin? Von welchem Auktionshaus?«, sprudelte Giada los.

Arturo schüttelte den Kopf. »Das hat er uns nicht gesagt. Er meinte nur, es habe ihn ein Vermögen und eine Drohung gekostet, um sich schließlich durchzusetzen. Doch es habe sich gelohnt. Die Statue ...«

»Die Statue?«

»Ja. Zunächst sprach er nur von einem Kunstwerk, dann von einer Statue. Jedenfalls sagte er, sie werde die Menschen bezaubern, besonders in Rom, dieser schönheitstrunkenen Stadt. Dieses Kunstwerk werde die Partei der Schönheit zum Sieg führen wie einst das Zeichen des Kreuzes Kaiser Konstantin zum Sieg über Maxentius geführt habe.«

»Ziemlich pathetisch.«

»So war er. Den Kopf immer in den Wolken, im Olymp. Wir anderen waren skeptisch, doch dann …« Arturo ließ den Kopf auf die Brust sinken und schwieg.

»Dann?«

»Wurde er ermordet.«

»Durch den Klub.«

»Ich gebe zu, dass wir darüber nachgedacht haben – jedenfalls als eine Möglichkeit, weil er unsere Ideale derart brutal verraten hat. Falls er seine letzte Chance nicht nutzen würde …«

»Aber?«

»Jemand ist uns zuvorgekommen.«

»Wer soll das gewesen sein?«

»Sie hätten eine gute Staatsanwältin abgegeben.«

»Danke.«

»Wir haben keine Ahnung, wer Annibale ermordet hat. Und wir wissen nicht, was dieses wundersame Kunstwerk war und warum es ihm geraubt wurde.«

»Und das soll ich glauben?«

Arturo schaute sie spöttisch an. »Was bleibt Ihnen anderes übrig?«

»Ich könnte zur Polizei gehen. Ich habe eine gute Bekannte. Die ist Majorin bei den Kunst-Carabinieri.«

»Sie haben nichts gegen uns in der Hand. Meine Freunde und ich werden alles abstreiten. Von unserem Klub gibt es keine materiellen Spuren. Keine Satzung, keine Mitgliederliste, keine Fotos. Nichts.«

Giada seufzte. »Ich weiß nicht, ob Sie damit durchkämen. Aber eines möchte ich noch gerne wissen: Warum weihen Sie mich in all das ein?«

»Zum einen erinnern Sie mich, wenn auch entfernt, an Rubina. Sie könnten ihre Schwester sein. Zum anderen habe ich über Sie recherchiert. Sie sind klug, aufrecht und mutig. Sie könnten herausfinden, was für ein Kunstwerk Annibale erworben hat und warum er sterben musste. Kurzum: Ich möchte, dass Sie uns helfen.«

»Ich werde darüber nachdenken.«

Sie gingen nach oben, als das letzte flackernde Licht erlosch.

FÜNFZEHN

Als Giada auf die Via Giulia hinaustrat, war sie viel zu aufgeregt, um schlafen zu gehen. Der Klub der Schönheit, Colasantis Verrat, das Wettbieten um die mysteriöse Statue, der Mord, Arturo, die Raubgräber, Rubina Mori, die Rettung Roms – all diese Teile des Falles wirbelten in ihrem Kopf durcheinander, ohne ein erkennbares Muster zu ergeben. Als Kind hatte Giada einmal ein Kaleidoskop geschenkt bekommen. Stundenlang spähte sie durch das Guckloch und drehte an dem Rohr aus fester Pappe, um zu beobachten, wie sich immer wieder neue orientalische Muster bildeten. Damals konnte sie sich das nur durch Zauberei erklären. Der Magier musste in der Röhre stecken. Als Giada diese auseinandernahm, um den Zauberer einzufangen, fand sie jedoch nur einen Spiegel, eine trübe Glasplatte und einen Haufen farbiger Glasstücke. Sosehr sie sich auch mühte – sie ließen sich nicht mehr zu einem der geheimnisvollen Ornamente zusammensetzen.

Giada betrat den Ponte Sisto und blickte in den schlaftrunkenen Tiber. Die Lichter der Laternen spiegelten sich im Wasser. Vom anderen Ufer stampften Bässe herüber und die Stimmen feiernder Menschen. Dort tobte die *Estate Romana*, ein alljährliches Sommerfestival unten am Fluss, mit Konzerten, Kinoaufführungen, Bistros, Bars und Budenzauber. Doch Giada wollte sich nicht in das

Getümmel aus Touristen und im August zu Hause gebliebenen Römern stürzen. Sie wollte reden. In Ruhe.

»*Pronto!*«, meldete sich Robert, und sein R kam nicht mehr ganz so tief aus dem Rachen wie früher.

Wenn ich mich gut halte, erlebe ich es noch, dass er es rollen wird, dachte Giada. Laut sagte sie: »Ciao, Robert. Wo bist du?«

»Im Auto. Auf dem Weg zurück vom Argentario. Ich hab heute vielleicht was erlebt! Und du?«

»Ich auch. Ich bin verwirrt. Der Fall wird immer bizarrer. Wir müssen reden.«

»Unbedingt.«

»Ich blick überhaupt nicht mehr durch. Die Leute, mit denen ich spreche, geben mir bereitwillig Auskunft. Ich renne offene Türen ein, aber offenbar die falschen. Die richtige Tür scheint umso fester verschlossen zu sein.«

»So ähnlich geht es mir auch …«

»Kannst du morgen nach Rom kommen?«

Robert stockte. Die chaotische Großstadt im glühenden August erschien ihm wenig verlockend. Viel lieber wäre er mit Giada ans Meer gefahren und am Abend in eine Landtrattoria zum Essen gegangen … Und dann war da noch Alfredo. Er hatte Verpflichtungen.

»Robert? Hörst du mich?«

»Ja, Giada. Ich überlege gerade, ob es nicht besser ist, wenn wir uns in Morcone treffen. Ich muss mich ja um den Dachs kümmern. Und wir könnten ans Meer fahren. Und ich könnte dir auf dem Monte Argentario zeigen, was ich entdeckt habe.«

»Nein, Robert. Ich bin hier ganz dicht dran an etwas, das spüre ich genau. Meine Hexen sind ganz zappelig, und die haben mich noch nie getrogen. Ich bleibe hier in Rom auf der Fährte. Du musst schon zu mir kommen, wenn du mir helfen willst.«

»Und Alfredo?«

»Bitte den Philosophen, dass er auf ihn aufpasst. Er hat ihn dir schließlich aufs Auge gedrückt.«

»Hm. Ich versuch's. Und wann sollen wir uns treffen?«

»Morgen Vormittag. Schaffst du das?«

»Einverstanden. Was hältst du davon: Um elf Uhr im Orangengarten auf dem Aventin? Danach lade ich dich zum Mittagessen ein. Diesmal bin ich dran.«

»Cooler Plan!«, sagte Giada. *»A domani, ciao!«*

Während Giada durch die römische Nacht zu Giulias Apartment zurückmarschierte, spürte sie eine kribbelnde Unruhe im Bauch. Sie tastete nach ihren Hexenohrringen und hatte das Gefühl, dass sie glühten. Irgendetwas schien sich anzubahnen. Im Fall Colasanti?

Stellt man sich das sommerliche Rom als schwülen und lärmenden Wirbel aus Vespas, Autos, Bussen, Touristen, Kellnerinnen, Andenkenverkäufern, Nonnen, Huren, Hundehaltern, Eisverkäufern, Straßenhändlern, Polizisten, Taschendieben, Politikern, Bürokraten, knutschenden Teenagern und kackenden Tauben vor – was der Wahrheit ziemlich nahekommt –, so ist der Aventin das Auge dieses Orkans. Obwohl ganz in der Nähe vieler Sehenswürdigkeiten gelegen, ist es hier auf dem fünfundvierzig Meter hohen Hügel still, grün und kühler. Seit Herkules den Feuer speienden Riesen Cacus erschlagen hat, lebt es sich auf dem Aventin zumeist angenehm. Nebenbei wurde Stadtgeschichte geschrieben. Der Hügel war im Lauf der Zeiten Rückzugsort des Plebs – des aufbegehrenden einfachen Volkes –, Sitz mehrerer Tempel, Villenviertel vermögender Bürger, Residenz einiger Kaiser sowie mittelalterliches Kirchen-, Klöster-, Burgen- und Palastviertel, bevor er zur distinguierten Wohnoase heutiger Tage wurde. Uralte Kirchen. Lauschige Parks. Gepflegte Palazzi in den typisch römischen Rost- und Feuerfarben, vor denen philippinische Hausmädchen welke Magnolienblätter von den Gehsteigen fegen. Kurz: Der Aventin ist die ideale Zuflucht, um sich für ein paar Stunden der Umarmung Roms zu entziehen.

Lichtenwald hatte hier mit Stefanie und Lea in der charmant-düsteren Wohnung einer betagten *signora* gewohnt, wenn sie Urlaub in ihrer Lieblingsstadt machten, was praktisch jedes Jahr der Fall war. Ob *signora* Pestrucci, die Witwe eines Richters am Kassationsgerichtshof, noch lebte? Die Erinnerungen stiegen in ihm auf, während er seine Limousine den Hügel hochsteuerte. Das Frühstück im mit dunklen Möbeln zugestellten Salon, in dem die *signora* Milchkaffee, Toastbrot mit Marmelade, abgepackte Hörnchen und Orangensaft aus dem Coop servierte, während sie unentwegt auf sie einplauderte, über ihr Gesellschaftsleben an der Seite ihres Mannes, die Einsamkeit nach dessen Tod, die Kinder und Enkel, die nur alle halbe Jahre mal vorbeischauten, aber samt und sonders grandios geraten waren, die Sehenswürdigkeiten, die unbedingt zu besichtigen waren, den Niedergang Italiens, den Schmutz in Rom, die Verkommenheit der *politici* und die Gäste aus aller Welt, die jetzt wieder Leben in ihre riesige Wohnung brachten. Robert und Stefanie verstanden allenfalls die Hälfte, während der heiße Kaffee ihre Schläfrigkeit vertrieb und sie zusahen, wie Lea auf einem Dreirad durch die Wohnung raste, das die Hausherrin aus dem Keller für sie hochgeholt hatte. Von Jahr zu Jahr wurde die *signora* mit dem pfeffergrauen Lockenkopf dann noch gesprächiger, und sie verstanden – dank der Kurse am Istituto Italiano di Cultura in München – immer mehr. Und während die Pestrucci unaufhörlich schrumpfte, wuchs Lea zu einem hellhäutigen, hoch aufgeschossenen Teenager mit hüftlangen, rotblonden Haaren heran, der die Gunstbezeugungen junger Römer wohlwollend zur Kenntnis nahm. Lea hatte auf beharrlichen Rat ihres Vaters hin eigentlich mal Weingutbesitzerin in der Maremma werden wollen, sattelte dann aber, nachdem sie ein Buch der Meeresschützerin Elisabeth Mann Borghese gelesen hatte, auf Ozeanologin um, durchaus zum Bedauern Lichtenwalds, der ihr auf dem Weingut gern mit Rat und Tat zur Seite gestanden hätte. Nun studierte sie Meeresbiologie im fernen Kiel statt Weinbau in Pisa. *Porca miseria!* Und Stefanie, mit der er alle Winkel Roms erforscht und an unzähligen weinseligen Abenden in italienischen Trattorien vom Leben im Süden geträumt hatte? Wie es ihr jetzt wohl erging, ohne ihn in München? Lea verriet es ihm nicht. Auch seine Schwiegereltern, mit denen er ab und an telefonierte, durften ihm nichts über ihr Leben sagen. Und in dem Verlag in München, in dem Stefanie als Lektorin arbeitete, ließ sie sich verleugnen, wenn er anrief. Als er einmal abends draußen vor dem Bürogebäude auf sie wartete, schrie sie ihn mitten auf der Straße an, sie lasse sich nicht stalken. Da gab er es auf, ihr nachzuforschen. Doch die Hoffnung, dass sie sich eines Tages doch noch bei ihm melden würde, die gab er nicht auf – auch wenn er nicht wusste, was er machen sollte, wenn sie wieder in sein Leben treten würde. Denn nun war da noch eine andere Frau.

Lichtenwald machte eine Vollbremsung, als zwischen

den geparkten Autos ein Schäferhund hervorschoss. Das Tier trug einen Maulkorb und ein mit Metalldornen versetztes Halsband. Es hatte einen jungen Typen mit kahl rasiertem Schädel im Schlepptau. Dessen Muskel-T-Shirt gab zwei SS-Runen frei, die auf den rechten Oberarm tätowiert waren. Der Typ zeigte ihm den Mittelfinger, der Hund knurrte, und Lichtenwald musste den Impuls unterdrücken, aufs Gas zu steigen. Stattdessen kurvte er um Hund und Mann herum und schrie aus dem offenen Wagenfenster: *»Fascista di merda!«* – »Scheißfaschist!« Lichtenwald empfand sich eigentlich als friedliebenden Mann. Aber manchmal war er selbst überrascht von der Wut, die in ihm aufbrodeln konnte. Besonders beim Autofahren. Da passte er gut nach Italien, dachte er zufrieden. Er erreichte die flache Kuppe des Aventins und parkte den Audi in der Via Sant'Alberto Magno. Er konnte es sich nicht verkneifen, auf das Klingelschild des Gebäudes zu schauen, in dem sie so oft die Ferien verbracht hatten. Der Name Pestrucci war verschwunden. *Tempi passati.*

Lichtenwald betrat den Giardino degli Aranci, den von Schirmpinien überdachten Orangengarten, und ging zwischen Terrakottatöpfen hindurch einen Kiesweg entlang, den Blick auf die Kuppel des Petersdoms gerichtet, die wie der Helm eines Kriegers aus den Hügeln Roms herausragt. Zwei Alte in schlottrigen Sakkos wandelten, ins Gespräch vertieft, unter den Pinien, umgurrt von Tauben, die nach Samen und Brotkrümeln pickten. Vorn auf der Aussichtsplattform saß eine Frau auf einer Steinbank, den Rücken zum Park, das Gesicht Sankt Peter und der Vormittagssonne zugewandt. Sie hatte die orangeroten Haare zum Pferdeschwanz zusammengebunden, sodass die Hexen an ihren Ohrläppchen gut zu sehen waren. Aus ihren

Ohrmuscheln führten dünne weiße Kabel heraus – Giada hörte Musik. Lichtenwald schlich so leise heran, dass er die eigenen Schritte auf dem Kies kaum hörte. Er konnte der Versuchung nicht widerstehen, sich hinter Giada zu stellen und ihr die Augen zuzuhalten. Doch als er gerade die Hände nach vorn strecken wollte, begannen die Hexen heftig auf ihren Besen auf und ab zu reiten. Giada stieß einen spitzen Schrei aus und fuhr herum. *»Vaffanculo!«* – »Verpiss dich!«, schrie sie. Als sie Lichtenwald erkannte, prustete sie los. »Mann, Robert, hast du mich erschreckt! Aber auf Circe und Morgana kann ich mich verlassen.«

»Auf Circe und Morgana?«

»Meine Hexen. Ich habe sie so getauft.«

»Die beiden fingen tatsächlich zu hüpfen an, als ich hinter dich trat. Wie kann das sein?«

»Hexengeheimnis«, sagte Giada nur und legte den Zeigefinger auf ihre Lippen.

Robert setzte sich zu ihr auf die Steinbank, und sie genossen den Ausblick über die Stadt und den Duft der Piniennadeln. Das Verkehrsrauschen aus der Tiefe störte nicht, im Gegenteil, es verstärkte den Eindruck der Stille, die hier oben auf dem Aventin herrschte. Sie erzählten sich ihre Abenteuer der vergangenen Nacht. Robert berichtete, wie er die Raubgräber auf dem Monte Argentario überrascht hatte, Giada, was ihr Arturo in der Knochenkrypta eröffnet hatte. Sie stand auf, ging die paar Schritte vor zur Balustrade und stützte sich darauf, um das Panorama zu genießen. Sie trug Camouflage-Shorts, und Lichtenwald konnte nicht umhin, ihre schlanken, bronzefarbenen Schenkel zu betrachten. Was die Hexen wohl dazu sagen würden? Tatsächlich. Sie bewegten sich. Allerdings hüpften Circe und Morgana jetzt nicht auf und ab, sondern schaukelten gemächlich vor und zurück. Giada drehte sich zu ihm um. »Und, was machen wir jetzt? Welcher Spur sollen wir folgen?«

»Dem Duft des Mittagessens.«

»Cooler Plan«, sagte Giada.

Robert hatte sie ins Ristorante Apuleius einladen wollen, ein gutes und wunderbar ruhig gelegenes Restaurant auf dem Aventin. Doch Giada schlug vor, ins nahe Testaccio-Viertel hinunterzulaufen und in der Trattoria da Mori zu essen. Dort zeigte sie Robert die Fotos von Rubina Mori an den Wänden. Fasziniert blieb er davor stehen.

»Welches gefällt dir am besten?«, fragte Giada spitz.

»Das mit dem Ruinendorf. Der Kontrast zwischen dem blühenden Mädchen und dem verwelkenden Ort ist umwerfend.«

Sie setzten sich trotz der Hitze in den winzigen Innenhof, den eine von Wein überwachsene Pergola halb überschattete. Dort waren sie die einzigen Gäste. Sie teilten sich ein Antipasto Misto, aßen dann Bollito Misto, was noch zu den leichteren Gerichten auf der Karte zählte, schwiegen, wenn die Kellnerin kam, und tuschelten, sobald sie allein waren.

»Gibt es etwas, wo sich unsere Recherchen von gestern Abend überschneiden?«, fragte Robert.

»Klar. Das Kunstwerk.«

»Die Statue. Sicher. Aber die ist ja verschwunden. Ich denke eher an einen Menschen, der uns weiterbringen könnte …«

Die beiden nippten an ihrem kühlen Weißen aus den Castelli und starrten in den hitzeleeren Himmel. Nach einer Weile begann Lichtenwald zu murmeln, als spräche er zu sich selbst: »Colasanti wollte die Statue unbedingt haben, um mit ihr seine früheren Freunde vom Klub der Schönheit zu besänftigen. Sie sollte ihn retten, womöglich sogar sein Leben, in jedem Fall aber seinen Ruf und seine Lebensleistung. Die Statue ist offenbar derart außergewöhnlich, dass sie den Verrat an der jungen Rubina und damit an der Schönheit ausgeglichen hätte. Jedenfalls in der Gedankenwelt Colasantis. Mithilfe dieser Figur hoffte er offenbar auch, seinen alten Plan wiederaufnehmen zu können, Rom zu retten.«

»Und irgendjemand wollte dies mit allen Mitteln verhindern.«

»Oder aus einem anderen Grund selbst in den Besitz der Statue gelangen.«

Giada kniff die Lippen zusammen. »Mist. Damit haben wir zwei Hypothesen. Die in verschiedene Richtungen führen.« Sie massierte sich die Schläfen. »Und was machen wir jetzt?«

»Wir müssten irgendwie diese Rubina Mori finden.«

»Aber wie?«, seufzte Giada. »Keiner scheint zu wissen, wo sie ist, ob sie überhaupt noch lebt. Ich habe bereits in unserem Archiv nachgeschaut und im Internet recherchiert. Über den Überfall auf die Trattoria und den Mord an ihrem Vater wurde seinerseits viel berichtet. Und wenig später gab es dann noch einmal eine Reihe von Polizeiberichten, in denen es hieß, Rubina Mori sei auf der Straße überfallen und verletzt worden. Keine Details. Offenbar hatten die Ermittler in diesem Fall einmal dichtgehalten.«

»Und wenn du noch einmal mit dieser *signora* Leone sprichst?«

»Darauf bin ich auch schon gekommen. Hab sie angerufen. Aber sie sagt, sie habe nie wieder etwas von Rubina Mori gehört. Vielleicht ist sie ja tatsächlich tot?«

»Du meinst, dass Annibale Colasanti sie umgebracht hat?«

Giada schüttelte den Kopf. »Das kann ich mir nun auch wieder nicht vorstellen.«

Robert dachte nach, während er spürte, wie ihm der Schweiß den Rücken hinunterperlte. Robert hasste das. Doch Giada schien nicht weniger unter der Hitze zu leiden. Sie tupfte mit der Serviette über ihre Schläfen. Die beiden Hexen hingen so schlaff von ihren Ohren herab wie tote Polypen.

»Also, was machen wir jetzt?«, fragte sie schon wieder.

»Woher soll ich das wissen? Du bist doch die Kriminalreporterin mit dem mediterranen Bauchgefühl.«

»Und du der brillante nordische Anwalt mit dem kühlen Hirn!«

Sie mussten lachen. Die Sonne war während des Essens weitergewandert und flammte jetzt unter der Pergola herein. Giada schob ihren Stuhl nach hinten. Wenn sie sich nun zurücklehnte, war wenigstens ihr Kopf im Schatten. Doch dann beugte sie sich ein bisschen vor, um ihr letztes Stück Kalbfleisch mit der Gabel aufzuspießen. Sie hatte sich ein besonders zartes Stück aufgehoben. Sie reckte sich noch weiter vor, um den Salzstreuer zu ergreifen und ein paar Körner auf ihren letzten Happen rieseln zu lassen. Während sie konzentriert auf den Teller schaute, halbierte der Schatten der Pergola ihr Gesicht. Die obere Hälfte lag im Dunkeln, die untere im Licht. Als sie aufblickte, merkte sie, wie Lichtenwald sie anstarrte.

»Was ist?«, fragte sie. »Bei dieser Hitze soll man viel Salz nehmen!«

Robert machte eine wegwerfende Handbewegung. »Giada – beug dich noch mal ein kleines Stückchen vor. So wie gerade eben. Nein, nicht so weit. Wieder ein Stück zurück.«

»Sag mal, was soll das denn jetzt? Ich bin doch kein Mannequin, das für ein Gourmet-Magazin posiert!«

Robert hörte ihr gar nicht zu. Er starrte an die Wand hinter ihr, und als sie ihn anblickte, vermeinte sie, Gedankenwirbel über seine gerötete Stirn rasen zu sehen. Sie wollte etwas sagen, doch Lichtenwald kam ihr zuvor. »Pst! Nicht sprechen!«, sagte er, jetzt mit geschlossenen Augen. »Es verknüpft sich!«

Giada schnaubte. Er schien den Verstand verloren zu haben. Die Hitze, der Wein – er war halt doch ein nordisches Weichei.

»Jetzt hab ich's«, sagte Robert, und ein Lächeln überzog sein Gesicht wie eine seidene Tagesdecke ein zerwühltes Bett.

»Ich glaube eher: Jetzt hat's dich«, sagte Giada resigniert.

»Aber ich bin nicht übergeschnappt.«

»Ach?«

»Ich habe nur meine mentale Technik angewandt.«

Giada zog die Augenbrauen so hoch, dass sie fast ihre Haarwurzeln berührten.

Sie goss sich den Rest der Weinflasche ins Glas und kippte ihn hinunter. Mit einem Mal war sie kolossal genervt. Sie war an einem toten Punkt angelangt, in diesem Fall, mit Robert, ja, vielleicht in ihrem Leben. Und sie hasste tote Punkte. Sie erinnerten sie an zerquetschte Fliegen auf Windschutzscheiben. So fühlte sie sich gerade. Wie eine zerquetschte Fliege auf einer Autoscheibe. Ein toter

Punkt. Immerhin begann jetzt der Weißwein aus ihrem Magen in ihr Gemüt zu diffundieren, und sie wurde wieder gelassener. Wie durch satiniertes Glas hindurch nahm sie Robert wahr, der vor sich hin plapperte, der nordmännische Klargeist, der Klabautermann …

»Giada? Hörst du mir noch zu?«

Sie nickte. »Ich lausche …«

»Du kennst doch das Gefühl, unmittelbar vor einer Entdeckung zu stehen, einem Durchbruch, oder?«

Giada wiegte den Kopf. »Einem Durchbruch? Ja, das kenn ich. Damals mit siebzehn, bei dieser Party …«

Roberts Gesicht wurde noch röter, als es durch die Hitze schon war, und er spürte ein flaues Gefühl im Unterleib. Die Meeresfrüchte waren doch frisch? »Giada! Jetzt bleib mal bei der Sache. Du weißt genau, was ich meine. Einen geistigen Durchbruch.« Er tippte an seinen Kopf.

»Einen Schädelbasisbruch? Mit Gehirnaustritt? Nein, das hatte ich noch nie.«

»Verdammt noch mal!«, brüllte Robert auf Deutsch los und hieb mit der Faust auf den Tisch, dass die leere Weinflasche umkippte und am Boden zerschellte. »Du wolltest, dass ich dir helfe in diesem Scheißfall. Für mich mach ich das nicht. Ich will mein Leben genießen, in meinem Rustico …« Seine Stimmte bebte.

Giada legte den Kopf schräg und schaute ihn interessiert an, wie einen bislang stummen Papagei, der plötzlich zu sprechen anfängt. »Ich hab zwar kein Wort verstanden, aber es sieht cool aus, wenn du wütend wirst, Robert. Du kannst ja richtig Gefühle!«

Es klang diesmal nicht nach Spott. Eher anerkennend. Seine Wut schnurrte zusammen wie ein angestochener

Luftballon. *»Il conto, per favor!«*, bat er die Kellnerin, die der Lärm offenbar aufgeschreckt hatte.

Sie überquerten den Tiber und gingen nach Trastevere hinein, jeder in seinen Gedanken verfangen. Giada übernahm die Führung. Sie stiegen den Hang zum Gianicolo hinauf und erreichten den verwunschenen, angenehm vernachlässigten Park der Villa Sciarra, mit Schatten, Brunnen, Faunen, Nymphen und antiken Mauerresten. Neben dem Aventin ein weiterer Ort der Ruhe im tumultuösen Rom, nur träumerischer, wie nicht ganz von dieser Welt. Sie schlenderten über die einsamen Kieswege, ließen die erhitzten Köpfe abkühlen und fingen erst jetzt wieder an, über den Fall zu sprechen. »Der Durchbruch, Robert, dein geistiger Durchbruch …«, sie bemühte sich, nicht zu kichern, »was hast du damit gemeint?«

Robert warf ihr einen misstrauischen Blick zu. Konnte man sich wieder vernünftig mit ihr unterhalten? Er wollte es versuchen. »Wie du da so saßt, in dem Restaurant, leicht vorgebeugt, da hat der Schatten der überwachsenen Pergola die obere Hälfte deines Gesichts bis zur Nasenspitze verdunkelt. Die untere Hälfte war in der Sonne.«

»So muss es wohl gewesen sein«, sagte Giada und prustete los.

Er umfasste blitzschnell mit Daumen und Zeigefinger ihren Nacken, wie mit einer Kneifzange. Sie schrie auf und warf den Kopf zur Seite, sodass ihr Haar wie ein orangerotes Cape um ihren schlanken Hals schwang. Nun kicherte Robert. »Fang nicht wieder an«, sagte er. »Also: Obere Hälfte Gesicht dunkel, untere Hälfte hell. Erinnert dich das an was?«

Giada schüttelte den Kopf. Dann versuchte sie es: »Yin

und Yang? Dein Dachs? Oder eine unpräzise Enthauptung mit der Guillotine?«

»Quatsch. Du hast mir doch bei unserem Pastaessen bei mir zu Hause von der Frau mit dem Halbschleier erzählt, die Colasanti einige Wochen vor seinem Tod in seinem Palazzo aufgesucht hat.«

Giada nickte, mit einem Mal ganz ernst.

»Die Dame könnte aus dem üblichen Besucherschema Colasantis fallen. Sie war womöglich weder eine gute alte Freundin wie die Boutiquebesitzerin noch eine gekaufte Gespielin, mit der er sich vergnügen wollte. Warum hätte sie sich sonst so seltsam verschleiert? Sie muss aus einem anderen Grund gekommen sein.«

Giada nickte wieder. »Richtig. Die hatte ich ganz vergessen.«

»Ich auch. Aber als ich dich so im Halbschatten sitzen sah, fiel sie mir wieder ein. Die Frau mit dem Halbschleier. Zeitlich gesehen muss sie Colasanti besucht haben, kurz nachdem er die Statue gekauft hat. Warum ist sie gekommen? Was wollte sie von ihm? Und wer ist sie überhaupt?«

»Ich bin es jedenfalls nicht.«

»Das weiß ich, Giada, auch wenn ein Halbschleier zum karottenroten Haar deine Noblesse unterstreichen würde.«

»Wenn du mich jetzt noch ›Verehrteste‹ nennst, hau ich dir eine rein«, sagte Giada.

»Also gut, Teuerste …« Ein blitzschneller Hieb traf Robert in den ganz gut gepolsterten Bauch. »Als mir vorhin in der Trattoria die Dame mit dem Halbschleier einfiel, spürte ich, dass ich noch mehr über sie weiß. Doch ich wusste nicht, was. Es war, wie wenn man nach einem Namen oder einer Erinnerung hascht, die einem auf der Zunge liegt, aber partout nicht einfallen will. Deshalb wandte ich meine mentale Technik an: Ich konzentrierte mich auf das Rätsel, ließ es dann wieder los, um an gar nichts zu denken. Sehr schwierig. Aber man kann es trainieren und sich verbessern. Dann wieder konzentrieren – und loslassen.«

»Wie wenn man seinen Roller an der Ampel hochjagt und dann den Fuß vom Gas nimmt?«

»Genau. Vielleicht. Jedenfalls ... auf einmal sind mir zwei Dinge wieder eingefallen.«

»Zwei Dinge auf einmal? Du bist ja ein richtiger Multitasker geworden!«, sagte Giada. Nun war es Robert, der ihr leicht gegen den Bauch boxte, der sich als waschbrett-hart erwies.

»Du trainierst?«, fragte Robert.

»Bisweilen.«

Sollte ich auch tun, dachte Robert. Dann fuhr er fort: »Da war diese Frau, von der mir die Raubgräber erzählt haben. Die ebenfalls die Statue kaufen wollte, dann aber Colasanti unterlag. Könnte sie nicht später als Frau mit dem Halbschleier bei ihm aufgetaucht sein, um doch noch zu bekommen, was sie wollte?«

Giada nickte anerkennend.

»Dann ist mir noch etwas eingefallen. Ich habe es zunächst gar nicht bewusst gesehen, aber offenbar doch wahrgenommen. Es muss auf diesem Foto sein, das du mir geschickt hast.«

»Welchem Foto? Verdammt, Robert, jetzt mach es nicht so spannend!« Giada spürte, wie die Hexen zu tanzen begannen.

»Dem Foto von dem Empfang auf dem Dach des Nationaldenkmals, der Schreibmaschine.«

»Was war damit?«

»Du hast es mir aufs Handy geschickt, als ich in der Strandbar bei Capalbio zu Mittag gegessen habe.«

»Ja, ich weiß.«

»Ich bin mir sicher, dass irgendwo auf dem Foto die Frau mit dem Halbschleier ist.«

Giada schüttelte den Kopf. »Glaube ich nicht. Die wäre mir aufgefallen.«

»Du warst abgelenkt. So viele Leute. Und eine für dich völlig fremde Atmosphäre … die ganze High Society …«

»Was soll das heißen?«, wetterte Giada los. »Ich war jahrelang mit einem Filmfritzen zusammen. Da war die High Society mein Biotop, kapiert?«

»Jedenfalls ist dir die Frau mit dem Halbschleier entgangen.«

»Glaub ich nicht.«

»Dann schauen wir doch einfach nach.«

Sie erreichten ein Rasenrondell, umgeben von einer immergrünen Hecke, die sich um Marmorstatuen schmiegte, als seien es Intarsien. Auf dem Rasen standen drei zu grotesken geometrischen Formen verunstaltete Buchsbäume. Erschöpft ließen sie sich aufs Gras sinken. Giada zog ihre Springerstiefel aus, die sie vorzugsweise zu Shorts trug. Sie liebte Kontraste. Ihre nackten Füße spielten mit den Gräsern. Robert bemerkte, dass sie schöne Füße hatte. Schlank, fest und genauso bronzefarben wie Giadas Beine. Ihre Zehen waren gleichmäßig wie die Pfeifen einer Orgel angeordnet, die Nägel rund geschnitten und perlmuttfarben lackiert. Sie fing an, mit den Zehen Kleeblätter aus dem Rasen zu zupfen.

»Lui mi ama … non mi ama … mi ama«, murmelte Robert gedankenverloren. »Er liebt mich … liebt mich nicht … liebt mich.«

Das hätte er besser bleiben lassen. »Sag mal, spinnst du jetzt komplett?«, herrschte ihn Giada an. »Jetzt zeig mal dieses Foto her.«

Robert zog sein Handy aus der Tasche. Ein paar Tupfer auf dem Display – und das Bild der Party auf der Schreibmaschine erschien. Giada beugte sich darüber. Ihre Haare kitzelten sein Kinn. Robert nahm Daumen und Zeigefinger und zog einen Ausschnitt des Bildes größer. Da, am Rand der Terrasse war sie zu sehen. Sie war sportlich gekleidet, trug weiße Jeans und eine rote Seidenbluse. Aber vor allem trug sie einen Schleier, einen schwarzen Halbschleier, der die obere Hälfte ihres Gesichts verdeckte.

»Madonna mia!«, entfuhr es Giada.

SECHZEHN

Mara Bartoli atmete auf, als sie endlich die Tür abschließen und die Klimaanlage einschalten konnte. So einen Betrieb hatte sie noch nie erlebt, seit sie Giadas Zeitschriftenladen in Morcone übernommen hatte. Seit morgens um acht Uhr waren pausenlos Leute hereingekommen, und jedes Mal, wenn sich die Tür öffnete, ertönte die Melodie des alten Faschistenliedes *Faccetta Nera*, ein Unfug, der noch auf Giadas rechtslastigen Vater zurückging. Sie hätte das längst abstellen sollen. Schließlich war sie so genervt, dass sie die Tür trotz Hitze den ganzen Vormittag offen stehen ließ. Und die Leute kamen und kamen, rissen sich um *Il Maremmano*, *Il Terreno*, *La Nazione* und die anderen Lokalzeitungen. Aus den Titelseiten schrien in übergroßen Lettern Schlagworte wie *»Mistero!«* – »Geheimnis« oder *»Assassinato?«* – »Ermordet?«, darunter waren Fotos Ludovico Primavalles abgedruckt. Mal eine Porträtaufnahme, deren grobe Pixel auf schlechtem Papier die klassisch schönen Gesichtszüge des römischen Schauspielers nicht beeinträchtigen konnten. Mal ein Schnappschuss beim Feiern mit Freunden auf einer Yacht im Hafen von Porto Santo Stefano oder bei Dreharbeiten in Morcone. Ja, in Morcone! Gleich zwei Folgen der Serie *Ti porto alle stelle* waren im Frühjahr hier im Ort gedreht worden. Einige Morconesi hatten sogar als Statisten mitwirken dürfen, und abends war Primavalle mit den hübschesten Frauen der Crew in die Trattoria Tramonto zum Essen gegangen. Darauf waren sie alle stolz in Morcone, sogar Mara Bartoli, die Primavalle für einen ignoranten Schönling hielt, seit er ihre Annäherungsversuche übersehen hatte, die allerdings vermutlich nur für sie selbst wahrnehmbar gewesen waren. Denn Mara war schüchtern. Nie wäre sie auf die Idee gekommen, Primavalle den Mittelfinger zu zeigen, wie das ihre Freundin Chichi getan hatte, als der Schauspieler ihr am Tresen der Bar Roma an den Hintern gefasst hatte. Das hatte Primavalle imponiert, und er hatte dann während der Drehtage versucht, mit Chichi näher in Kontakt zu kommen. Doch die hatte ihn abblitzen lassen. Sie kenne diese Typen, hatte sie zu Mara gesagt. Sie solle sich vom schönen Schein nicht blenden lassen.

Mara ließ sich in einen Sessel im hinteren Teil des Ladens fallen. Sie schloss die Augen und wurde von Bildern Primavalles überflutet. Ein Kribbeln durchzog sie, als sie sich vorstellte, der Schauspieler würde hereinkommen, sie mit seinen durchtrainierten Armen an den Hüften packen und auf die Ladentheke setzen. Er mochte ignorant sein, aber er war einfach zu schön. Von den Fotos in den Klatschzeitschriften kannte sie seinen muskulösen Körper besser als den ihres eigenen Mannes, eines etwas teigigen, mäßig alternden Zahnarztes. Vor allem aber faszinierte sie Primavalles schmales Gesicht mit dem starken, kantigen Kinn, den kräftigen Wangenknochen, den vollen Lippen; und dann diese meerblauen Augen zwischen dunklen Brauen und Wimpern, der Blick, der ständig zu sagen schien: Ich könnte alle haben, aber ich sehe nur dich. Wobei Mara natürlich klar war, dass dieser Blick nicht unbedingt allein ihr galt. Aber träumen würde man ja wohl mal dürfen, wenn man Mitte dreißig und mit einem fünfzehn Jahre älteren Mann verheiratet war, bei dem nicht einmal der Schein schön war und der obendrein partout keine Kinder haben wollte. Und was hieß schon schöner Schein? Waren Primavalles aufmüpfige braune Locken und sein knackiger Hintern etwa nur Schein? Sprach daraus nicht eine innere Haltung, eine virile Kraft, die sich im Körper offenbarte?

Geradezu gestritten hatte sie mit Chichi über diese Fragen. »Vergiss es, er ist ein Arschloch«, hatte ihre Freundin gesagt. »Nur ein Land wie Italien, in dem es in erster Linie darum geht, *bella figura* zu machen, kann einen solchen Pomadenhengst als ›Adonis von Cinecittà‹ vergöttern.« Und dann hatte Chichi noch einen seltsamen Satz gesagt: »Wirklich schön ist, was authentisch ist.«

Mara musste oft darüber nachdenken. Sie vertiefte sich in die Zeitungen, die sie für sich selbst gesichert hatte. Sie enthielten dieselben Informationen und unterschieden sich nur in den erfundenen Zitaten und wilden Spekulationen. Lediglich der *Messaggero* und der *Mercurio* berichteten halbwegs ehrlich darüber, dass es seit dem Vortag nichts Neues zu berichten gab. Primavalle blieb verschwunden. Seine Ehefrau – den Artikeln zufolge musste es die dritte oder vierte sein – gab sich verzweifelt. Der Regisseur von *Ti porto alle stelle* sprach von einer »nationalen Tragödie«. Die Polizei hatte noch keine Spur. Immerhin konnte verifiziert werden, dass Primavalle nicht, wie einige Boulevardzeitungen gemutmaßt hatten, mit einem sechzehn Jahre alten Fernsehsternchen aus Mailand durchgebrannt war. Ein Foto zeigte die *stellina* mit tränenüberströmtem Gesicht. Darunter stand: »Er liebte nur mich.« Mara fand es selbst albern, dass ihr das einen Stich versetzte. Sie dachte, was für ein glücklicher Mann Primavalle doch sein musste, wenn die Frauen ihn derart liebten.

SIEBZEHN

»Und, was machen wir jetzt?«, fragte Giada zum x-ten Mal an diesem Tag.

»Wir suchen die Frau mit dem Halbschleier.«

»Du meinst, es ist dieselbe Frau?«

»Kennst du viele Frauen, die im August mit einem schwarzen Schleier durch Rom laufen, der die obere Hälfte – und nur die obere Hälfte – ihres Gesichts verdeckt?«

»Aber wir wissen nichts über sie.«

»Sie war bei Colasanti, kurz bevor dieser ermordet wurde. Sie taucht dann bei einem Kulturevent auf der Schreibmaschine auf, bewegt sich also in den Kunst- und Intellektuellenkreisen der Stadt. Und womöglich ist sie die rätselhafte Frau, die versucht haben soll, Colasanti die Statue bei den Grabräubern wegzuschnappen.«

»Dann sollte sie jetzt unsere Zeugin Nummer eins werden«, sagte Giada feierlich.

Sie lagen immer noch auf dem Wiesenrondell zwischen den immergrünen Hecken. Doch jetzt setzten sich beide wie auf Kommando auf. Der Nebel aus Hitze in ihren Köpfen hatte sich verzogen, als habe ihn ein frischer Windstoß fortgescheucht. »Wir müssen sie suchen«, bestätigte Lichtenwald.

Giada hielt ihm die rechte Hand zum Einschlagen

entgegen. »Die Jagd nach der Frau mit dem schwarzen Schleier – wenn das keine Schlagzeile ist.«

»Für einen Artikel über sie hast du noch nicht viel in der Hand. Und er könnte sie warnen.«

»Ich weiß. Erst einmal müssen wir sie finden.«

»Du könntest den Typen von der Partei der Schönheit anrufen«, schlug Robert vor.

»Arturo?« Giada schüttelte den Kopf. »Ich traue ihm nicht. Jedenfalls noch nicht. Wenn er mit der Schleierfrau unter einer Decke steckt? Vielleicht ist es besser, wenn du erst noch einmal mit den Grabräubern sprichst und ihnen von unserem Verdacht erzählst, dass das Angebot für die Statue von einer Frau mit schwarzem Halbschleier aus der römischen Kunstszene stammte.«

»Auch das könnte sie warnen. Wir wissen nicht, wie die *tombaroli* zu ihr stehen.« Robert überlegte. »Die Kunst-Carabinieri? Laganà?«

»Zu früh«, sagte Giada. »Ich habe keine Lust, mich von ihr als Verschwörungstheoretikerin verspotten zu lassen. Außerdem hasst sie es, wenn wir auf eigene Faust ermitteln. Sie würde uns nur Schwierigkeiten bereiten. Besser, wir schalten sie erst ein, wenn wir was Konkretes in der Hand haben. Wir müssen unauffälliger an die Schleierhafte herankommen.«

»Die Schleierhafte ...« Robert grinste. »Kennst du nicht jemanden, der sich in der Kulturszene auskennt? Die Frau muss da doch bekannt sein, wenn sie öfter so auftritt.«

»Klar! Michele, der Feuilletonchef des *Mercurio*. Nur würde der sofort eine Story aus der Schleierfrau machen wollen, aus Sorge, die anderen Blätter könnten ihm zuvorkommen. Warte mal ...« Giada strich sich mit den Fingern eine Haarsträhne aus der Stirn. »Wen kenne ich alles aus dieser Szene? Aber klar doch: *lo stronzo*!«

»Lo stronzo?«

»Ja! Das Arschloch! Mein Ex, der Filmfritze.«

Robert blickte sie überrascht an. »Würde er dir helfen?«

»Er muss. Immerhin bin ich die Mutter seines Sohnes. Außerdem steigt er mir derzeit mal wieder nach.«

Robert zuckte zusammen. Giada hatte da noch ein Leben, das er überhaupt nicht kannte. Er musterte sie, wie sie ihm gegenüberhockte, die Beine angewinkelt, die Augen sprühend vor Reporterfieber, eine Raubkatze, die Beute witterte. Ohne sich zu überlegen, was er tat, pickte er eine Piniennadel vom Boden auf und kitzelte damit ihre Fußsohlen. Giada schnellte nach vorne, stieß Robert auf den Rücken, kniete sich auf seine Arme und rief triumphierend: »Fünf Jahre Kampfsport, als Schülerin in Grosseto. Die Reflexe sind noch da.«

Doch Robert war groß und, wenn auch nicht trainiert, so doch kräftig. Sie balgten sich wie zwei junge Hunde auf dem Boden und rieben ihre Gesichter aneinander, nahmen ihren Geruch auf, schnurrten und schnappten, und dann kam die chinesische Reisegruppe. *»Cazzo«*, zischte Giada, setzte sich auf und klopfte Grashalme und Nadeln von ihrem T-Shirt. Die Chinesen hatten ungerührt begonnen, sich gegenseitig vor den seltsam zugeschnittenen Buchsbäumen zu fotografieren. »Lass uns gehen!«, sagte Giada und zog Robert fort.

Sie gingen hinauf zum Piazzale Aurelio und bummelten schweigend über den Gianicolo. Robert versuchte, aus den Augenwinkeln Giadas Gesichtsausdruck zu erhaschen. Sie wirkte vergnügt, hatte ein kleines Lächeln auf den Lippen.

Was war das denn eben im Park der Villa Sciarra? Warum hatte er sie gekitzelt? Eindeutiger Fall von Kontrollverlust. Eineinhalb Jahre war es nun her, dass Stefanie ihn verlassen hatte. Seitdem hatte er mit keiner Frau mehr geschlafen. Wahrscheinlich war es albern, aber er glaubte immer noch daran, Stefanie zurückgewinnen zu können. Und er ahnte, dass es mit ihr für immer vorbei sein würde, wenn er jetzt etwas mit Giada anfing. Giada war eine Frau, in die er sich verlieben könnte … Das war gefährlich. Er wollte nicht noch einmal so verletzt werden …

»Woran denkst du?«, fragte Giada in sein Grübeln hinein.

»An gar nichts«, sagte Robert schnell.

»Das geht nicht.«

»Warum nicht?«

»Weil man nicht an gar nichts denken kann.«

»Ich schon. Das macht die Meditation.«

Giada drehte den Kopf zu ihm herum. »Meditierst du eigentlich auch in einer Gruppe? Es gibt da in der Toskana ein buddhistisches Kloster …«

»Nein, nein! In einer Gruppe könnte ich mich nie konzentrieren. Ich habe mir eine Meditations-App heruntergeladen. Damit übe ich jeden Morgen.«

»Typisch Robert!«

»Wieso?«

»Nur so.«

Sie liefen über den ganzen Gianicolo, ohne auf das Garibaldi-Monument und die Ausblicke über die Stadt zu achten.

»Was hast du vorhin damit gemeint, dass dein Ex dir wieder nachstellt?«, fragte Robert nach einer Weile.

»Na was wohl? Er schickt mir SMS, will sich mit mir

treffen, mich zum Essen einladen und mich dann flachlegen. Ruft mich an und sagt, er denke gern an die Zeit zurück, als wir zusammen waren.«

»Warum tut er das?«

»Na, ich scheine offenbar irgendwelche Qualitäten zu haben.«

»So habe ich das nicht gemeint.«

»Schon gut. Aber warum interessierst du dich für mein Privatleben?«

»Na hör mal, sind wir nicht Freunde?«

Giada nickte.

Sie stiegen hinunter zum Vatikan, liefen hinüber zur Piazza Cavour und setzten sich auf eine Bank unter den Palmen, das neobarocke Ungetüm des Justizpalastes in ihrem Rücken. Sie sprachen nicht viel, und dann sagte Giada, sie sei müde, und legte sich auf die Bank, den Kopf auf seinen Schoß gebettet. Sie strich die Haare zurück und schaute ihn an, und er schaute hinunter zu ihr. Das Nachmittagslicht verlieh ihren braunen Augen ein Bernsteinschimmern. Dann, als sie eingeschlafen war – oder jedenfalls so tat, als schliefe sie –, betrachtete er sie genau und erschrak darüber, wie schön sie war. Dass Giada hübsch und sexy war, war ihm natürlich aufgefallen, vom ersten Augenblick an, als er damals in ihren Zeitungsladen in Morcone trat. Aber dass sie eine wahre Schönheit war? Vielleicht hatten ihn ihre orangeroten Haare abgelenkt, die Hexenohrringe, ihre flippige Kleidung. Oder er hatte gedacht, jemand, der so unflätig fluchen konnte wie Giada, könne keine Schönheit sein. Doch nun, da ihre Haare zurückfielen und ihr ganzes Gesicht freigaben, staunte er über ihre feinen, ebenmäßigen Züge, die gewölbte Stirn, die anmutige Nase, den kleinen Mund mit den vollen Lippen, den sie, wie oft in diesen Tagen, kirschrot geschminkt hatte. Am meisten aber faszinierte ihn ihre Haut, die klar und gleichmäßig gebräunt war, ohne die Alterungszeichen zu zeigen, die südliche Sonne schnell hervorrufen kann. Robert überlegte, an wen ihn dieses Gesicht erinnerte, und es fiel ihm lange nicht ein. Dann wandte er seine Erinnerungstechnik an – und da war es: La Fornarina, Raffaels kleine Bäckerin, die im Palazzo Barberini hing und von der es hieß, sie sei Raffaels Geliebte gewesen. Und an noch jemanden erinnerte ihn Giada jetzt, doch an wen, das blieb trotz aller Anstrengung im Dunkeln.

So spürte Robert die Schwere ihres Kopfes auf seinem Schoß, und er schnupperte ihrem Parfum nach, das frisch war und würzig. Zitrone, Jasmin und Galbanum vermeinte er darin auszumachen, seine feine Nase ließ ihn selten im Stich. Dann war da noch ein sommerlicher Hauch von Schweiß, und Robert sah, wie sich ihre Brüste unter dem schwarzen T-Shirt mit dem Anarcho-Zeichen hoben und senkten, und er spürte wieder ihren Kopf auf seinem Schoß. Er atmete tief durch und versuchte, an etwas anderes zu denken. Erst an Stefanies Gesicht, doch es blieb schemenhaft. Dann an den Garten um sein Rustico. Das half meistens. Er dachte an die Bäume der Reisenden, die in den Plastikbechern unmerklich heranwuchsen.

Dann streckte sie sich und öffnete die Augen und schaute verwundert in sein Gesicht, aus fernen Welten kommend. Sie hatte fast zwei Stunden geschlafen. Die Sonne stand schon tief, und die Feuerfarben der römischen Palazzi wurden dunkler und kräftiger.

Kurz darauf überquerten sie den Tiber, zwängten sich durch die Touristenmassen auf der Piazza Navona und erreichten den Campo de'Fiori. Auch hier war es voll, vor den Bars und Pubs standen Horden junger Leute aus England, den Niederlanden und Deutschland, Bierflaschen in der Hand und an Lautstärke ihren italienischen Altersgenossen kaum nachstehend. Giada nahm Robert bei der Hand und zog ihn rasch in die Via dei Giubbonari hinein und weiter auf einen kleinen, dreieckigen Platz, auf den ein Lokal seine Tische gestellt hatte. Es war alles besetzt, genauso wie in der Gaststube. Giada trat mit Robert im Schlepptau trotzdem ein und lief, die Kellner ignorierend, bis ganz nach hinten, wo es zischte und dampfte und nach frisch ausgebackenem Fisch duftete. Drei Frauen tunkten schneeweiße Stockfischfilets in die Panade und gaben sie in das kochende Öl. Giada schien sie zu kennen, sie schwatzten in breitem römischen Dialekt miteinander, und dann kaufte Giada vier Filets und eine große Karaffe Weißwein. Sie setzten sich draußen auf die Stufen der kleinen Kirche, die den Platz abschloss. Dort aßen sie den heißen Fisch und tranken den kalten Wein dazu und redeten über den Philosophen, den Dachs und den Baum der Reisenden, und dann holte Giada noch eine Karaffe Wein, und irgendwann fanden beide, Robert habe nun zu viel getrunken, um noch nach Morcone zu fahren. Robert rief den Philosophen an, der sich um Alfredo kümmerte, und bat ihn, den Dachs noch bis zum nächsten Tag bei sich zu behalten. Dann suchte er mit Giadas Hilfe ein freies Zimmer in einem der kleinen Hotels um den Campo de'Fiori, und sie stiegen die schmale Treppe hinauf bis unters Dach, und als sie im Zimmer waren, öffneten sie das Fenster, ließen die Abendluft herein und die Schreie der Schwalben und fielen wortlos übereinander her. Und dann, als sie da weitermachten, wo sie im Park der Villa Sciarra unterbrochen worden waren, piepte Roberts Handy, das er gewohnheitsgemäß auf den Nachttisch gelegt hatte. Die beiden erstarrten, es piepte noch einmal, das Display leuchtete, und Robert warf einen kurzen Blick darauf. Aus dem kurzen Blick wurde ein langer, Robert entzog sich Giadas Umschlingung, setzte sich ruckartig auf und fingerte auf dem Display herum, um die Nachricht zu öffnen. Was er las, ließ seinen schnellen Atem stoppen.

Hallo, Robert, ich bin's! Wir müssen reden. Ich komme in ein paar Tagen nach Morcone. Melde mich.

Stefanie

Auch Giada hatte sich aufgesetzt und blickte ihm über die Schulter. *»Che cazzo!«*, entfuhr es ihr, während Circe und Morgana wie die Wahnsinnigen an ihren Ohrläppchen schaukelten.

Während Robert stammelte – »Tut mir leid. Damit hätte ich nie gerechnet. Das ist ja …« –, schlüpfte Giada in ihre Kleider, stürmte hinaus und warf die Zimmertür so heftig zu, dass die Nachttischlampen wackelten. Er hörte sie die Treppe hinunterrennen. Dann waren da nur mehr die Schreie der Schwalben und, gedämpfter, das Motorinibrausen und Gelächter von der Straße.

ACHTZEHN

Robert brauchte lange, um einzuschlafen, und als er erwachte, stand die Sonne schon hoch. Er setzte sich unter die hellen Schirme einer Bar auf der Piazza Farnese, bestellte Cappuccino, frisch gepressten Orangensaft und ein Cornetto. Auf seinem Handy waren keine neuen Nachrichten eingegangen. Er hatte noch in der Nacht an Stefanie geschrieben, wie sehr er sich auf sie freue und dass er für alles offen sei. Und er hatte Giada geschrieben, wie sehr ihm alles leidtue und dass sie eine wunderbare Frau sei. Was konnte er mehr tun? Natürlich war Giada wütend und verletzt und womöglich auch eifersüchtig. Aber Stefanie war nun einmal seine Frau, er hatte mit ihr ein Leben aufgebaut, eine Tochter großgezogen. Warum sollte er Giada in sein Leben hineinziehen, eine so schöne, junge Italienerin, für die er doch viel zu alt war. Nein – wenn es noch eine Chance gab, Stefanie zurückzugewinnen, würde er sie nutzen. Und Giada? Der Gedanke an ihren Duft und ihren festen, warmen Körper versetzte ihm einen Stich.

Er schob sein angeknabbertes Hörnchen zur Seite und hielt sich an den Orangensaft. Das kühle, säuerliche, leicht sämige Getränk tat ihm gut. Er lehnte sich zurück und betrachtete die beiden Brunnen auf der Piazza, die einander ähnelten wie Zwillingsschwestern. War es möglich, dass er zwei Frauen liebte? Oder liebte er Stefanie, während er in

Giada verliebt war? Änderte das etwas? Und war es denkbar, wieder mit Stefanie zusammenzuleben und dabei gut Freund mit Giada zu sein? Schwierig. Eines war aber klar. Er durfte Giada auf keinen Fall im Stich lassen bei ihrer heiklen Recherche. Jetzt schon gar nicht. Wenn Giada ihn brauchte, dann war er da. Er tippte eine SMS ein:

Hallo, Giada! Wollte dir nur sagen, dass du bei der Recherche immer auf mich zählen kannst, egal, was sonst so ist.

Sei umarmt, Robert

Die SMS ploppte davon wie ein Tropfen, der in einen Teich fällt, jedenfalls hörte es sich so an. Schon bereute er das mit der Umarmung. Das kam jetzt vielleicht komisch rüber. Schon kurz darauf schrieb Giada zurück:

Va fan ... Wenn man dich lieben will, bist du nicht da.

Ich pfeif auf deine Hilfe. Ich ermittle allein weiter.

Giada

Robert schrieb zurück:

Das ist zu gefährlich. Dann muss ich Laganà einschalten.

Und Giada:

Schon gut. Ich muss den Fall Colasanti ohnehin ein paar Tage ruhen lassen. Kollegin ist krank geworden. Ich muss einspringen als Gerichtsreporterin. Und jetzt: Lass mich bitte in Ruhe!

Robert war erleichtert. Er hatte ein bisschen Zeit gewonnen, um sich erst mal zu sortieren. Und um sich auf Stefanie zu freuen.

Er schlenderte zum Aventin hinüber und genoss es, in Rom zu sein. Dann fuhr er zurück nach Morcone, um sein Rustico für Stefanie vorzubereiten. Wann sie wohl kommen würde? In ein paar Tagen, hatte sie geschrieben. Er würde erst mal Hausputz machen. Nun würde er also tatsächlich wieder an den heißen Abenden mit Stefanie auf der Terrasse sitzen, umhüllt vom Duft der Engelstrompeten. Doch würde ihr Besuch ein Anfang sein oder ein Ende? Dann musste er wieder an Giada denken.

NEUNZEHN

Die Tage vergingen mit Haus, Garten und Warten. Und mit Alfredo. Robert war jetzt richtig froh, dass ihm der junge Dachs Gesellschaft leistete. Wo er stand und ging, war das Tier an seiner Seite. Wenn er draußen unter dem Feigenbaum ein Buch las, hielt Alfredo unter dem Sessel ein Schläfchen. Wenn er spazieren ging, hoppelte er nebenher. Nur nachts trennten sich ihre Wege. Während Robert oben im Haus schlief, war der Dachs draußen in seinem mittlerweile fertiggestellten geräumigen Gehege mit Graben, Schnüffeln und Würmerfressen beschäftigt. Robert hatte sich per Internet aus Deutschland ein Buch über die Erziehung von Hundewelpen schicken lassen und ging methodisch danach vor. Mit viel Balgen, Spielen, Lob und Leckerlis in Form von Obststücken gewöhnte er den Dachs an Halsband und Leine, die er anlegte, wenn er ihn zum Einkaufen nach Morcone mitnahm. Bald schon trottete der Dachs dann brav neben ihm her. Bürger Morcones, die Robert noch nicht näher kannten, hielten ihn für einen exzentrischen Engländer.

Bei alldem ging ihm Stefanie nie aus dem Kopf. Auf seine ungeduldigen SMS hin erhielt er jedoch nur knappe Antworten, sie müsse noch ein paar Sachen erledigen, aber sie komme bald, versprochen. Robert studierte Kochbücher und füllte Kühlschrank und Kühltruhe mit all den

Dingen, die er für Stefanie zubereiten wollte. Wachteln in Morchelsoße. Seeteufel im Salz-Orangen-Mantel. Oder ganz einfache Dinge wie *Spaghetti aglio e olio*; es musste dann halt ein besonderer Knoblauch und besonderes Olivenöl sein. Und er kaufte Wein. Nur aus der Maremma. Einen roten Morellino di Scansano Riserva der nahe gelegenen Fattoria di Magliano und einen weißen Ansonica Costa dell'Argentario der Kooperative »Le Greppe« von der Insel Giglio.

Champagner für den Ankunftsabend? Passte nicht hierher. Besser ein Spumante aus der Franciacorta. Auch mit dem Garten wollte er sie überraschen. Dort hatte sich so viel verändert, seit sie das letzte Mal hier war. Rund um das Rustico wucherte ein mediterranes Paradies. Die Engelstrompeten um die Terrasse setzten einen dschungelhaften Gegenakzent, den Robert noch verstärken wollte. Weil er im *vivaio*, der Pflanzenhandlung in Grosseto, nicht fündig wurde, bestellte er im Internet winterharte Hanfbananen. Die Pflanzen kamen auch prompt nach drei Tagen an, zeigten sich aber doch recht übersichtlich. Sie mochten vielleicht zwanzig Zentimeter groß sein. Robert pflanzte die Winzlinge an den Rand der Terrasse. Dann ging er hinüber zu seinen wachstumsfaulen Bäumen der Reisenden und gab ihnen, unter heftigem Widerspruch seines ökologischen Gewissens, Schnellwuchsdünger. Sie sollten endlich ihr drittes Blatt bekommen. Nun gut, mit diesen Sprösslingen würde er bei Stefanie kaum Eindruck machen. Jetzt noch nicht. Aber vielleicht in einem Jahr.

Robert bombardierte auch Giada mit Nachrichten. Sie hatte ihr Profilbild auf WhatsApp ausgetauscht. Statt der Kobold-Giada mit dem orangeroten Wuschelkopf und den

Hexenohrringen war nun eine mediterrane Schönheit mit glatten, fuchsfarbenen Haaren zu sehen. Was hatte das zu bedeuten? Auch Giada antwortete nur knapp. Sie schreibe Gerichtsberichte wie am Fließband, um die Sommerseiten des *Mercurio* zu füllen, und verbringe ihre freien Tage bei Leo am Bolsenasee, wo sie sich in einer Pension eingemietet habe. Sie müsse zur Ruhe kommen. Er solle einfach eine Weile nicht an sie denken. Und dieser Wunsch bewirkte das Gegenteil in ihm.

Dann kam Stefanie. Er befestigte gerade Drähte an der Wand neben der Terrassentür, um eine Bougainvillea daran hochranken zu lassen, als ihre Nachricht eintraf. Sie sei am Flughafen Fiumicino angekommen und nehme am Nachmittag einen Zug in die Maremma. Um halb sechs könne er sie am Bahnhof von Albinia abholen. Dorthin waren es von Morcone mit dem Auto nur zwanzig Minuten. Doch Robert brach schon um vier Uhr auf und tigerte eine lange Stunde auf dem Provinzbahnhof von Albinia herum. Er versuchte, im *Corriere della Sera* zu lesen, konnte sich nicht konzentrieren, weil so viele deutsche Touristen um ihn herum schnatterten, warf ihn weg, schaute mindestens viermal auf dem Fahrplan nach, wann Stefanies Zug eintreffen sollte, blickte den Reisenden nach, die ankamen und wegfuhren, zog schließlich einen Zigarillo heraus und zündete ihn an. Er hätte nie gedacht, dass sich so viele Deutsche auf dem Bahnhof von Albinia tummeln würden. Aber es war August. Und es hatte sich nördlich der Alpen herumgesprochen, wie schön die Maremma war.

»Du rauchst?«, fragte eine sehr bekannte Stimme.

Robert schnellte herum. »Stefanie!«

Er umarmte sie zaghaft, doch sie hängte sich lachend an

seinen Hals und küsste ihn auf beide Wangen. Dann schob sie ihn ein Stück weg von sich, musterte ihn aus ihren irritierend hellen, grünblauen Augen, deren Iris aussah, als sei sie aus Jade geformt. »Gut siehst du aus! Die Sonne und die Arbeit am Haus bekommen dir.« Sie kniff ihm scherzhaft in den Oberarm. Sie hakte sich bei ihm ein, und sie liefen zu Roberts Auto.

Später, nachdem Stefanie Haus und Garten bewundert und ausgiebig mit dem Dachs herumgetollt hatte, saßen sie bei einem Glas Spumante auf der Terrasse und blickten über die braungedörrten Hügel der Maremma, aus denen die frischgrünen Weinberge und die silbergrünen Olivenhaine hervorleuchteten. Sie prosteten einander zu und sprachen über Lea, und es war fast wie früher, doch als Stefanie eine lange SMS in ihr Handy tippte, wollte Robert nicht fragen, an wen sie war. So lange hatte er die Fragen auf seinen Lippen getragen: Wie sie jetzt lebte? Und womöglich mit wem? Warum sie ihn ignorierte? Und weshalb sie ihm nicht wenigstens noch eine klitzekleine Chance gab? Nach all dem, was sie zusammen aufgebaut hatten. Und wegen Lea. Doch nun lähmte Robert eine seltsame Schüchternheit, die er nicht zu deuten wusste. Sein Mund war ausgetrocknet, er fühlte sich fremd wie ein Karpfen auf trockener Erde. So ging er in die Küche, um nach dem Seeteufel zu schauen, der im Ofen garte, und er brachte eine Flasche Ansonica mit und goss ihnen beiden ein Glas ein. Stefanie rekelte sich behaglich in ihrem Korbstuhl. »Ist das schön hier. Ich hatte ganz vergessen, wie schön. Gibst du mir einen deiner Zigarillos?«

Robert war dankbar, dass sie sich keinen Joint ansteckte, wie sie es früher, in München in der Mondstraße, abends gerne getan hatte, um nach der Arbeit zu entspannen.

Es hatte ihn immer gestört, und sie hatten oft deswegen gestritten. Der würzige Rauch ihrer Zigarillos vermischte sich mit dem schwülen Duft der Engelstrompeten, und sie schwiegen und genossen. Robert betrachtete sie. Sie trug ein cognacfarbenes, knapp über dem Knie endendes Stretchkleid, und sie konnte es tragen. Sie hatte offensichtlich viel trainiert in ihrem Fechtclub, dem MTV München. Ja, sie wirkte wieder so grazil und federnd wie damals, als sie sich kennengelernt hatten. Ihre blonden Haarwellen fielen wie früher bis zu ihren Schultern hinab, auch das konnte sie sich leisten. Sie trug ein modern gestaltetes massives Goldmedaillon an einer Kette um den Hals. Das kannte er nicht. Interessant. Am meisten faszinierten Robert aber wieder ihre Augen, diese hellen Jadeaugen, die einen so intensiv ansehen konnten, als gäbe es sonst nichts auf der Welt. Ihre schlanke Figur und die Augen hatte sie von ihrem Vater geerbt, einem vor Jahren verstorbenen Berliner Generalmajor. Und nicht nur Figur und Augen, dachte Robert, sondern auch diesen an Sturheit grenzenden Willen, der bei ihr jedoch durch den wilden Lebenshunger ihrer Mutter aufgelockert war. Eine großartige Kombination, überlegte Robert und hielt die Zeit für gekommen, ihre Beziehung und eine Zukunft anzusprechen. Doch Stefanie legte ihren Zeigefinger auf die Lippen und schüttelte den Kopf. »Noch nicht«, sagte sie dann. »Lass uns noch ein bisschen im Augenblick verweilen.«

Robert sah, wie sich eine der Zornnattern, die unten am Teich wohnten, aus einem Ginsterbusch auf die Terrasse schlängelte, um die in den Bruchsteinplatten gespeicherte Sonnenwärme aufzunehmen. Er zeigte wortlos auf das Tier. Stefanie zog die Augenbrauen hoch. »Ist sie giftig?«

»Nein. Aber sie kann beißen.«

Stefanie zog die Füße auf den Stuhl hoch, sodass Robert ihre sorgfältig manikürten Zehen in den Designersandalen betrachten konnte. Dann war die Schlange wieder verschwunden, und die Nacht zog herauf, begleitet von Fledermäusen, die auf der Jagd nach Mücken ums Haus sausten. »Es könnte so schön sein«, seufzte Stefanie und drückte ihren Zigarillo energisch in einer Muschel aus.

»Aber es ist doch schön«, sagte Robert.

»Ich meine mit uns beiden.«

»Es ist nie zu spät. Wir könnten …«

Stefanie schüttelte den Kopf. »Leider nicht. Es ist zu spät. Es ist aus.«

Robert schaute sie entgeistert an.

»Ich habe einen neuen Lebensgefährten.« Und dann erzählte sie ihm von dem jungen Goldschmied aus der Mondstraße, den er flüchtig kannte, aber nie näher beachtet hatte. Und dass er genau der Richtige für sie sei, sinnlich, spontan, kreativ, und dass sie noch nie so glücklich gewesen sei. Und sosehr es ihn schmerzte und verwirrte, so spürte er doch, dass das die Wahrheit war. Es war zu spät. Sie erklärte ihm, dass sie nichts mit dem Goldschmied gehabt habe, solange sie noch mit Robert zusammen gewesen sei. Sie habe sich aus anderen Gründen von ihm getrennt. Denn je mehr er in der Kanzlei Karriere gemacht habe, desto mehr habe er sich verändert, sei unaufmerksam und unnahbar geworden. Anfangs habe sie noch geglaubt, das werde nach einer Weile wieder besser, und schon allein wegen Lea habe sie nie an eine Trennung gedacht. Doch dann sei es nicht besser geworden, und Lea sei aus dem Haus gegangen, und sie habe immer mehr Abende allein mit Joints und Weißwein und Büchern verbracht, während er Akten gewälzt habe. »Weißt du, Robert, das Leben ist zu kurz, um schlechte Beziehungen zu führen. Es hätte anders laufen können. Aber das tat es halt nicht.«

»Aber hättest du mir das damals denn nicht sagen können?«

»Das habe ich, immer wieder, auch in drastischen Worten. Doch du warst für mich unerreichbar. Und dann war da eine Sache, die für mich endgültig zu viel war.«

»Aber was war das denn, Stefanie?«

»Da solltest du selbst drauf kommen.«

Er saß noch lange auf der Terrasse, während Stefanie auf der Couch im Wohnzimmer eingeschlafen war. Er rauchte und trank und war wütend. Da vögelte sie einen Goldschmied, während er mannhaft versuchte, nicht auf Giada zu fliegen. Er wurde noch wütender und rauchte und trank noch mehr, und er würde es ihr schon zeigen und Giada heiraten und mit ihr Kinder bekommen und ein tolles, abenteuerliches Leben im Süden führen, während Stefanie irgendwann ihres Schmuckklempners überdrüssig würde. Und dann war es für sie zu spät! Schließlich wurde er ruhiger, zündete sich noch einen Zigarillo an und goss sich noch ein Glas Wein ein. Und die Sterne wanderten durch den schwarzen Samt des Himmels, und er dachte an Lea und Giada und Stefanie, und alles floss ineinander, und schließlich wurde er wieder wach und musste sich hinter dem Haus in einen Hortensienbusch erbrechen. Das war ihm schon lange nicht mehr passiert, genau gesagt seit jener Karnevalsnacht mit Stefanie in Köln, als sie bis zum Morgengrauen durchgezecht hatten. Auch jetzt graute der Morgen wieder, das heißt, er rötete sich, und Robert kroch in den ersten Stock in sein Schlafzimmer, warf eine Tablette Zopiclon ein und schlief bis in den späten Nachmittag.

Unten auf dem Holztisch wartete ein Brief von Stefanie. Sie sei stolz auf ihn, dass er gestern Abend so tapfer gewesen sei und keine Szene gemacht habe. Und natürlich sei sie auch sehr traurig, denn viele Jahre hätten sie eine gute Zeit miteinander gehabt, und sie bereue da gar nichts, und sie verbinde noch so viel, Lea besonders. Und am liebsten würde sie gut Freund mit ihm sein und ihn ab und an in der Maremma besuchen, aber sie wisse schon, dass das für ihn schwierig sei, weil sie ja nun wieder einen Lebensgefährten habe und er nicht. Er habe ein Recht darauf, verletzt zu sein, und sie würde alles verstehen. Fürs Erste bleibe sie allerdings noch ein paar Tage in Italien. Sie habe in Rom zu tun – Verhandlungen für ihren Verlag –, und sie beide hätten auch noch einiges zu besprechen. Scheidung, Vermögen, das müsse halt sein. Robert widerstand der Versuchung, die nächste Flasche Wein aufzumachen. Stattdessen brandete etwas in ihm auf, was er selbst an sich nicht kannte, und er packte die Flasche am Hals und schleuderte sie gegen den Rauchfang des Kamins, wo sie zerbarst. Dann zog er sich um und ging zum Joggen.

Ein paar Tage später tauchte Stefanie wieder auf. Sie einigten sich schnell darauf, die Abwicklung ihrer Ehe einem befreundeten Familienanwalt zu übertragen. Und Robert sagte, natürlich würden sie in Kontakt miteinander bleiben, schon allein wegen Lea. Aber Freunde sein? Nein, das könne er sich nicht vorstellen. Später erzählte er Stefanie von Giada und dass er sich vorstellen könnte, noch einmal zu heiraten und Kinder zu bekommen. Stefanie fixierte ihn mit ihrem Jadeblick, und er konnte nicht sagen, ob sie traurig war oder erleichtert.

ZWANZIG

Giada erwachte nach kurzem, unruhigem Schlaf. Es war heiß in Giulias Wohnung, die ganze Stadt hatte sich über die Sommerwochen mit Hitze vollgesogen. Ihr Kopf brummte. Sie war mit Giulia und anderen Freunden am Strand von Fregene feiern gewesen. Erst im Singita und dann im Blanco Beach Club. In ihrem Kopf wummerten die Rhythmen nach. Wieso war sie jetzt schon aufgewacht? Das Handy. Eine Nachricht von Robert. Er habe sich endgültig von Stefanie getrennt. Hört, hört! Wahrscheinlich hatte Stefanie sich endgültig von ihm getrennt. Was der Fall Colasanti mache? Ob sie sich mal treffen könnten, um ihre Strategie zu besprechen? Das könnte ihm so passen. Ihr Zorn war nicht verraucht. Zu ihrem Unmut merkte sie jedoch, dass Robert sie auch rührte. Da saß dieser Deutsche allein in seinem Rustico in der tiefsten Toskana, jetzt endgültig ohne Ehefrau. Seine Tochter Lea studierte irgendwo an einem Meer im hohen Norden. Und die – deutlich jüngere und attraktivere – Italienerin, die er hätte haben können, wollte jetzt nicht mehr. Dumm gelaufen! Würde er sich eben mit seinen Engelstrompeten vergnügen müssen.

Die Sonne knallte zwischen den Lamellen am Fenster herein. Giulia schlief tief und fest. Giada verließ leise das Haus, lief zu der winzigen Bar De Rosa in der Via S. Adeodato und stürzte ein Glas Wasser und einen doppelten Ristretto hinunter. Dann schrieb sie Robert, sie wisse noch nicht, wann sie nach Morcone komme, sie werde sich rühren.

Da die Polizeireporterin des *Mercurio* ihre Sommergrippe überstanden hatte, konnte sich Giada wieder dem Fall Colasanti zuwenden. Als Erstes rief sie *maggiore* Laganà an. Die Offizierin war ungehalten. »*Signora* Bianchi, ich habe Sie doch angewiesen, sich aus dem Fall herauszuhalten«, schnaubte sie ins Telefon. »Und ich habe gedacht, Sie hätten sich daran gehalten. Ich war so froh, dass Sie offenbar endlich vernünftig wurden. Und was machen Sie stattdessen? Bringen sich und andere in Gefahr! Ich werde mir das nicht länger bieten lassen …«

»Aber was reden Sie denn da!«, fuhr Giada dazwischen. »Ich habe mich doch herausgehalten! Seit fast zwei Wochen habe ich nicht einmal mehr im Fall Colasanti recherchiert. Und außerdem: Sie haben mir gar nichts anzuordnen!«

»Das werden wir ja sehen. Ich könnte Sie wegen der Behinderung von Ermittlungsarbeiten belangen. Was Sie in letzter Zeit in dem Fall so getrieben haben, weiß ich zwar nicht sicher. Aber Ihren Freund, *questo tedesco*, haben Sie darauf angesetzt. Sie sollten sich schämen. Einen Ausländer, der die Verhältnisse hier überhaupt nicht kennt, so in Gefahr zu bringen.«

Die Carabiniera machte eine Pause, und Giada spürte, wie ihr das Blut im Kopf brummte. Teils aus Ärger, teils aus schlechtem Gewissen. Weil sie Robert tatsächlich da mit hineingezogen hatte. Nur, was wusste die Laganà davon? »Er ist nicht mein Freund. Nur ein entfernter Bekannter. Ein sehr entfernter Bekannter. Und woher soll ich wissen, was er so treibt?«

»Halten Sie uns für total bescheuert?«, brauste Laganà auf. »Glauben Sie, dass ich hier in der Kaserne in der Nase bohre oder die Vitrinen abstaube? Ihr Freund hat auf dem Monte Argentario Raubgräbern nachgeschnüffelt.«

»Woher wissen Sie das?«, entfuhr es Giada.

»Woher wohl? Durch Ermittlungen. Wir sind der Bande von Aldo Puccini schon länger auf der Spur.«

»Sie wissen von denen?«

»Ja, was glauben Sie denn, was wir hier tun? Wir fertigen regelmäßig Luftbilder von den Gegenden in Latium und der Toskana an, die reich an archäologischen Stätten sind. Dann vergleichen wir die neuen mit älteren Aufnahmen. Wenn uns eine Veränderung auffällt, schauen wir nach.«

»Und so sind Sie auf die römische Villa am Monte Argentario gestoßen?«

»Sie wissen also davon.«

Giada biss sich auf die Lippen und schwieg.

»Wusste ich's doch!«, fuhr Laganà fort, Triumph in der Stimme. »Wir haben jedenfalls die Grabungsstelle an der Torre Ciana entdeckt.«

»Und dann?«, fragte Giada.

»Und dann?«, äffte Laganà sie nach. »Was hätten Sie denn getan an unserer Stelle, Sie Ermittlungsgenie?«

»Die Fundstelle abgesichert und die Archäologen verständigt.«

»Sehr schlau! Und die *tombaroli*?«

»Die hätte ich festgenommen.«

»Und wie hätten Sie die gefunden?«

»Hm. Vielleicht hätte ich die Grabungsstelle vorher beobachten lassen.«

»*Complimenti!*«, höhnte Laganà. »Natürlich haben wir nicht sofort zugeschlagen, sondern die Grabungsstelle videoüberwacht. Erst dann haben wir Aldo Puccini und seine Bande ausgehoben. Alles vorbestrafte *tombaroli*. Die werden eine Weile einsitzen.«

»Und Robert?«, fragte Giada plötzlich besorgt.

»Er war auf den Videos.« Laganà machte eine bedeutungsschwere Pause.

»Und?«

»Er hatte zweifach Glück. Erstens, weil Aldo Puccini ein gefährlicher Bursche ist. Er hätte den Deutschen umlegen können. War ihm aber wohl zu auffällig. Und zweitens, weil wir auch das Gespräch mitgeschnitten haben. Daraus wird klar, dass der Deutsche keine Kunstschätze kaufen wollte, sondern im Fall Colasanti recherchiert hat. Aber das wissen Sie ja!«

»Tut mir leid«, murmelte Giada in gespielter Zerknirschung. »Was haben die *tombaroli* Ihnen denn erzählt? Was für eine Statue haben sie da gefunden? Und an wen haben sie die verkauft?«

»Die schweigen. Wir ermitteln gegen sie jetzt auch wegen des Mordes an Colasanti. Und nun genug geschwätzt, *signora* Bianchi. Sie erfahren von mir erst wieder irgendetwas, wenn Sie und Ihr Freund sich strikt aus den Ermittlungen heraushalten. Wenn nicht, werden Sie beide andere Seiten von mir kennenlernen.«

Dann war nur noch das Tuten in der Leitung zu vernehmen. Giada stampfte mit dem Fuß auf. Verfluchter Mist. Jetzt hatte sie eine Quelle verloren und obendrein die Kultur-Carabinieri am Hals. Vielleicht wäre es tatsächlich besser, eins auf braves Mädchen zu machen und nach zwei, drei Wochen reumütig wieder bei Laganà anzufragen. Doch Giada Bianchi war nicht der Typ, der auf braves Mädchen machte.

Aurelio, Giadas Ex, war begeistert, als sie abends bei ihm im Studio vorbeischaute, im sehr kleinen Schwarzen, wie er es liebte. Er mixte ihr sofort einen Pisco Sour, wie sie ihn liebte, und Giada hatte alle Mühe, ihn halbwegs auf Distanz zu halten. Dafür hörte sie ihm scheinbar mitfühlend zu, als er ihr vorjammerte, dass seine Freundin, diese *mignotta*, diese Hure, ihn betrogen habe. Mit einem Beleuchtungsassistenten. Giada hätte sich am liebsten vor Vergnügen auf die Schenkel geklatscht. Stattdessen sagte sie mit todernstem Gesicht: »Dieses Luder! Das hast du wirklich nicht verdient!« Dabei hatte sie Mühe, nicht loszuprusten, und rettete sich in einen tiefen Schluck Pisco Sour. Sie lenkte das Gespräch auf ihre Arbeit und fragte beiläufig, ob er zufällig eine Frau mit schwarzem Halbschleier kenne. Aurelio nickte. Da gebe es eine Kuratorin. Sie halte sich im Verborgenen, ziehe aus dem Hintergrund aber viele Strippen in der Kunstszene. Sie manage das Auktionshaus Venus Auctions in der Via Margutta. Das mit dem Halbschleier sei wohl eine Marotte, um sich bedeckt halten zu können. Tolle Frau offenbar. Und sehr sinnlich.

Es waren bereits dreißig Grad, als Giada am nächsten Morgen in die Via Margutta fuhr. Sie quetschte ihre *ape* zwischen einen Terrakottakübel mit einer Yucca-Palme und einen nachtblauen Maserati Ghibli und klingelte bei Venus Auctions. Sie scheiterte bereits am Empfang. Die Chefin, *signora* de Santis – ja, ja, sie trage einen Halbschleier –, sei nicht da und würde, Journalistin hin oder her, nur mit Terminvereinbarung empfangen. Sie möge eine E-Mail mit ihrem Gesprächswunsch schreiben.

Giada schrieb eine höfliche E-Mail, stellte sich als Reporterin des *Mercurio* vor und erklärte, es gehe um eine Recherche über den römischen Kunstmarkt. Sie erhielt weder auf diese noch auf ihre folgenden Mails eine Antwort. Am Telefon hieß es dann, *signora* de Santis sei aktuell besonders beschäftigt. Sie solle sich noch etwas gedulden. Geduld jedoch war nicht Giadas Stärke. Also rückte sie kurz darauf wieder in der Via Margutta an. Diesmal stand eine andere junge Frau am Empfang. Sie schaute bereitwillig nach einem Termin für Giada. Öffnete eine Computerdatei. Schüttelte den Kopf. Die kommenden Tage sei leider überhaupt kein »Slot« mehr frei. Journalistin sei sie? Sie frage vorsichtshalber noch einmal nach. Die junge Frau verschwand hinter einer mit Leder bespannten Tür, und Giada nutzte die Gelegenheit, sich blitzschnell über den Schreibtisch zu beugen und auf den Computerbildschirm zu schauen. Sie brauchte nur Sekunden, um zu kapieren, dass sie die Wochenübersicht von Lavinia de Santis Terminen vor sich hatte. Besprechungen, Konferenzen, Essenseinladungen, eine zweitägige Dienstreise nach Mailand. Und wirklich Termin an Termin. An diesem Tag etwa hatte die *signora* Bürotermine bis zwanzig Uhr. Unter einundzwanzig Uhr stand dann: Empfang Villa Massimo. Der Name kam Giada bekannt vor. Doch nun kam die junge Frau wieder herein, Giada konnte gerade noch eine unverfängliche Haltung einnehmen. »Bedaure sehr, *signora* Bianchi. Aber *signora* de Santis hat in den kommenden Tagen wirklich keine Zeit. Wir melden uns, sobald ein Termin frei ist.«

EINUNDZWANZIG

Villa Massimo? Giada googelte danach und stieß auf zahlreiche Einträge. Accademia Tedesca Roma Villa Massimo, so hieß ein deutsches Kulturzentrum, in dem junge deutsche Künstler einige Zeit leben und arbeiten konnten. Die Fotos im Netz sahen vielversprechend aus. Eine Villa mit Park, sehr romantisch und zugleich gepflegt, ein mediterraner Traum mit deutscher Ordnung. Gegen zweiundzwanzig Uhr fuhr Giada am Portal der Villa vor, nicht in ihrer *ape*, sondern im Taxi. Ihre Haare waren braun-rot getönt und glatt, sie trug ein kurzes, schulterfreies Kleid aus kornblumenblauem Chiffon, schwarze Stilettos und keinen Schmuck außer den beiden Hexenohrringen. Sie wusste, dass sie umwerfend aussah. Dennoch wollte sie der Typ am Portal nicht hereinlassen, weil sie nicht auf der Gästeliste stand. Giada hatte sich schon abgewandt, um nach einer Stelle der Parkmauer zu suchen, wo sie hinüberklettern konnte, da fuhr eine schwarze Limousine vor. Der Chauffeur stieg aus, öffnete die hintere Tür auf der Beifahrerseite und ließ einen jungen Mann aus dem Wagen, bei dessen Anblick Giada sofort ein Wort durch den Kopf sauste: *fighetto* – Schnösel. Der junge Herr mit den weichen Gesichtszügen und dem zurückgegelten halblangen Haar trug trotz der Schwüle einen eng geschnittenen, dunklen Dreiteiler, eine roséfarbene Krawatte mit dezentem Blumenmuster und ein Einstecktuch aus dem gleichen Stoff. Er blickte sich um, sah Giada unschlüssig vor dem Portal stehen und erfasste die Situation offensichtlich sofort. Ehe sie noch ein »Was fällt Ihnen ein?« rufen konnte, hatte er sie schon an der Hand genommen und zu dem Portier geführt. »Gianraffaele Nortonia«, stellte er sich vor, »vom Kulturgüterministerium.«

Der Portier schaute in seinen Listen nach und nahm Haltung an. »Herzlich willkommen, *principe*. Bitte immer dem Kiesweg nach bis zur Villa. Und, äh, die junge Dame?«

»Meine Begleitung«, sagte Prinz Nortonia in einem Ton, der keine Widerrede zuließ.

»Selbstverständlich«, murmelte der Portier und schlug unwillkürlich die Hacken zusammen.

Und schon stolzierte Giada am Arm des *fighetto* über einen Kiesweg zwischen Zypressen und Pinien hindurch auf einen von Scheinwerfern aus der Nacht geschnittenen ockerfarbenen Palazzo zu, vor dem eine Menschenmenge wogte. »Verzeihen Sie meine Dreistigkeit, *principessa*«, sagte der Schnösel, bevor Giada Zeit hatte, ihre Überraschung zu verarbeiten. »Ich darf Sie doch *principessa* nennen? Sie sehen jedenfalls wie eine aus. So jemanden lässt man nicht vor dem Portal warten. Ignoranten! Darf ich mich vorstellen: Nortonia, *principe* Nortonia. Staatssekretär im Kulturministerium. Aber was interessiert Sie das? Sie sind hier, um sich zu amüsieren, und das werden Sie, versprochen. Nach dem Empfang hier«, er deutete mit einer ausholenden Armbewegung auf die Gesellschaft vor ihnen, »nehme ich Sie mit in einen kleinen, privaten Klub. Dort gibt es alles.« Er fuhr sich mit der Nase über den Handrücken und lächelte. »Aber jetzt wollen wir erst einmal unseren reizenden Gastgeber begrüßen.«

Ehe Giada etwas sagen konnte, hatte Nortonia sie schon mitten hinein in die Abendgesellschaft gezogen. Schwere Parfums, Champagnergläser, Manschettenknöpfe. Nortonia grüßte hier und winkte dort, wechselte ein paar Worte mit grau melierten Herren und vollbusigen Damen. Schon standen sie an einem Stehtisch, der von einem beleibten Herrn mit rundlichem, fast kahl geschorenem Schädel dominiert wurde, der die Aura eines Barockfürsten verbreitete. Er trug eine goldfarbene Fliege, und als er Nortonia sah, wandte er sich ihm mit ausgebreiteten Armen zu. »Da sind Sie ja, mein lieber *principe*! Was für eine Freude, Sie zu sehen!«

Die beiden tauschten unter den aufmerksamen Blicken der Umstehenden ritualisierte Ehrbezeugungen aus, und Giada nutzte die Gelegenheit, um in die Menschenmenge zu gleiten. Sie ließ sich von einem der Kellner ein Glas Spumante geben, streifte zwischen den Tischen hin und her und beobachtete das Treiben der deutsch-römischen Künstler-, Intellektuellen- und Politikerszene. Das Bild eines Flamingoschwarms in einem Teich tauchte in ihr auf. Sosehr sie sich auch bemühte, das Getümmel mit ihren Blicken abzuscannen, sie konnte nirgends eine Frau mit Halbschleier erspähen. So löste sie sich aus der Menge und ging in den nach Pinien duftenden Park, wo Paare miteinander plauderten und Herren ernste Gespräche führten. Manche Bäume waren von unten angestrahlt, was die Illusion auflodernder Flammen erzeugte.

Und dann sah sie sie. Sie stand ganz allein, ein Glas in der Hand, im Schatten der Bäume und starrte auf den Torso einer jungen Frau, womöglich einer Aphrodite. Ein Scheinwerfer lockte den weißen Marmor aus der Dunkelheit hervor und verlieh den kleinen, festen Brüsten der

Skulptur eine surreale Plastizität. Lavinia de Santis dagegen schien mit den Schatten der Bäume zu verschwimmen. Nur die untere Hälfte ihres Gesichts hob sich ab. Die obere war durch einen schwarzen Halbschleier verdeckt. Giada schlenderte wie zufällig heran, bis sich der Parfumduft der Frau klar von den Gerüchen des Parks abhob. »Anmutige Statue«, sagte Giada mit sanfter Stimme.

Die Frau mit dem Halbschleier nickte leicht, ohne den Blick von dem Marmortorso zu wenden.

»Fast so anmutig wie die Statue, die aus der Wohnung von Annibale Colasanti verschwunden ist.«

Nun drehte die Frau den Kopf zu Giada hin. Ihre vollen Lippen schimmerten in einem matten Karminrot. Es war seltsam, ihre Augen nicht sehen zu können. Giada versuchte, den dichten schwarzen Spitzenschleier mit dem Blick zu durchdringen. Vergebens. »Sie sind Lavinia de Santis.«

»So ist es, *signorina*.«

»Ich muss mit Ihnen reden.«

»Das kann ich mir nicht vorstellen.«

»Es geht um den Mord an Annibale Colasanti.«

»Armer Annibale.«

»Sie kannten ihn also.«

»Natürlich. So groß ist die Kunstszene in Rom nun auch wieder nicht.«

»Ich möchte mit Ihnen über ihn sprechen. Giada Bianchi, übrigens.« Sie streckte die Hand aus, die Lavinia de Santis an den Fingerspitzen ergriff. »Wann hätten Sie Zeit?«

»Sie sind von der Polizei?«

»Nein. Ich bin Reporterin. Des *Mercurio*.«

»Verstehe. Da kann ich leider nicht helfen.«

»Warum nicht?«

»Ich spreche nicht mehr mit Journalisten. Zu viele schlechte Erfahrungen.«

»Aber es geht um den Mord an einem Ihrer Bekannten.«

»Eben.«

»Ich gebe Ihnen meine Karte mit meiner Handynummer, falls Sie es sich anders überlegen.«

»Warum sollte ich?«, sagte Lavinia de Santis, steckte aber die Karte ein.

»Das müssen Sie wissen«, sagte Giada ruhig. »Ich wollte Ihnen nur Gelegenheit geben, sich zu äußern, bevor ich meinen Artikel publiziere.«

»Welchen Artikel?«

»Den über meine Recherchen zum Mord an Colasanti.«

»Und was geht das mich an?«

»Nun, so viele Frauen mit schwarzem Halbschleier laufen nicht in Rom herum.«

»Sie sprechen in Rätseln.«

»Einer meiner Informanten hat Sie im Haus von Colasanti gesehen, kurze Zeit bevor er ermordet wurde.« Wie gerne hätte Giada jetzt in die Augen von Lavinia de Santis geblickt. Doch sie musste sich damit begnügen, ein leichtes Zucken der Lippen zu registrieren.

»Tun Sie, was Sie für richtig halten. Es gibt einige gute Anwälte in Rom, die mir noch einen Gefallen schuldig sind«, sagte die Frau mit dem Halbschleier, nickte Giada zu und verschwand zwischen den Bäumen.

ZWEIUNDZWANZIG

»Du musst ihr helfen«, sagte Stefanie zum dritten Mal.

»Das will ich ja, verdammt noch mal.« Es war selten, dass Robert wütend wurde, aber wenn, dann wurde er es richtig. »Was soll denn dieser Ton? Du weißt doch gar nicht, wie Giada ist. Sie ist ohnehin stur, und jetzt ist sie besonders sauer auf mich, weil ich sie zurückgewiesen habe, als Frau, wenn du verstehst, und zwar nur wegen dir!«

Stefanie trat einen Schritt zurück und musterte ihn mit ihren hellen Augen so scharf wie ein Entomologe ein erstaunliches Insekt unter einem Vergrößerungsglas. »Sie wollte mit dir schlafen? Und du hast nicht mitgemacht, weil du auf mich gewartet hast?« Stefanie neigte den Kopf zur Seite. »Armer Robert …«

Robert schwieg und tat so, als betrachte er die Aussicht. Sie standen am Torre di Collelungo und blickten über den grünen Pelz des Maremma-Nationalparks hinweg aufs Meer. Doch Robert, der Park und Meer so sehr liebte, nahm beides kaum wahr.

»Hättest du denn gerne mit ihr geschlafen?«

»Ich will jetzt nicht darüber sprechen.«

»Also ja. Und jetzt gibt es keinen Grund mehr, es nicht zu tun.«

»Stefanie«, Robert seufzte resigniert, »es ist manchmal nicht so einfach, wie du immer denkst.«

»O doch, Robert. Es ist manchmal sehr einfach. Nur du komplizierst alles so. Deine Frau hat dich verlassen, eine andere, junge, attraktive Frau steht auf dich ...«

Statt zu antworten, machte sich Robert an den Abstieg hinunter zum Strand. Nach einer Weile ging Stefanie langsam hinterher. Als sie unten ankam, lag Robert ausgestreckt im Sand. Sie ging weiter bis zur Wasserlinie, ließ winzige Wellen zwischen ihren Zehen schlecken, hielt sich in dem Bereich zwischen Strand und Meer, wo der Sand gerade so feucht war, dass man darauf gehen konnte, ohne einzusinken. Sie bückte sich, hob Muscheln auf und ein Tintenfischskelett, ging bis zu den Waden ins Wasser, schaute lange hinaus, kehrte um und ließ sich neben Robert in den Sand sinken. »Jedenfalls musst du ihr helfen.«

»Und warum muss ich das?«

»Weil du längst damit angefangen hast. Sie steckt jetzt tief in den Recherchen über den Mord an diesem Colasanti, und so, wie du sie mir beschreibst, wird sie nicht mehr davon ablassen.«

»Ja und?«

»Robert! Du hast es mir doch gerade selbst erzählt! Es geht um gefährliche Leute. Um Mörder, Raubgräber und politische Fanatiker. Und deine Giada mittendrin.«

»Sie ist nicht ›meine Giada‹, kapierst du das nicht!« Robert wurde wieder laut.

»Wie auch immer – jedenfalls musst du ihr helfen. Ohne deine Recherchen rund um diese *tombaroli* wäre sie gar nicht so tief in den Fall hineingeraten.«

»Ach ja, nun bin ich schuld, weil ich sie unterstützt habe! Stefanie-Logik!«

»Ist mir egal. Hauptsache, du hilfst ihr.«

»Warum ist dir das so wichtig? Vielleicht, weil du ein

weniger schlechtes Gewissen hast, wenn ich mit einer anderen Frau versorgt bin?«

»Mag sein.«

»Stefanie-Moral. Und wie sollte ich ihr jetzt deiner Meinung nach helfen?«

»Nach all dem, was du mir erzählt hast, wäre es wichtig, herauszufinden, um was für eine Statue es sich handelt. Daran hängt doch irgendwie alles.«

Robert drehte sich zu ihr um und stützte den Kopf auf den Arm. »Ja. Wenn ich das Geheimnis dieser mörderischen Statue ergründen könnte … Es interessiert mich ja selbst, was dahintersteckt. Doch von wem kann ich etwas erfahren? Den *tombaroli* möchte ich nicht noch einmal begegnen …«

»Dieser Reitstallbesitzer?«, unterbrach ihn Stefanie.

»Hm. Er steckt womöglich mit drin. Bei ihm waren bereits die Carabinieri. Ob der ein Interesse hat, mir etwas zu erzählen? Aber ich habe da noch eine andere Idee.«

»Der Friseur?«

»Genau! Morucci. Er kennt hier jeden, und er war selbst früher mal Raubgräber. Vielleicht hat er etwas mitbekommen.« Er würde noch mal mit dem Barbier reden müssen.

Als Robert am Nachmittag mit Alfredo, den er an einer Leine führte, den Friseurladen betreten wollte, waren die Jalousien heruntergelassen und die braune Holztür verschlossen. Viertel nach fünf. Seltsam. Um diese Zeit war der Laden normalerweise geöffnet. Robert klopfte. Keine Reaktion.

Er fühlte sich an früher erinnert. Als junger Strafverteidiger hatte er manches Mal regelrecht Detektivarbeit geleistet, um an entlastende Beweise zu kommen. Später hatte er sich Detektive leisten können. Nun war er wieder auf sich selbst angewiesen. Was tun? Ratlos legte er ein Ohr an die Tür und lauschte. Was war das? Aus dem Inneren kam ein Keuchen und Stöhnen. Um Gottes willen. Der alte Mann hatte doch wohl keinen Herzanfall erlitten? Robert klopfte noch einmal lauter. Und Alfredo kratzte eifrig an der Tür. Nichts. Er ging in die Hocke und spähte durch das rostige Buntbarschschloss. Wieder das Stöhnen. Durch die verschossenen Plastikjalousien kam genug Licht, um etwas zu erkennen. Robert drehte den Kopf etwas zur Seite, um die beiden Friseursessel rechts vom Eingang zu sehen. Er traute seinen Augen nicht. Auf einem der Sessel hing der alte Morucci mit heruntergelassener Hose. Vor ihm kniete Tinca, seine Gehilfin. Sie hatte den Kopf zwischen seinen Beinen vergraben und schien dem alten Mann beträchtliches Vergnügen zu bereiten. Und dann sah Robert noch etwas: Über die Padre-Pio-Statue, die auf einem Regalbrett zwischen den Spiegeln stand, war ein Handtuch gehängt. Der italienische Volksheilige sollte nichts mitbekommen ... Und Morucci bekam sein Klopfen offensichtlich auch nicht mit.

Robert richtete sich auf und blickte sich verstohlen um, ob ihn jemand beim Spionieren beobachtet hatte. Doch die drei Fahrradtouristen vor der Bar Roma waren in ein Gespräch vertieft.

Robert holte eine Limonade für sich und ein paar Melonenschnitze für Alfredo in der Bar und setzte sich in den Schatten eines roten Sonnenschirms. Der Dachs hatte ihm zu einer bestimmten Bekanntheit in Morcone verholfen. Er nahm einen kräftigen Schluck aus der mit Kondenswasser beschlagenen Flasche. Was für eine Recherche! Es ging ihn ja nichts an, was der alte Morucci und die junge Tinca miteinander trieben, gewiss zahlte er dafür. Aber vielleicht konnte er seine kleine Beobachtung nutzen, um Morucci gesprächiger zu machen. War das unmoralisch? Einerseits ja. Andererseits ging es um einen Mordfall, um die Sicherheit Giadas und um seine Pflicht, da zu sein, wenn sie ihn brauchte. Ein klassischer Fall von Güterabwägung. Und da er dem Barbier ja nicht wirklich Schaden zufügen würde …

Robert nahm noch einen Schluck und machte gedanklich einen Schritt, den er sich als Rechtsanwalt in München nicht geleistet hätte. Wirkte Italien enthemmend auf ihn? Er trank in kleinen Schlucken weiter und beobachtete die Tür des Friseursalons. Nach einer Viertelstunde ging sie auf. Morucci steckte kurz den geröteten Kopf hinaus. Robert wartete noch ein paar Minuten, überquerte dann gemächlich die Piazza, betrat den Friseursalon und ließ sich in den Friseursessel sinken, den Morucci zuvor nicht benutzt hatte. Padre Pio war wieder enthüllt, der bärtige Kapuziner mit der langen Kutte hob segnend die Hand. Tinca fegte eifrig mit einem Reisigbesen im Hintergrund des Salons herum und machte sich dann unauffällig davon.

»Eine Rasur? Am Abend? Unserer Abmachung nach hätten Sie schon viel früher kommen sollen.«

»Warum nicht jetzt?«, sagte Robert. »Ich möchte gepflegt aussehen, wenn ich später zum Essen gehe.«

»*Meglio tardi che mai* – besser spät als nie«, brummte der Alte und warf Alfredo einen verschrumpelten Apfel zu, über den dieser sich sofort hermachte. Dann rührte er Rasierschaum an und verteilte ihn mit dem Wildschweinborstenpinsel auf Roberts Gesichtshaut. Schon bald war der erste Blutfleck zu sehen.

»Ich wollte Sie noch was fragen wegen dieser Statue, die die *tombaroli* auf dem Monte Argentario gefunden haben. Was war das denn für eine Skulptur? Wen stellte sie dar?«

»Welche Statue? Welche Skulptur? Ich habe keine Ahnung«, brummte Morucci. »Vergessen Sie das Ganze. Bringt nur Ärger.«

»Ärger – wieso?«

»*I sbirri* – die Bullen – haben Wind von der Sache am Argentario bekommen; Aldo und seine Kumpel sitzen jetzt ein. Schöne Bescherung!«

»Oh, das tut mir leid«, sagte Robert mehr erstaunt als betroffen. »Was wirft man ihnen vor? Nur die illegale Grabung – oder auch den Mord an ...«

»Keine Ahnung«, schnaubte Morucci. »Was für ein Mord? Hier gab es keinen Mord.«

»Schon gut. War nur so eine Idee. Hier in Morcone gab es tatsächlich keinen Mord. Ist die Statue sichergestellt worden?«

Morucci schürzte die Lippen und schüttelte leicht den Kopf.

»Woher wissen Sie das?«

»Ich bin Friseur.« Zwei weitere Blutflecken hatten sich auf Roberts Haut gebildet.

»Verstehe. Dann wissen Sie wohl auch, was für eine Statue Aldo gefunden hatte.«

Morucci zuckte mit den Achseln. »Selbst wenn ich es wüsste ... Es hat mir schon genug Ärger eingebracht, dass ich Ihnen den Tipp mit dem Argentario gegeben habe. Aldo hat mir fast den Kopf abgerissen, weil ich Sie zu ihm geschickt habe. Beim nächsten Mal bringt der mich um.«

»Kann er nicht. Er sitzt jetzt eine ganze Weile ein, wie Sie sich vorstellen können.«

»Wennschon. Vergessen Sie's einfach. Die Statue bringt nur Unglück.«

»Das kann ich leider nicht. Ich bin jemandem verpflichtet, ihm bei der Suche nach der Skulptur zu helfen.«

»Ihr Problem.« Morucci versprengte Rasierwasser auf Roberts Gesicht, dessen Geruch ihn an WC-Stein-Entferner erinnerte. Die kleinen Schnittwunden brannten und bluteten.

»Vielleicht nicht nur mein Problem, lieber Morucci. Ich habe da vorhin so ein Stöhnen aus Ihrem Salon vernommen, und da ich mir Sorgen um Sie gemacht habe, hab ich einen Blick durchs Schlüsselloch riskiert.«

Morucci ließ das Fläschchen mit dem Rasierwasser fallen. Die Geruchsentwicklung war phänomenal. »Sie haben *was*?«

»Durchs Schlüsselloch geguckt, um zu sehen, ob Sie Hilfe brauchen.«

»Und ...«

»Ich habe gesehen, dass Sie schon Hilfe hatten. Die *signorina* Tinca ...«

Morucci starrte ihn böse im Spiegel an. Sein Gesicht war noch röter geworden. Schweißperlen bildeten sich auf seiner Stirn. »Das ist nicht verboten«, stammelte er. »*Signorina* Tinca ist fünfundzwanzig Jahre alt. Ich bezahle sie anständig dafür. Und überhaupt – das geht Sie einen Scheißdreck an!«

»Richtig. Und, ja, strafbar ist da nichts. Es sei denn, Sie beschäftigen *signorina* Tinca schwarz, was ich Ihnen niemals unterstellen würde. Aber etwas peinlich könnte das alles schon für Sie werden. Wissen Sie, Giada Bianchi recherchiert gerade über Osteuropäerinnen, die sich in Italien prostituieren, um über die Runden zu kommen.

Wenn Sie und Tinca in ihrem Artikel auftauchen, und die Lokalpresse greift das auf … Immerhin sind Sie eine Stütze der Kirche in Morcone!«

»Sie, Sie … Sie wollen mich erpressen?«

»Erpressen ist ein hartes Wort für diese kleine Angelegenheit. Ich möchte nur eine Gefälligkeit von Ihnen. Und ich schwöre Ihnen bei meiner Anwaltsehre: Niemand, auch Giada Bianchi nicht, wird erfahren, woher ich die Informationen über die Statue habe. Und die kleine Siesta von Ihnen und *signorina* Tinca bleibt selbstverständlich unter uns.«

Morucci stöhnte und tupfte sich den Schweiß von der Stirn. »Ich werde Ihnen bei der nächsten Rasur die Kehle durchschneiden.«

Der Dachs gab ein wieherndes Bellen von sich, was er immer tat, wenn er ärgerlich wurde. Robert Lichtenwald schaute stolz zu ihm hinab. Er könnte jetzt »Fass!« sagen … »Das werden Sie hübsch bleiben lassen«, sagte er zu Morucci. »Wenn ich mit durchschnittenem Hals aufgefunden werde, fällt der Verdacht sofort auf Sie – bei Ihren Rasierkünsten.«

Der *barbiere* schnaubte, sein Atem ging stoßweise. Er beugte sich zu Robert hinab und flüsterte: »Also gut. Aldo und seine Kumpel haben bei ihrer Grabung am Argentario eine Statue aus weißem Marmor entdeckt. Sehr gut erhalten, besonders das Gesicht. Aldo sagte mir, so etwas Schönes habe er noch nie im Leben gesehen. Er wirkte regelrecht verstört.«

»Und wen stellt die Statue dar?«

»Aldo sagte, einen göttlichen Jüngling.«

»Na und?«

»Adonis!«

»Ah!«, entfuhr es Robert. Er kramte in seinen passablen Kenntnissen der griechischen Mythologie. »Adonis. Sinnbild der Schönheit. Geliebter der Aphrodite.«

»Aldo hat noch gesagt, es sei keine römische und keine etruskische Statue, sondern eine griechische. Die erste griechische Plastik überhaupt, die von Adonis gefunden wurde. Das mache sie einmalig.«

»Und extrem wertvoll.«

Morucci nickte wieder. »Unheimlich wertvoll. Und damit gefährlich für den Besitzer. An dieser Statue klebt Blut. Lassen Sie die Finger davon.«

DREIUNDZWANZIG

Etwa zur gleichen Zeit erwachte Primavalle. Allerdings nicht in Maria Bartolis Zeitungsladen in Morcone und auch nicht im Bett seiner ehelichen Wohnung im römischen Monteverde-Viertel. Aber wo dann?

Er wollte sich dehnen und strecken, um die Schmerzen zu vertreiben, die sich in seinen Körper gebrannt hatten. Doch es ging nicht. Etwas zwang seine Füße und Hände zusammen. Und auch das Atmen fiel ihm schwer, da etwas Ölig-Faseriges in seinem Mund steckte. Ein alter Lappen? Sein Kopf schmerzte. Ihm war übel. Noch bevor er die Augen öffnete, merkte er an den Fahrgeräuschen und am Rütteln des Bodens, dass er in einem Auto lag, das in beträchtlicher Geschwindigkeit über kurvige Straßen fuhr. Wenn er jetzt brechen musste, würde er ersticken. Er bemühte sich, ruhig durch die Nase ein- und auszuatmen. Der Geschmack von Motoröl in seinem Mund war widerwärtig. Seine Augen gewöhnten sich an das Halbdunkel. Offenbar lag er im fensterlosen Ladebereich eines Kastenwagens. Die Fahrerkabine war durch eine Metallwand abgetrennt. Er hörte keine Stimmen. Auch keine Geräusche anderer Fahrzeuge. Offenbar waren sie nicht mehr in Rom. Wohin brachte man ihn? Und wer war er überhaupt?

Er konzentrierte sich wieder darauf, ruhig, gleichmäßig

und tief in den Bauch hinein zu atmen, ohne sich daran zu erinnern, dass man ihm das auf der Schauspielschule beigebracht hatte. Erst ganz allmählich, wie das Wasser in einem aufgewühlten Teich, klärten sich seine Gedanken. Dieses Mädchen. In der Bar an der Via Tuscolana, in der er nach Drehtagen gern noch etwas trank, um runterzukommen; oder um hochzukommen, falls er eine interessante Frau traf. Als bekannter Schauspieler – richtig, er war Schauspieler – war das für ihn nicht schwer. Manche lauerten ihm regelrecht auf, selbst wenn er gar keine Lust hatte. Die Kleine war anders. Sie stand neben ihm am Tresen, während er mit dem Wirt quatschte. Doch sie beachtete ihn nicht. Schlimmer noch. Sie baggerte einen Typen an der anderen Ecke der Bar an, den Primavalle nicht kannte. Irgendein kleines Licht. Doch sie klappte immer wieder ihre langen Wimpern auf, um ihm Blicke zuzuwerfen. Und sie stülpte dabei die Lippen über den Strohhalm in ihrem Drink. Es machte ihn ganz närrisch. Obwohl er total müde war nach diesem Scheißdreh zur gefühlt 937. Folge von *Ti porto alle stelle* und nur noch einen Absacker trinken und dann heimfahren wollte, zur Ehefrau Nummer vier, wenn er sich richtig erinnerte. Doch diese Kleine machte ihn ganz verrückt. Wie sie scheinbar gedankenverloren an ihrem Zeigefinger kaute …

Es kostete ihn zwei Stunden Gequatsche und eine Flasche Jahrgangs-Spumante aus der Franciacorta, um sie endlich dahin zu bringen, wo er hinwollte: zu ihr nach Hause. Sie hatte allerdings darauf bestanden, eine weitere Flasche mitzunehmen. Und dann sagte sie, bevor sie loslegten, wolle sie noch etwas trinken. Primavalle erinnerte sich genau daran, wie sie zwei Gläser einschenkte und ihm zuprostete – und danach an nichts mehr.

War er seitdem bewusstlos gewesen? Nicht ganz, wie ihm dämmerte. Dazwischen war noch etwas. Realität? Oder ein Traum? Er versuchte, einen Zipfel davon zu erhaschen, und sah sich in einem hohen Raum, mit Stuckdecke, goldenen Spiegeln und bronzenen Kerzenleuchtern. Er lag auf einem Bett, das aussah wie eine lang gezogene blaue Welle. Er schaukelte auf dieser Welle, jedoch nicht wie auf Wasser, eher wie auf Gel. Es war nicht unangenehm. Alles passte sich vollkommen seinem Körper an. Er war nackt, doch ihm war angenehm warm. Seine Hände und Füße waren ausgebreitet und an den Gelenken mit blauen Bändern an das Bett gefesselt. Es störte ihn nicht. Er lag da und war zufrieden. Ab und an kamen die Männer, zwei Männer, in lange, blaue Seidentogen gekleidet. Sie sprachen nicht, doch sie verhielten sich freundlich. Wussten irgendwoher, was er gern aß. Sie brachten Austern, Kaviar, Jakobsmuscheln. Und zum Nachtisch Kakao-Schokolade, hundertprozentige Kakao-Schokolade, da kannte er sich aus. Dazu Spumante, trockener, weißer Spumante. Jahrgangs-Spumante. Er war bläulich gefärbt und schmeckte etwas fremd. Dreimal am Tag bekam er diese Kost. Schon am ersten Abend war er außer sich vor Erregung. Doch die Fesseln an seinen Handgelenken hinderten ihn daran, sich Erleichterung zu verschaffen. So verbrachte er quälende nächtliche Stunden, schweißgebadet in den Riemen taumelnd, bis ihn die blauen Männer mit einem Schlaftrunk erlösten. Doch am nächsten Tag war es noch schlimmer. Er beneidete jene indischen Yogis, die es durch pure Konzentration ihres Geistes vermochten, sich Entspannung zu verschaffen.

Als vor den mit lichten, blauen Vorhängen verhangenen Fenstern, die offenbar auf einen abgeschiedenen Innenhof hinausgingen – denn er hörte nur Vogelstimmen von dort – der Abend dämmerte und er weiteren qualvollen Stunden entgegendelirierte, betrat die Göttin den Raum. Sie trug lediglich eine orangerote Maske, die ihr Gesicht in züngelnde Flammen hüllte. Ihre Haut schimmerte zart, wie in Eselsmilch gebadet, und ein nie gekannter Duft strömte von ihr aus. Die Göttin betrachtete ihn lange, schweigend. Da schämte er sich zum ersten Mal in seinem Leben des groben Gliedes, das aus seiner Körpermitte ragte, und der groben Worte, die seine Gedanken prägten, wenn er an Frauen dachte. Die Göttin schien sich nicht daran zu stören. Sie bestieg, schweigend, das Wellenbett und ließ sich auf ihm nieder, und ihre Wellen schlugen ineinander, bis er nicht mehr unterscheiden konnte, was in wem aufbrandete. Er spürte auf einmal, dass er ein besserer Mensch geworden war. Zum ersten Mal erkannte er, was es hieß, einen anderen Menschen zu lieben. Tränen quollen ihm aus den Augen, während die Wellen erneut ineinanderwogten.

So ging es Tag für Tag. Sein Schlaftrunk, den er allein beim Gedanken an die Göttin jede Nacht brauchte, um Ruhe zu finden, das Erwachen auf der blauen Welle, Kaviar, Schokolade, Champagner, die Veränderung des Lichts draußen vor den Fenstern, die er genau beobachtete, um daran abzulesen, wann sie wiederkam. Die Qual. Die Erlösung. Tag für Tag.

Ein Hirngespinst? Primavalle versuchte, sich in seinen Fesseln auf der harten Ladefläche des Kastenwagens umzudrehen, um die Muskelschmerzen zu lindern, die das lange Liegen in unbequemer Position ihm bereitete. Hatte er das mit dem Wellenbett, den blauen Männern und der Göttin nur geträumt? Sicher war er sich nicht. Hatte man ihm Drogen verabreicht? Ganz bestimmt. Doch hieß das auch, dass all diese Erinnerungen substanzlos waren? Er schloss wieder die Augen und versuchte, an nichts zu denken. Klar schwappten die Wellen in ihm nach, und über ihnen erhob sich die geliebte Gestalt.

Und jetzt? Herausgerissen aus dem Paradies war er, ein Stück Vieh auf einem Pritschenwagen. Wo bringen Abdecker einen hin? Alles hat seinen Preis. Ludovico Primavalle ahnte: Das Ende war nah.

Die Ladetüren des Kastenwagens wurden aufgerissen. Primavalle stellte sich instinktiv tot. Jetzt nur nicht den Helden spielen. Zwei Männer zogen ihn an den Füßen heraus und trugen ihn fort, lange, scheinbar endlos lange, über holprige Wege, die erst bergab und dann bergauf führten. Er öffnete einen Spaltbreit die Augen, genug, um zu sehen, dass es Nacht war. Der Mond schien so hell, dass er einen menschenleeren Platz erkennen konnte, um den herum sich halb verfallene, verwinkelte Häuser aus bräunlichem Stein gruppierten. Kein Licht war zu sehen, der Ort schien verlassen zu sein. Die Männer trugen ihn über den Platz auf eine Kirche zu, deren Campanile und Fassade sich düster gegen den mondhellen Himmel abhoben. Sie keuchten, als sie ihn die Stufen der Freitreppe hochschleppten. Das Tor im Mittelportal stand offen. Eine würzige Wärme umfing ihn. Es roch nach Bienenwachs, Jasmin und Sandelholz. Kerzen tauchten den dreischiffigen, von Rundsäulen unterteilten Raum in ein angenehmes Licht. Wände und Deckengewölbe waren unverputzt und, soweit er das erkennen konnte, in tadellosem Zustand, als seien sie vor nicht allzu langer Zeit restauriert worden. Der Raum war leer, abgesehen von den Kerzenleuchtern, einer steinernen Kanzel und einem Steinaltar, neben dem, auf einem Säulenstumpf, eine Heiligenfigur stand. Auf dem Steinboden vor dem Altar waren purpurrote Decken ausgebreitet. Die Männer legten ihn mit dem Rücken darauf und entfernten seinen Knebel. Sie versetzten ihm einige leichte Schläge mit der flachen Hand ins Gesicht und riefen: »Wach auf!«

Es hatte keinen Sinn mehr, sich zu verstellen. Sie reichten ihm ein Glas mit dem bläulich gefärbten Spumante, den er von seiner Gefangenschaft her kannte. Er trank es gierig aus. Sein Geist begann sich zu klären und aus den Ängsten und Schmerzen aufzutauchen. Wärme pulsierte durch seinen Körper und ließ ihn vor Behagen erschauern. Die Männer nahmen seine Fesseln ab, entkleideten ihn und verschwanden. Jetzt fehlte nur noch die Göttin. Und da war sie, noch duftender und geschmeidiger, als er sie in Erinnerung hatte. Sie wurden wieder zu Wogen, die ineinanderschwappten, und er konnte nicht mehr unterscheiden, wo er aufhörte und sie anfing. Sie rollte sich auf ihn, legte ihren Kopf auf seine Brust und flüsterte: »Ich bin Rubina. Bevor du stirbst, sollst du wissen, dass ich schwanger bin von dir. Wir werden ein Kind bekommen, dessen Schönheit alle Welt betören wird.«

Er wollte etwas sagen, doch er fand keine Worte. Sie hatte den Kopf angehoben und sah ihm durch ihre Flammenmaske in die Augen. Ihn schwindelte. War er noch bei Sinnen? Oder träumte er? Jedenfalls spürte er ihr warmes Geschlecht über dem seinen und ihre vollen Brüste auf seiner Brust. Erregung brandete wieder in ihm auf, doch als er seine Hände auf den Hintern der Göttin legte, sagte sie leise zu ihm: »Du darfst weiterleben, in diesem Kind. Aber jetzt musst du sterben.« Blitzschnell zog sie ein japanisches Messer zwischen den Decken hervor, setzte es an seinem rechten Ohr an und zog es mit Druck über seinen Hals. Er war zu überrascht, um noch zu reagieren. So riss er nur die Augen auf. Und während das Blut aus seiner durchtrennten Schlagader quoll, sah er, dass die Göttin nicht allein war. Neben ihr stand eine weitere Gottheit und war womöglich noch schöner als die Göttin selbst – auch wenn sie aus Marmor war.

VIERUNDZWANZIG

Die Villa lag versteckt in einer Sackgasse des Parioli-Viertels. Giadas orangefarbene *ape* wirkte ein wenig fehl am Platz neben den schwarzen Limousinen, Sportwagen und Edel-Minis, die im Schatten der Pinien parkten. Stadtschlösschen reihte sich an Stadtschlösschen, von Mauern umgürtet, in immergrüne Parks gebettet. Die Luft wirkte frischer und sauerstoffreicher als sonst in Rom. Giada fuhr bis ans Ende der Straße, wo ein schmiedeeisernes Tor den Weg versperrte. Dahinter sah sie einen gekiesten Parkplatz und einen mit Kopfsteinen gepflasterten Weg, der zwischen Büschen, Farnen und den riesigen Blättern des Zierrhabarbers hindurch ins Innere des Grundstücks führte. Ein Pförtner kam aus einem Häuschen neben dem Tor. Er prüfte Giadas Personal- und Presseausweis und sprach in ein Walkie-Talkie. Minuten vergingen, in denen Giada nervös vor dem Tor auf und ab tigerte. Schließlich hörte sie ein Summen, das Tor glitt zurück. »Parken Sie hier drinnen und folgen Sie dann diesem Weg, *signora*, Sie werden erwartet«, sagte der Pförtner.

Sie tat, wie ihr geheißen. Der Weg machte eine scharfe Kurve, und Giada verschlug es den Atem. Sie stand vor einer Villa, in der klassizistische Elemente mit ultramodernen Formen verschmolzen. Sie sah Säulenarkaden und angerostete Eisenträger, einen Tempelgiebel und einen Turm aus Glas.

Vor dem bronzenen Portal dieser Tempelfestung erwartete sie ein junger Mann in einem hervorragend geschnittenen anthrazitfarbenen Anzug mit weißem Hemd und einer dezent gepunkteten Krawatte. Er lächelte, als wäre Giada eine alte Freundin des Hauses. »Willkommen, *signora* Bianchi. Bitte folgen Sie mir.«

Circe und Morgana zappelten an ihren Ohrläppchen. Sie schienen nicht einverstanden zu sein. Erst viel später sollte sie sich daran wieder erinnern. Jetzt aber ging sie mit dem jungen Mann durch eine lange, schmale Halle, deren Wände mit Fresken im pompejischen Stil bemalt waren. Tänzerinnen rekelten sich vor rostrotem Hintergrund, Orangen leuchteten aus blaugrünem Blattwerk, bunte Vögel pickten an reifen Früchten. Durch die Decke aus satiniertem Glas fiel gedämpft das Tageslicht. In den Wänden der Halle waren Türen eingelassen, die so bemalt waren, dass sie kaum zu sehen waren.

Der junge Mann führte Giada durch eine dieser Türen, und sie erreichten einen Innenhof, der mit duftenden Büschen bewachsen war. Giada erkannte die tiefen Trichter der Engelstrompeten. Es war warm und feucht hier, aus unsichtbaren Düsen strömte leise zischend Wasserdampf auf die Pflanzen. In der Mitte stand ein gusseiserner Brunnen. Wasser sprudelte zwischen fünf Mädchen hervor, die, sich an den Händen haltend, auf dem Brunnenrand tanzten. Zu Seiten des Brunnens standen zwei Liegesofas, wie sie Giada aus den Sandalenfilmen über die römische Antike kannte. Der junge Mann verneigte sich und zog sich zurück. Giada hatte Zeit, alles zu betrachten und an Blüten zu schnuppern. Sie fühlte sich etwas deplatziert in ihren Camouflage-Shorts und dem knappen weißen T-Shirt. Eher hätte eine wallende Toga hierher gepasst. Prompt kam nun eine schlanke, große Frau herein, die in ein knöchellanges, schmal geschnittenes Kleid aus elfenbeinfarbener Seide gekleidet war, das ihren Körper mehr betonte als verhüllte.

»Da sind Sie ja«, sagte die Frau mit dem Halbschleier und bat Giada mit einer Handbewegung, auf einem der Sofas Platz zu nehmen. Der junge Mann brachte *caffè*, Mineralwasser und eine Schale mit blauen Trauben, Pfirsichen und Granatäpfeln. Sie tranken schweigend ihren Espresso, einander aufmerksam musternd, wobei es Giada wieder nicht gelang, den Schleier zu durchdringen.

»Warum empfangen Sie mich?«, fragte sie direkt.

»Weil ich keine Lügen über mich in der Zeitung lesen möchte.«

»Und warum tragen Sie immer diesen seltsamen Halbschleier? Haben Sie etwas zu verbergen?«

»Haben wir das nicht alle?«

»Wahrscheinlich. Aber niemand macht es so auffällig.«

»Nehmen Sie das als Zeichen der Ehrlichkeit.«

»Das Richtige im Falschen?«

Lavinia de Santis ließ ein paar Trauben zwischen ihren vollen Lippen verschwinden. »Ich will es Ihnen erklären: Als ich in Mailand Kunstgeschichte studierte, habe ich mich für eine Party mit so einem Halbschleier verkleidet. Meine Freunde fanden, das stehe mir besonders gut, es mache mich so geheimnisvoll. Ich war noch sehr jung damals und wollte gefallen. Also zog ich immer öfter einen Halbschleier an – und irgendwann wurde er zu meinem Markenzeichen in der Kunstszene. Einmaligkeit. Das ist in dieser Branche Gold wert.«

»Und Sie nehmen den Schleier niemals ab?«

»Doch – beim Duschen.«

Giada musste grinsen und stellte sich unwillkürlich diese ebenso schöne wie aparte Frau unter der Dusche vor. »Ein erstaunliches Haus haben Sie da«, sagte sie.

»Gefällt es Ihnen? Ich habe im Kunsthandel früh viel Geld verdient. Und alles in die Schönheit dieses Ortes investiert. In diese Oase, mein persönliches Paradies. Wie sagte Dostojewski? ›Die Schönheit rettet die Welt.‹«

Giada wiegte den Kopf, sodass ihre Hexen an den Ohrläppchen schlenkerten. »Das habe ich dieser Tage schon einmal gehört. Aber finden Sie wirklich, dass das stimmt? Ist Schönheit nicht auch gefährlich? Denken Sie an all die Frauen, die sich durch Schönheitsoperationen ruinieren und manchmal sogar entstellen lassen. Oder an den Schönheitsfimmel der ganz jungen Mädchen, die *stellina* werden wollen, Fernsehsternchen. Oder Mager-Models! Und hat nicht, wenn ich mich richtig an den Schulunterricht erinnere, in der Antike eine besonders schöne Frau einen Krieg ausgelöst?«

Die Frau mit dem Halbschleier schmunzelte. »Sie meinen die schöne Helena. Jeder Mann, der sie sah, wollte sie haben. Ja, sie löste den Trojanischen Krieg aus. Doch was wäre die Weltgeschichte ohne Helden, die um schöne Frauen ringen? Was die Weltliteratur ohne die Ilias von Homer, der den Trojanischen Krieg besingt? Was die Kunst ohne die Venus von Milo, den David von Michelangelo, die Marilyn von Andy Warhol? Die Architektur ohne den griechischen Tempel und die gotische Kathedrale? Und die Natur? Schauen Sie sich nur diese Trompetenblumen an! Oder Pfauenmännchen mit ihren Rädern. Friedrich Hebbel, ein deutscher Dichter, hat gesagt, Schönheit sei das Genie der Materie. Das gefällt mir besonders. Nur die Schönheit macht es erträglich, dass wir sterben und zu Staub zerfallen.« Lavinia de Santis hatte sich in Begeisterung geredet. Ihre Wangen, soweit sie nicht vom Schleier bedeckt waren, hatten sich gerötet. Sie ergriff einen Pfirsich und biss herzhaft hinein.

Giada rutschte in ihrem Beachclub-Outfit auf dem Sofa hin und her. Sie musste das Gespräch in die richtigen Bahnen lenken, in ihre Bahn. »Annibale Colasanti – Sie wissen ja, dass ich über den Mord an ihm recherchiere – war ebenfalls in die Schönheit vernarrt. Er sammelte antike Kunstschätze, nicht immer auf legale Weise, und er war Mitglied eines Klubs der Schönheit.«

»Ich weiß. Wir kannten uns.«

Giada hakte nach: »Sie wussten auch über seinen Klub der Schönheit Bescheid?«

Lavinia de Santis schwieg einen Moment und drehte an einem schweren Edelsteinring an ihrem Finger. »Soviel ich weiß, ist es kein Klub. Sondern eine Partei. Eine Futuristische Partei der Schönheit. Sie will Rom durch Schönheit retten. Keine schlechte Idee.«

»Er hat Ihnen davon erzählt?«

»Ich weiß nicht mehr, ob er es war. Jedenfalls spricht man in der Kunstszene darüber. Und die Zeitungen haben auch schon von Aktionen der Partei berichtet.«

Giada nickte. Dann stieß sie zu: »Jedenfalls haben Sie Colasanti wenige Wochen vor seinem Tod in seiner Wohnung besucht.«

»Woher wollen Sie das wissen?«

»Der Hausmeister erzählte, dass eine Frau mit einem schwarzen Halbschleier nach Colasanti gefragt habe und sofort in seine Wohnung gelassen worden sei.«

Lavinia de Santis zeigte keine Überraschung, und wenn doch, so verbarg sie der Schleier. Sie nahm ein silbernes Messer, schnitt einen Granatapfel auf, legte die Hälften auf zwei Porzellanteller und reichte Giada einen. Giada löffelte die Kerne aus und genoss den herbsüßen Geschmack. »Nehmen wir einmal an, es war so«, sagte Lavinia de Santis nach einer Weile. »Was würden Sie daraus folgern?«

In diesem Augenblick summte Giadas Handy in ihren Shorts auf. »Darf ich?«, fragte sie.

»Nur zu! Sie sind Journalistin. Was mir die Schönheit, ist Ihnen die Neuigkeit.«

Eine SMS von Robert. Ärgerlich wollte sie sie wegdrücken, doch da hatte sie sie schon gelesen.

Es ist Adonis. Eine antike griechische Adonis-Statue. Bacio. Robert

Giada spürte, wie ihr Jagdinstinkt ansprang. Ihr Kopf fühlte sich auf einmal überwach an. Sie schlug die Augen nieder, um ihren Raubkatzenblick zu verbergen. So ein Schleier wäre jetzt nützlich. Wie beiläufig sagte sie dann: »Ich könnte auf die Idee kommen, dass Sie sich gestritten haben. Vielleicht über ein Kunstwerk, das kurz darauf geraubte Kunstwerk. Die Adonis-Statue.«

Lavinia de Santis setzte sich ruckartig auf. »Adonis? Woher wollen Sie das wissen?«

»Ich habe es gerade von einem Informanten erfahren.« Sie blickte auf ihr Display. »Es ist eine griechische Adonis-Statue.«

»Das kann nicht sein. Es sind nie griechische Adonis-Skulpturen gefunden worden. Nur römische und etruskische.«

»Dann ist es eben die erste«, beharrte Giada.

»Das wäre eine Sensation. Dann wüssten wir endlich, wie die alten Griechen die absolute männliche Schönheit sahen. Und das würde auch erklären, warum …« Sie verstummte.

»Warum was? Und warum waren Sie bei Colasanti?«

Lavinia de Santis seufzte auf und ließ sich in ihr Sofa zurücksinken. »Also, das ist eine komplizierte Geschichte. Ich kannte Colasanti schon lange. Seit ich als junge diplomierte Kunsthistorikerin von Mailand nach Rom ging und als Praktikantin im Auktionshaus Venus Auctions anfing. Colasanti war schon damals einer unserer Kunden. Geld und Geschmack hatte er. Wir wurden gute Bekannte, und so lernte ich auch seine damalige Freundin kennen. Rubina hieß sie, Rubina Mori.«

»Die Gastwirtstochter aus Trastevere.«

»*Complimenti!* Sie recherchieren gut. Rubina war atemberaubend und Colasanti kolossal in sie verliebt. Da konnte man schon eifersüchtig werden …«

»Sie sind auch bezaubernd schön.«

»Schön schon. Aber Rubina war mehr, sie war göttlich.«

»Und dann?«

»Ist sie eines Tages spurlos aus Rom verschwunden. Niemand wusste, wohin und warum. Colasanti behauptete, sie sei fortgezogen. Aber er weigerte sich strikt, mehr darüber zu erzählen.«

»Und dann haben Sie ihn sich geangelt?«

Lavinia de Santis schüttelte den Kopf. »Nein. Daraus wurde nichts.«

»Und dann?«

»Habe ich nie mehr etwas von Rubina gehört. Weder ich noch die anderen in unserem Kreis. Ich machte im

Auktionshaus Karriere, und Colasanti wurde ein noch besserer Kunde. Und ein Freund. Ein Freund, nicht mein Freund. Wir sahen uns öfter, wohnten ja auch im selben Viertel.«

»Was haben Sie an jenem Abend vor ein paar Wochen bei ihm gewollt?«

»Gar nichts. Er wollte was von mir.«

»Sex?«, entfuhr es Giada.

Die Frau mit dem Halbschleier lachte auf. »Aber nein! Er wollte, dass ich ihm helfe. Es ging um die Statue, die in einer verhüllten Vitrine in seiner Wohnung stand. Ich wollte sie sehen, aber er zeigte sie mir nicht. Er sagte nur, es sei das aufregendste Kunstwerk, das er je besessen habe.«

»Sie sollten es für ihn verkaufen?«

»Nein. Ich sollte es für ihn verstecken. In unseren Magazinen.«

»Warum das?«

»Colasanti befürchtete, dass die Statue geraubt wird.«

»Hat er einen konkreten Verdacht geäußert?«

»Ja. Und das hat mich am meisten verstört. Er sagte mir, seine frühere Freundin Rubina sei wiederaufgetaucht. Rubina wisse, dass die Statue von Grabräubern ausgegraben worden sei, und wolle sie unbedingt in ihren Besitz bringen. Sie sei eine Fanatikerin geworden. Er habe Angst.«

»Wie haben Sie reagiert?«

»Ich wollte die Statue sehen. Doch er weigerte sich. Er werde sie mir in einem verschlossenen Schrein übergeben, dessen Code nur ihm bekannt sei. Ich fand die ganze Geschichte reichlich bizarr. Und ich hatte den Eindruck, dass Colasanti mir etwas verschwieg. Er wirkte fahrig, nervös, wo er sich doch sonst so souverän zeigte. Ich fürchtete, da in etwas hineingezogen zu werden.«

»Sie lehnten ab.«

»Ich erbat mir Bedenkzeit.«

»Und auf einmal war er tot.«

»So ist es.«

»Eine rätselhafte Geschichte. Und alles wegen einer Statue!«

»Jetzt, da Sie mir das mit Adonis gesagt haben, ist es vielleicht nicht mehr ganz so rätselhaft«, sagte Lavinia de Santis. »Offensichtlich ist die Statue nicht nur sehr wertvoll, sondern verfügt auch über eine außergewöhnliche Aura. In der Mythologie der alten Griechen ist Adonis ein Vegetationsgott und ein Jüngling, in den sich die Frauen rettungslos verlieben. Aphrodite. Persephone. In Athen und anderen Städten widmeten die Frauen Adonis eine alljährliche Totenfeier, bei der erst getrauert und dann gefeiert und getrunken wurde. Es kam zu Orgien, zur Ekstase.«

»Cool!«, rutschte es Giada heraus.

»Es zeigt jedenfalls, was für eine Kraft von Adonis ausging. Eine fast schon dämonische Seite der Schönheit.«

»Sag ich's doch: Schönheit ist gefährlich! Aber was kann eine Statue bewirken? In der heutigen Zeit?«

»Jede Zeit erliegt der Schönheit. Modiglianis Aktgemälde *Nu couché* – es orientiert sich an Darstellungen der Venus – wurde 2015 in New York für hundertachtzig Millionen Dollar versteigert. Hundertachtzig Millionen für das Bild einer nackten Frau! Im selben Jahr verdiente das brasilianische Model Gisèle Bündchen vierundvierzig Millionen Dollar. Und die globale Beauty-Industrie setzt jährlich zweihundert Milliarden Euro um.«

»Sie kennen sich aus!«

»Sie werden bemerkt haben, dass mich Schönheit beschäftigt.«

Giada musterte nachdenklich ihre Gesprächspartnerin. »In der Tat. Und was die Statue anbelangt: Einer von Colasantis Parteifreunden hat mir erzählt, dass er sie für die Partei der Schönheit einsetzen wollte – als eine Art Wahrzeichen oder als Joker.«

»Interessant. Das wusste ich nicht.«

Giada zog die Augenbrauen zusammen. »Mal angenommen, diese Rubina hat die Statue geraubt oder rauben lassen. Wo ist sie dann jetzt? Und was hat sie damit vor?«

»Das ist die Frage …«, sinnierte Lavinia de Santis. »Wenn die Figur so außergewöhnlich ist, wie wir vermuten, und Rubina Mori derart viel bedeutet, dass sie über Leichen geht, dann muss sie sie sehr gut versteckt haben. An einem Ort, wo sie keiner vermutet.«

»Also eher nicht in Rom«, stellte Giada fest.

»Richtig. Andererseits wäre ein weiterer Transport mit Risiken behaftet. Und Rubina Mori braucht einen Platz, den sie perfekt kennt und zu dem nur sie Zugang hat …« Jetzt schien die Kunstauktionatorin das Jagdfieber zu packen. Sie beugte sich zu Giada vor und sagte leise: »Ich hätte da so eine Idee … Ich müsste das überprüfen … Aber allein will ich da nicht hin. Sie würden mich wohl nicht begleiten?«

»Wohin?«, fragte Giada.

»Das kann ich hier nicht sagen. Die Wände haben Ohren. Wir können auch nicht mein Auto nehmen, zu auffällig. Haben Sie einen Wagen?«

Giada blickte auf die extravagante Frau in der schmalen

Toga aus Seide, die ihr offensichtlich auf den Leib geschnitten war. »Also, ich weiß nicht, ob man es Wagen nennen kann. Ich habe eine *ape*. Eine ziemlich betagte *ape*.«

»Umso besser«, sagte Lavinia de Santis. »Da, wo wir hinfahren, fällt eine *ape* überhaupt nicht auf.«

FÜNFUNDZWANZIG

Es war sehr eng in Giadas Dreirad. Zum Glück waren beide Frauen schlank. Sie saßen Seite an Seite, und wenn Giada den Schaltknüppel bedienen wollte, musste sie Lavinia de Santis' Bein zur Seite drücken. Wegen der Hitze hatte Giada das Fahrerfenster geöffnet. Manchmal blies der Fahrtwind so stark herein, dass die Auktionatorin ihren Schleier festhalten musste, damit er nicht hochflog.

Giada folgte den Anweisungen ihrer Beifahrerin und fuhr über den Corso di Francia und den großen Autobahnring bis zur Via Aurelia, die parallel zum Meer nach Norden führt. Giada löcherte Lavinia de Santis mit Fragen, und diese begann zu erzählen. Sie habe Rubina Mori in den alten Tagen ja ganz gut gekannt. Daher wisse sie, dass die Familie Mori ursprünglich nicht aus Trastevere stamme, sondern aus einem Ort namens Roccagioia im Grenzgebiet zwischen Latium und der Toskana. »Sie hat uns einmal dorthin zu einem Sommerfest eingeladen«, erzählte Lavinia de Santis. »Das war ein einmaliges Erlebnis. Der Ort liegt wie ein Adlernest auf einem steilen Tuffsteinfelsen, der nur über einen halb zugewachsenen Maultierweg zu erreichen ist. Er ist längst verlassen, viele Häuser sind verfallen, jedenfalls war es damals so. Die Familie Mori aber nutzte das Haus ihrer Vorfahren am Kirchplatz für die Sommerfrische. Bei dem Fest war der ganze Platz mit Fackeln erleuchtet, in der entweihten Kirche wurde getanzt. Es war fast surreal, wie in einem Traum.«

»Kann ich mir gut vorstellen«, sagte Giada. »Ich kenne ein paar dieser Geisterorte im Norden von Rom. Als Jugendliche haben wir uns da manchmal getroffen. Und Sie glauben …«

»… dass Rubina Mori dort die Adonis-Statue versteckt hat, falls sie sie geraubt hat. In diesem abgelegenen, verfallenen Nest dürfte sie sich sicher fühlen. Vielleicht lebt sie sogar dort.«

»Ich bin gespannt«, sagte Giada, die zunehmend Spaß fand an dem abenteuerlichen Ausflug. Auch diese Frau neben ihr gefiel ihr. Sie mochte ihre eigenwillige Art und ihr ausdrucksstarkes Parfum, das den Schrottlaubengeruch der alten *ape* verdrängte. Sie erzählten einander von ihrem Leben: Giada von ihrer Jugend im kleinen Morcone und ihren wilden Jahren an der Seite des Mannes aus der Filmbranche in Rom; Lavinia de Santis über ihre Studienzeit in Mailand und den harten Aufstieg in der Kunstbranche von Rom. Einmal legte sie im Reden beiläufig ihre Hand auf Giadas Oberschenkel, sie fühlte sich angenehm weich und warm an. Dann klingelte Giadas Handy in ihren Shorts, doch sie konnte es beim Fahren nicht herausziehen, um den Anruf anzunehmen. Sie passierten die uralte Etruskerstadt Tarquinia. Kurz darauf begann die *ape* zu bocken und zum Mittelstreifen hin auszubrechen. Giada stieß einen Fluch aus, packte das Lenkrad fest, bremste leicht und schaffte es, ihr Gefährt hinüber zum rechten Straßenrand zu zwingen und dort ausrollen zu lassen. »Reifenpanne, fürchte ich. Ich hätte sie längst neu bereifen sollen, ich Kuh. Ich montiere den Reservereifen.« Beide Frauen stiegen aus, und Lavinia de Santis schaute zu, wie Giada sich bäuchlings auf den Pannenstreifen legte und das Reserverad vom Unterboden der *ape* abschraubte. Geschickt wie eine Automechanikerin setzte sie den Wagenheber an und wechselte den kaputten Reifen. Als Giada mit einem *»Ecco fatto!«* – »Erledigt!« aufstand, sah sie, wie Lavinia de Santis rasch eine Tablette aus einer Medikamentenschachtel kramte, in den Mund steckte und mit einem Schluck Wasser hinunterspülte. Giada erkannte das Medikament. Ein Opioid gegen starke, chronische Schmerzen. Ihr Vater hatte es wegen seines Rückenleidens nehmen müssen. »Warum nehmen Sie das?«, fragte Giada spontan. »Das ist ja ein Hammermedikament.«

Verlegen antwortete die Frau mit dem Halbschleier, sie müsse wegen einer alten Verletzung regelmäßig Schmerzmittel nehmen. »Oh, das tut mir leid.« Giada trat ein Stück zur Seite und blickte auf ihr Handy-Display. Robert hatte versucht, sie anzurufen. Sie schickte ihm eine SMS:

Bin auf der Fahrt in die Maremma – in eine Art Geisterdorf. Habe eine heiße Spur. Melde mich heute Abend, sobald ich mehr weiß.

Sie legte das Handy ins Auto, entschuldigte sich und ging kurz hinter die Büsche. Als sie zurückkam, war Lavinia de Santis bereits eingestiegen.

Schweigend fuhren sie weiter. Giada gelang es nicht, das Gespräch wiederaufzunehmen. Lavinia de Santis wirkte mit einem Mal nervös und angespannt. Giada nahm ihre Hand und drückte sie. Die Auktionatorin lächelte. »Ich habe Ihnen vorhin nicht die ganze Wahrheit gesagt. Ich hatte einen furchtbaren Unfall. Dabei erlitt ich schwere Verletzungen im Gesicht, vor allem in der oberen Hälfte. Deswegen trage ich immer diesen Halbschleier. Aber es stimmt schon, dass das dann auch zu meinem Markenzeichen wurde.«

»Oh, das tut mir leid! Aber konnte man Ihnen denn nicht helfen? Es gibt doch so viele Schönheitschirurgen?«

Lavinia holte tief Luft. »Ach, Giada … Ich darf dich doch duzen …«

Giada nickte.

»Du kannst dir nicht vorstellen, was ich alles versucht habe. Wie oft ich mich habe operieren lassen. Wie frustrierend das immer wieder war – und wie schmerzhaft. Meine untere Gesichtshälfte haben sie ja wieder gut hinbekommen, da war auch nicht viel zu machen. Aber die obere …« Heftiges Schluchzen schüttelte sie.

Giada drückte wieder ihre Hand. Mehr und mehr wuchs ihr diese sensible, tapfere Frau ans Herz. Sie fragte sich, was das für ein schrecklicher Unfall gewesen sein mochte. Ein Verkehrsunfall wahrscheinlich. Aber sie wollte nicht weiter in Lavinia dringen. Doch nun war es die Auktionatorin, die partout sprechen wollte. Als habe sich ein Pfropfen in ihrer Seele gelöst. »Gerade mir sollte das passieren, der Schönheit schon immer so wichtig war. Es ist, als wollten mich die Götter dafür bestrafen.«

»Die Götter? Ich finde schon einen mehr als genug.«

»Jedenfalls griffen die alten Götter der Griechen und Römer oft grausam in das Schicksal der Menschen ein. Sie nahmen ihnen das, was sie am meisten begehrten.«

»Du begehrst Schönheit am meisten? Mehr als Liebe? Oder als Freiheit?«

Lavinia schwieg eine Weile, während Montalto di Castro mit seinem grob ans Meer geklotzten, nie in Betrieb genommenen Atomkraftwerk in Sicht kam. Eine schwere Verletzung im Gesicht der Landschaft. Lavinia bat Giada, die Via Aurelia zu verlassen und die Straße ins Landesinnere Richtung Bolsenasee zu nehmen. Dann, als Giada schon nicht mehr mit einer Antwort rechnete, sagte sie: »Ich glaube, das alles lässt sich nicht voneinander trennen. Wer Schönheit hat, bekommt Liebe. Und Schönheit verleiht Macht, die Freiheit schafft. Das wirst du sicher auch erfahren haben, Giada, schließlich bist du auch schön.«

»Ich sehe schon gut aus, klar, aber schön?«

»Dein Gesicht erinnert mich an meines, als ich noch nicht verletzt war. Und damals war ich schön. Aber du spielst deine Schönheit nicht aus. Deine Frisur, diese seltsamen Ohrringe … deine Kleidung heute, wie eine junge Tramperin …«

»Mir gefällt es so«, sagte Giada spitz. »Und ich will nicht wegen meiner Schönheit geliebt werden, jedenfalls nicht nur. Denn Schönheit ist verletzlich und vergänglich.«

»Eine schlimme Erfahrung?«

»Mein erster *fidanzato* – Freund – liebte mich abgöttisch, und ich ihn auch. Als ich dann in der Pubertät starke Akne bekam, war er weg. Seitdem setze ich nicht mehr auf die Schönheit …«

»Weil du sie an die Zeit bindest. Aber Schönheit ist so flüchtig wie das Glück, und gerade deswegen strebt alles danach. Wobei man Glück nicht vererben kann, Schönheit aber vielfach schon.«

»Hast du Kinder, Lavinia?«

»Ich wollte welche. Aber der Unfall …« Sie begann wieder zu schluchzen.

»Ich habe einen Sohn. Er heißt Leo.«

»Du Glückliche. Und – ist er schön?«

»Für eine Mutter ist ihr Kind immer schön.«

»Ist das so?«

»Natürlich.«

»Aber es gibt doch objektive Kriterien für Schönheit. Den Goldenen Schnitt in der Architektur. Den Augenabstand, die Wölbung der Stirn, eine gerade Nase, große Augen bei einem Gesicht.«

»Das glaube ich nicht!«, widersprach Giada. »Schau dir nur die Schönheitsideale anderer Völker an: Giraffenhälse bei Frauen aus Birma, Tellerlippen in manchen Ländern Afrikas. Und ein Freund von der Uni erzählte mir, in Japan hätten früher schwarze Zähne als erotisch gegolten. Oder denk mal bei uns an die Punks, Grufties und Emos. Die finden sich genau so, wie sie aussehen, sexy.«

Lavinia de Santis machte eine wegwerfende Handbewegung. »Das sind alles nur Perversionen der Schönheit, Verirrungen, Profilneurosen. Sie haben nichts mit wahrer Schönheit zu tun, wie sie die antiken Griechen herausgearbeitet haben. Für alle Zeiten. Nimm ein Bildnis der Aphrodite oder des Adonis und zeige sie deinen Tellerlippenfrauen oder Grufties – sie werden sie überall auf der Welt schön finden.«

»Da bin ich mir nicht so sicher.«

»Aber ich«, sagte Lavinia mit unerwarteter Schärfe. »Schließlich habe ich mich ein Leben lang mit Schönheit und ihrer Wirkung auf die Menschen beschäftigt. Der Sinn für objektive Schönheit ist unserer Existenz vorgegeben, so wie Zeit, Raum oder Kausalität. Glaub mir, Giada!«

»Das wird mir jetzt ein bisschen abgehoben. Du redest schon wie diese Futuristen von der Partei der Schönheit. Ich will dich nicht verletzen, aber das klingt mir zu sehr nach Faschismus. Wenn Schönheit derart wichtig ist und wertvoll, was bedeutet das dann für das Hässliche oder die Hässlichen? Sind sie weniger wert?«

»Natürlich sind sie weniger wert. Das kannst du überall beobachten. Nimm eine schöne Kellnerin und eine hässliche. Die schönere bekommt mehr Trinkgeld. Colasanti und seine Freunde haben recht: Schönheit regiert die Welt.«

Giada begann sich über ihre Beifahrerin zu ärgern. »So ein Unsinn! Dann wärst du ja jetzt weniger wert als vor deiner Verletzung. Obwohl du derselbe Mensch geblieben bist.« Sie bereute ihre Worte, noch während sie sie aussprach.

»Das ist ja das Verhängnis«, sagte Lavinia schwer atmend. »Ich bin weniger wert als früher! Aber ich trage meinen früheren Wert noch in mir. Ich kann ihn noch weitergeben. Und ich werde ihn weitergeben!«

Giada bereute es nun doch, sich auf diese Fahrt eingelassen zu haben.

SECHSUNDZWANZIG

Nach fünfundzwanzig Kilometern auf der Landstraße bogen sie in ein schmales Sträßchen ab und nach weiteren zehn Minuten Fahrt in einen Feldweg. Die Frauen schwiegen, während die *ape* über Brombeerranken und Steine knatterte, halb ausgetrocknete Bachläufe überwand und in Serpentinen einen verkarsteten Hang hochfuhr. Giada schaute Lavinia mehrmals fragend an, doch diese deutete nur auf ihre GPS-Landkarten-App auf dem Handy und gab ihr Zeichen mit der Hand, sie solle weiterfahren. Sie erreichten eine Anhöhe. Ein weites Panorama öffnete sich. Und tatsächlich, gegenüber, inmitten einer von starker Erosion zerfurchten Hochebene, erhob sich ein düsterer Tuffsteinfels, zerfressen wie ein fauliger Backenzahn. In den Felsen krallte sich eine Gruppe halb verfallener Häuser, die mit ihren schwarzen Tür- und Fensteröffnungen aus der Ferne wirkten wie die Gesichter von Leprakranken. Dennoch war dieses Bild, das sich da unter einem dramatisch verfärbten Nachmittagshimmel mit schwarzen Wolkenschlieren bot, auf morbide Weise anziehend. Giada fühlte sich in ihrer Schönheitstheorie bestätigt. Auch das Hässliche konnte schön sein. Die Extreme fielen ineinander.

»Willkommen in Roccagioia!«, sagte Lavinia, nun wieder mit Wärme in der Stimme.

»Wie sollen wir da bloß hinüberkommen?« Giada zeigte auf die Reste eines mit Steinen gepflasterten Sträßchens, das Roccagioia einst über einen Erddamm mit der Außenwelt verbunden hatte. Nun waren Damm und Sträßchen an etlichen Stellen weggebrochen, ein Durchkommen erschien unmöglich.

»Ich hoffe, du bist gut zu Fuß«, sagte Lavinia de Santis.

»Auch das noch …«

Lavinia bat sie, die *ape* hinter ein Gebüsch zu fahren. Man wisse ja nie. Giada fragte sich, was man nie wisse, gehorchte aber, ein wenig eingeschüchtert von der Abgeschiedenheit und Wunderlichkeit des Ortes. Sie griff nach ihrem Handy auf der Ablage, doch da lag es nicht mehr. Giada klopfte ihre Taschen ab, schaute am Boden und zwischen den Sitzen nach. Nichts. *»Cavolo!«*, schimpfte sie. »Verdammt! Kannst du mich mal anrufen, Lavinia? Die Nummer ist …«

»Ich fürchte, hier haben wir keinen Empfang«, sagte Lavinia nach einem Blick auf ihr Mobiltelefon.

»Scheiße!«, fluchte Giada. Die Hexen wippten nervös hin und her.

Giada und Lavinia stiegen aus, zerkratzten sich die Beine an den Dornen der Brombeerranken, zwischen denen die *ape* parkte, und machten sich auf den Weg. Lavinia eilte in ihrer elfenbeinfarbenen Seidentoga und den hoch geschnürten Römersandalen voraus, als wandle sie über einen Laufsteg. Ein gut zu erkennender Pfad schlängelte sich den Hügel hinab in die Tiefe. Dort führte ein Baumstamm über den Bach am Boden der Tuffsteinschlucht. Lavinia und Giada balancierten geschickt hinüber. Jemand schien den Übergang von den ringsum wuchernden Brombeeren befreit zu haben. Am anderen Ufer führte der Weg steil zwischen Fels und Gestrüpp nach oben.

»Und du glaubst wirklich, dass Rubina Mori ihren Adonis da oben versteckt hat?«, fragte Giada.

»Je mehr ich mich hier umsehe, umso mehr glaube ich das. Es gibt kein besseres Versteck.«

»Aber so eine Steinskulptur ist doch sehr schwer.«

»Nicht für ein Maultier. Hast du den Kot gesehen?«

Giada nickte. Sie stiegen in der feuchtwarmen Abendluft rasch aufwärts und kamen ins Schwitzen. Stechmücken fielen über sie her. Nervös klatschte Giada nach den Blutsaugern auf ihren nackten Schenkeln. »Pst«, zischte Lavinia de Santis und flüsterte: »Bei dieser Stille hier hört man jedes Wort weit.«

Giada lauschte. Erst jetzt fiel ihr auf, wie ruhig es war. Von nirgendwoher war Verkehrslärm oder ein anderer menschlicher Laut zu vernehmen. Selbst die Vögel und die Zikaden schienen ihren Gesang eingestellt zu haben. Nach einer halben Stunde kamen sie an der Stelle an, wo einst das Sträßchen auf dem Damm nach Roccagioia hineingeführt hatte. Sie standen vor einem Turm, dessen riesige Torflügel verschlossen waren. In einen Flügel war ein Türchen hineingeschnitten, das offen stand. »Glück gehabt«, flüsterte Lavinia, »sonst hätten wir klettern müssen.«

Sie durchquerten den Turm und stiegen zwischen den altersschwachen Natursteinhäusern nach oben. Der Ort schien tatsächlich verlassen zu sein. Sie erreichten die Piazza, die annähernd quadratisch und nicht gepflastert war. Gegenüber sahen sie eine Kirche mit einem frei stehenden, gut erhaltenen Campanile und einer schlichten Renaissancefassade, die Patina angesetzt hatte, aber nicht baufällig wirkte. Lavinia beugte sich zu Giada und flüsterte ihr ins Ohr: »Rubina Mori hat uns damals erzählt, die Kirche sei seit Langem entweiht. Daher konnte sie darin ihre Partys veranstalten. Das Stammhaus der Familie Mori liegt übrigens da drüben. Da drin haben wir nach dem Fest übernachtet.« Sie zeigte auf einen trutzigen Bau auf der linken Seite der Piazza. Das Erdgeschoss hatte nur eine Tür, keine Fenster. Eine Außentreppe führte zum ersten Stock empor. Die verwitterten Holzläden der Fenster im ersten und zweiten Stock waren geschlossen.

»Sieht nicht so aus, als ob das Haus derzeit genutzt wird«, flüsterte Giada. »Glaubst du wirklich, dass Rubina Mori hier noch vorbeikommt?«

»Ich kann es mir gut vorstellen. Wenn sie Roccagioia als Versteck benutzt, hat sie jedes Interesse daran, es unbewohnt aussehen zu lassen.« Giada wollte über die Piazza auf die Kirche zugehen, doch Lavinia hielt sie zurück. »Da kann uns jeder sehen. Komm mit!« Sie nahm Giada bei der Hand und zog sie zurück in die Gasse.

Giada kam diese Vorsichtsmaßnahme reichlich übertrieben vor. Sie waren ja nicht in einem süditalienischen Mafianest, sondern in der ländlichen Toskana. Aber sie ließ sich mitziehen von Lavinia, die eine unwiderstehliche Energie ausstrahlte. Giada wusste, wie es war, wenn einen das Jagdfieber packt. Und das war bei der Auktionatorin offensichtlich der Fall.

Sie erreichten die Rückseite der Kirche und schlichen an der rechten Seitenwand entlang bis zur Fassade. Ein klagender Schrei ließ Giada zusammenzucken. »Du Kuh«, schimpfte sie sich im nächsten Moment. »Als hättest du noch nie einen Waldkauz gehört.« Vergeblich versuchten sie kurz darauf, zunächst das Hauptportal und dann die Seitenportale zu öffnen. Doch sie waren verriegelt.

»Es müsste eine Sakristei mit Außentür geben«, flüsterte Lavinia. »Ich erinnere mich, dass bei der Party dort die Bar gewesen ist. Lass uns auf der anderen Seite nachschauen.«

Sie schlichen nun links um die Kirche herum und standen vor einem Vorbau mit einem hölzernen Türchen. Auch dieses war versperrt, doch es war ein einfaches Schloss. »Das kann ich knacken«, raunte Giada ihrer Gefährtin zu.

»Woher kannst du denn das?«, wisperte Lavinia.

»Das Türschloss meines Elternhauses in Morcone war ganz ähnlich. Wenn ich als Teenager abends zu lange aus war, schloss mein Vater ab, damit ich klingeln musste und er mir eine Standpauke halten konnte. Ein Freund hat mir beigebracht, das Schloss zu knacken. Am nächsten Morgen war Vaters Wut meistens verraucht. Er hat nie kapiert, wie ich ins Bett gekommen bin.«

Giada achtete nicht auf Circe und Morgana, die nervös an ihren Ohrläppchen hüpfenden Hexen. Sie zog ihr Schweizer Taschenmesser heraus, beugte sich vor und machte sich an dem Schloss zu schaffen. Plötzlich spürte sie einen heftigen Stich im Gesäß, als hätte sie eine Wespe attackiert. Sie unterdrückte einen Schrei, ließ das Taschenmesser fallen und drehte sich um.

»Was ist los, Giada?«, fragte Lavinia. Ihre Stimme klang verwaschen, als käme sie von weit her. Ihr Gesicht begann zu verschwimmen. Das Letzte, was Giada wahrnahm, war, dass sie zu Boden taumelte.

SIEBENUNDZWANZIG

Sie saßen in der Trattoria Tramonto beim Mittagessen, während der Dachs im Schatten unter dem Tisch döste. Stefanie wollte am nächsten Tag zurück nach Deutschland. Gut erholt wirkte sie. Sie hatte die blonden Haare zu einem Pferdeschwanz zurückgebunden und sah, gebräunt, wie sie jetzt war, fast so aus wie die Stefanie, in die sich Robert einst bei einem Grillfest in den Isarauen verliebt hatte. War schon eine ganze Weile her. Er lächelte sie an, und sie sprachen nicht über die Scheidung und ihr künftiges Leben, sondern versuchten, sich auf den Augenblick zu konzentrieren, auf die knusprigen *Anguille dorate*, die Mario Pianigiani speziell für sie zubereitet hatte. Die goldbraun gebackenen Aalstückchen auf Salatbett mit Zitrone hatten sie bei ihren Urlauben in der Maremma immer in den Fischlokalen unten an der Lagune von Orbetello genossen. Für einen Moment vergaß Robert, dass dies vielleicht sein letztes Essen mit Stefanie war. Das Ende von etwas. Er hörte sein Handy brummen und blickte auf das Display. Die Nachricht kam von Giada. Endlich.

Bin auf der Fahrt in die Maremma – in eine Art Geisterdorf. Habe eine heiße Spur. Melde mich heute Abend, sobald ich mehr weiß.

Robert reichte das Handy Stefanie. Sie las und schob

ihren Stuhl zurück. »Das gefällt mir gar nicht. Sie bringt sich in Gefahr. Wir müssen ihr helfen.«

»Wo willst du denn hin?«, fragte Robert. »Wir haben keine Ahnung, wo sie ist. Die Maremma ist groß. Und Giada ist kein kleines Mädchen. Sie wird wissen, was sie tut.«

»Und wenn sie es nicht weiß? Wenn ihr Reporterfieber sie über eine rote Grenze hinaustreibt? Geisterdorf! Das klingt schon mal gar nicht gut. Was soll das überhaupt heißen?«

»Es gibt hier im Landesinneren etliche verlassene Dörfer. Die Leute sind weggezogen, weil ihre Orte auf den Tuffsteinhügeln von Erdrutschen bedroht sind. Oder weil das Leben so karg war und den jungen Leuten nicht viel bot.«

»Und in welchen dieser toten Orte könnte Giada gefahren sein?«

»Ehrlich gesagt: Ich habe keine Ahnung. Er muss im Landesinneren liegen, womöglich in den Tuffsteinregionen um Pitigliano.«

»Und was könnte Giada dort suchen?«

»Entweder den Mörder – oder die Adonis-Figur.«

»Oder beides.«

»Ich frag sie, wo sie ist und ob sie okay ist«, sagte Robert und tippte in sein Handy.

Sie aßen schweigend weiter, jeder in seinen Gedanken versponnen. Beim Dessert zog Robert sein Handy wieder hervor. »Seltsam. Sie hat die Nachricht nicht gelesen.«

»Wir müssen sie suchen«, sagte Stefanie.

»Aber wie?«

»Du hast mir doch von dieser Carabiniera erzählt, die dich so beeindruckt hat. Informieren wir sie. Die können ein Handy schnell orten.«

»*Maggiore* Laganà *ist* beeindruckend. Sie würde dir gefallen. Aber wenn ich ihr erzähle, dass Giada wieder auf eigene Faust hinter dem Mörder her ist, flippt sie aus. Und damit bringe ich Giada womöglich in Schwierigkeiten …«

»Das ist jetzt ziemlich egal, Robert! Wenn ihr etwas zustößt, und du hast nichts unternommen, wirst du dir dein Leben lang Vorwürfe machen. Hoffe ich jedenfalls.«

Robert spürte eine leichte Übelkeit aufsteigen. Der fette Aal? Jedenfalls war ihm nun klar, was er zu tun hatte. Er ging ins Ristorante und bezahlte. Als er herauskam, sagte er: »Ich fahre sofort nach Rom zu den Carabinieri.«

»Ruf sie doch an!«

»Nein. Ich fürchte, ich werde sie am Telefon nicht davon überzeugen können, nach Giada zu suchen. In Italien ist es immer besser, von Angesicht zu Angesicht zu sprechen.« Er ging auf Stefanie zu, wollte sie zum Abschied umarmen, doch sie wich einen Schritt zurück.

»Ich komme mit.«

»Wieso? Du willst doch abreisen!«

»Ein Tag hin oder her ist jetzt auch egal. Ich komme mit.«

Erstaunt sah Robert sie an, während sie zu seinem Auto gingen. Der Dachs trottete missmutig hinter ihnen her. Er mochte es nicht, wenn sich die Menschen stritten. Sie setzten Alfredo in einen Hundekorb auf dem Rücksitz, stiegen in den Audi und fuhren, ohne ein Wort zu sagen, nach Rom, in einer wohltemperierten Kapsel, während draußen die ausgedorrte, unter der Hitze flirrende Landschaft vorbeigaukelte wie ein Trugbild.

Nachdem Robert geraume Zeit einen Parkplatz auf der Piazza di San Francesco d'Assisi in Trastevere gesucht hatte, zischte Stefanie genervt: »Wir sind hier nicht in München.« Robert zuckte die Achseln und parkte in zweiter Reihe. Dann gab er einem Mann fünf Euro, der sich als Parkwächter aufspielte.

Sie klingelten und verlangten, zu *maggiore* Laganà vorgelassen zu werden. Der wachhabende Beamte telefonierte kurz und versuchte dann, sie abzuwimmeln. *Maggiore* Laganà sei in einer Besprechung. Sie sollten einen Termin mit ihr für die kommende Woche ausmachen. Am besten per E-Mail. Robert pumpte sich auf, sah dem Beamten fest in die Augen und zwang sich dazu, ganz langsam und tief zu sprechen: »Es geht um Leben und Tod. Ich scherze nicht. Ich bin Rechtsanwalt, Strafverteidiger. *Maggiore* Laganà macht sich mitschuldig an dem, was passiert, wenn sie uns jetzt nicht anhört. Wegen unterlassener Hilfeleistung im Amt.«

Robert wusste nicht, ob so ein Straftatbestand im italienischen Recht überhaupt existierte, aber es funktionierte. Der Beamte senkte den Blick und nestelte an dem Knoten seiner schwarz-blauen Krawatte herum. Er griff zum Telefonhörer. Dann sagte er, sie sollten mitkommen, aber der Dachs müsse draußen bleiben. Robert drückte dem Carabiniere die Leine mit Alfredo in die Hand, was der Beamte leise in sich hineinfluchend geschehen ließ.

Eine Minute später waren Robert und Stefanie in Laganàs Büro. Sie saß in Uniform hinter dem Schreibtisch und musterte die beiden Deutschen mit angespannter Miene. »Aha, der *avvocato*, diesmal mit *signora*. Erfreut, auch Sie mal kennenzulernen, und nicht nur die *signora* Bianchi, die den *avvocato* sonst immer begleitet und in heikle Abenteuer verstrickt. Was gibt es denn so Dringendes?«

»Wegen Giada sind wir hier«, sagte Stefanie und schickte einen eisigen Blick über den ausladenden Schreibtisch hinüber zu der Carabiniera. »Sie ist in Gefahr. Sie hat uns eine SMS geschrieben, dass sie unterwegs zu einem Geisterdorf ist. Auf einer heißen Fährte im Fall des Mordes an dem Kunstsammler. Wir haben ihr zurückgeschrieben, doch nun reagiert sie nicht mehr.«

Robert räusperte sich. »Genau genommen hat Giada mir geschrieben, und ich habe ihr geantwortet. Aber sie hat die Antwort nicht gelesen. Das ist ungewöhnlich, denn Giada ist neugierig. Auch wenn wir richtig Ärger miteinander hatten, hat sie meine Nachrichten zumindest gelesen. Ich mache mir Sorgen … Wir machen uns Sorgen …«

»Zeit wird es«, fiel ihm Laganà ins Wort. »Sie und Ihre italienische Freundin«, sie warf einen prüfenden Blick auf Stefanie, die die Carabinieri-Kalender an der Wand betrachtete, »hätten sich längst aus dieser Sache heraushalten sollen. Aber ich will einräumen, dass *signora* Bianchi nicht von jedermann zu bremsen ist.«

»Und auch nicht von jeder Frau«, schoss Robert Lichtenwald zurück. »Nicht einmal von einer Offizierin.«

Laganà zog die Augenbrauen so hoch, dass sie wie gotische Gewölbebögen wirkten. »Die Lage ist nicht zum Scherzen, *avvocato*! Wir haben am Monte Argentario eine Bande von Raubgräbern ausgehoben. Wir wissen von denen, dass sie eine unglaublich wertvolle Adonis-Statue ausgebuddelt und an Colasanti verkauft haben. Es geht um viel Geld. Und eine harte, mafiose Szene auf dem Kunstmarkt.«

Robert nickte. »So viel weiß ich auch. Und ich weiß, dass eine Frau bei der Adonis-Figur mitgeboten hatte, aber Colasanti unterlegen war. *Signora* Bianchi hat zudem herausgefunden, dass eine Frau mit einem auffälligen Halbschleier kurz vor Colasantis Ermordung bei ihm war. Womöglich war sie es, die beim Adonis mitgeboten hatte.«

Laganà blickte ihn entgeistert an. »Eine Frau mit einem Halbschleier, sagen Sie? So eine gibt es in der Tat in der römischen Kunstszene. Eine Kuratorin. Lavinia de Santis. Seriöse Frau. Wir hatten nie Probleme mit ihr.«

»Das macht Sie verdächtig!« Robert konnte sich die kleine Rache nicht verkneifen. »Eine Kuratorin, die womöglich von Raubgrabungen profitiert – und Sie hatten nie Probleme mit ihr!«

»Wusste Bianchi davon?«, fragte Laganà nervös, ohne auf die Provokation einzugehen. »Ich meine, von der Frau mit dem Halbschleier?«

»Ja. Sie wollte herausfinden, wer sie ist.«

»Das wird ihr nicht schwergefallen sein.« Laganà nahm ihr Telefon vom Schreibtisch. »*Pronto!* Ich brauche einen Wagen. Und die Adresse von Lavinia de Santis. Der Auktionatorin!«

Sie stand auf. »Können Sie mir die Nummer von Giada Bianchis Handy durchgeben?«

Robert schickte sie ihr sofort von Handy zu Handy. Diesmal reagierte Stefanie mit einem raschen Seitenblick. »Warten Sie hier«, sagte Laganà.

Eine Viertelstunde später war sie zurück. »Wir haben es«, sagte sie, als sie in ihr Büro stürmte. »Bianchis Mobiltelefon befindet sich in der Nähe von Tarquinia, einer Stadt nördlich von Rom. An der Via Aurelia. Sie war offenbar tatsächlich unterwegs in die Maremma. Wir haben die Carabinieri-Station in Tarquinia informiert. Ich gebe Ihnen Bescheid, wenn es Neuigkeiten gibt.« Sie ging voraus zur Tür.

»Aber sollte nicht jemand zur Wohnung der *signora* de Santis fahren?«, wandte Stefanie ein.

»Sie werden es nicht glauben, aber selbst daran haben wir gedacht. Ich selbst werde jetzt gleich mit zwei Kollegen dorthin fahren.«

»Wir kommen mit«, sagte Robert Lichtenwald bestimmt.

»Das werden Sie schön bleiben lassen. Sie und Ihre italienische Freundin haben sich schon genug Dummheiten geleistet. Sie fahren jetzt mit Ihrer Frau oder Exfrau oder was auch immer zurück nach Morcone und halten sich zur Verfügung.« Ohne eine Erwiderung abzuwarten, eilte Laganà hinaus. Robert und Stefanie folgten ihr in einigem Abstand. Draußen sahen sie, wie die Offizierin in ein Carabinieri-Auto sprang. Sie fuhr selbst. »Tolle Frau«, murmelte Stefanie Lichtenwald fast unwillig.

Ich bin verdammt, allein unter tollen Frauen zu sein, schoss es Robert durch den Kopf.

»Und, was machen wir jetzt?«, fragte Stefanie.

»Du redest schon genauso wie Giada«, sagte Robert. »Was du machst, weiß ich nicht. Ich werde jedenfalls auf eigene Faust nach Giada suchen.«

»Und ich komme mit.«

ACHTUNDZWANZIG

In ihrem Kopf drehte es sich wie in einer Zuckerwattemaschine. Ihre Gedanken waren wie weiße, viel zu süße Spinnweben, die sich immer weiter zerfaserten. Ihr Mund war trocken. Viel zu trocken. Wo war sie? Ganz langsam öffnete sie die Augen, Millimeter für Millimeter. Kleine Lichter flackerten unstet wie Sternschnuppen in großer Dunkelheit. Die Luft war feucht und warm. Ein unangenehmer Geruch stach ihr in die Nase. Ein Katzenklo? Doch als Polizeireporterin wusste Giada: Es war Leichengeruch. Die weißen Fäden lösten sich auf, ihr Kopf wurde klar. Wo war sie? In einem hohen, feuchten, dämmrigen Raum, nur von Kerzen erleuchtet. In einer Kirche. Sie wollte sich aufsetzen, doch sie konnte es nicht. Irgendetwas hielt Arme und Beine zurück. Fesseln. Seidentücher, schmerzhaft eng um Hand- und Fußgelenke geschlungen. Im Rücken fühlte es sich kalt an. Sie lag auf einem hohen Stein. Auf … dem Altar? Das Entsetzen fuhr Giada kalt in die Glieder. Sie war das Opfer eines Wahnsinnigen geworden. Eines Satanisten wahrscheinlich. Und wo war eigentlich diese Frau, diese Lavinia, mit der sie hierhergekommen war? Womöglich bereits tot. Geschändet, geschlachtet, zerstückelt, verscharrt. Es gab diese Fälle. Man las davon. Giada blickte um sich. Die Apsis war mit einem schweren samtroten Vorhang verhüllt. Davor stand ein Säulenstumpf, und darauf … Giada riss die Augen auf. So etwas hatte sie noch nie gesehen. So etwas Schönes. Ein nackter junger Mann mit klarer Haut und vollendeten Gliedmaßen. Die Muskeln und Sehnen schienen in seinem durchtrainierten Körper zu spielen wie junge Hengste auf der Weide. Doch das war es nicht. Es war das Gesicht. Die ebenmäßigen Züge, die edle Stirn, das energische Kinn. Da war noch mehr. Dieser Ausdruck heiterer Gelassenheit, dieser klare, herausfordernde, sinnliche Blick, die Ausstrahlung eines Menschen, der ganz in sich ruhte, dem seine unheimliche Schönheit selbstverständlich war. Einer, der nicht verführen wollte, aber gar nicht anders konnte, als doch zu verführen. Giada wollte den Blick nicht mehr von ihm lassen, sie hatte nur noch Sinne für ihn. Die federnden Schritte, die sich näherten, hörte sie nicht. Er machte sie trunken. Sie hätte ihn am liebsten zu sich herabgezogen. Doch sie war gefesselt. Und der Junge war aus Stein. Giada störte das nicht. »Entfessele mich!«, flüsterte sie und versuchte vergeblich, sich ihm entgegenzurecken.

Dann schob sich etwas zwischen sie und den Jüngling. Aus ihrem Inneren drängte ein gellender Schrei nach oben, doch er schaffte es nicht über ihre Lippen. Ihr brach der Schweiß aus. Sie zitterte am ganzen Körper. Sie wollte aufspringen, fliehen, doch die Fesseln hielten sie zurück, wie in einem dieser Träume, in denen sie gelähmt das Unheil näher kommen sah. Giada kämpfte, die grässlichsten Sekunden ihres Lebens. Dann gab sie auf und ließ sich vom Grauen überwältigen. Der Kontrast zwischen der Schönheit des Jünglings und der Hässlichkeit dieser Erscheinung war zu stark für sie. Ihr schwanden die Sinne.

NEUNUNDZWANZIG

Die drei Carabinieri rasten durch Rom. *Maggiore* Laganà saß am Steuer und wusste ihre Vorrechte im Straßenverkehr bei Gefahr im Verzug zu nutzen. Sie hatte Blaulicht und Sirene eingeschaltet und schoss brachial durch den Stadtverkehr – in Schlangenlinien zwischen Autos und Vespas hindurch am Lungotevere entlang, wobei sie rote Ampeln überfuhr, auf die Gegenfahrbahn auswich und auch den Bürgersteig nutzte. Dann schaltete sie die Sirene aus, raste rechts den Viale delle Belle Arti und den Viale Bruno Buozzi hoch und hinein in die Via di Monti Parioli, wo sie ein mitten auf der Straße auftauchendes Touristengrüppchen rasant umschlängelte. Die Leute schrien und schauten dem Wagen entgeistert nach. Kurz danach Vollbremsung vor einem Gatter. Sturmläuten. Ein Mann eilte aus der Pförtnerwohnung. »Carabinieri! Aufmachen! Sofort!« Laganà griff an das Halfter mit der Beretta Cougar 8000 an ihrer linken Seite, um ihren Worten Nachdruck zu verleihen. Der Mann öffnete augenblicklich. Die Offizierin baute sich vor ihm auf. Sie war größer als er. »Wir wollen zu *signora* de Santis. Führen Sie uns hin.«

»Die *signora* ist nicht da«, stammelte der Mann.

»Das werden wir sehen. Giorgio, Raffaele, durchsucht das Anwesen! Und Sie«, sie reckte ihr Kinn in Richtung des Hausmeisters, »öffnen Sie die Haustür!« Die drei verschwanden im Inneren der Villa. Donatella Laganà blickte sich um. Es hatte Gewitter gegeben in den vergangenen Tagen, und der gekieste, mit Lehm vermischte Boden des Parkplatzes neben dem Haupthaus war aufgeweicht. Sie bückte sich. Die Spur dreier schmaler Autoreifen war zu sehen. Giadas *ape*. Sie war hier gewesen. Schnellen Schrittes lief auch Laganà ins Haus. Ihre Kollegen befragten gerade einen jungen Mann in Anzug und Krawatte, der sich als Majordomus vorstellte. Er behauptete, die *signora* sei aus, er wisse nicht, wohin. Ob eine junge Frau bei ihr gewesen sei, mit rötlichen Haaren und auffälligen Hexenohrringen? Der Majordomus sagte, das wisse er nicht. Er sei unterwegs gewesen, Besorgungen machen. In der ultramodernen Küche entdeckte Laganà zwei gebrauchte Espressotassen. Der Majordomus verzog keine Miene. Sie brauchten lange, um die geräumige Villa mit all ihren Werken antiker und moderner Kunst abzusuchen, stießen jedoch auf nichts, was für ihren Fall relevant erschien. Von Lavinia de Santis und Giada Bianchi jedenfalls keine weitere Spur. Auch die Befragung eines Dienstmädchens und des Kochs erbrachte nichts. Ob es noch weitere, verborgene Räume gebe? Der Majordomus schaute sie erstaunt an und verneinte. Dies sei kein Unterschlupf von Mafiosi. »Wir werden sehen«, sagte Laganà erneut.

Die Carabinieri-Station von Tarquinia rief an. Der kommandierende Leutnant teilte Laganà mit, das gesuchte Handy sei in einem Brombeergestrüpp neben dem Pannenstreifen der Via Aurelia bei Kilometer 97,4 sichergestellt worden. Es sei eingeschaltet gewesen und werde jetzt ausgewertet. Laganà pfiff leise durch die Zähne. Hatte Giada Bianchi ihr Handy verloren? Etwa bei einem Gerangel? Auf der Flucht? Oder war es ihr entwendet und dann weggeworfen worden? Ziemlich sicher schien ihr lediglich zu sein, dass De Santis und Bianchi gemeinsam von der Villa aufgebrochen waren, wahrscheinlich in Bianchis *ape*, und auf der Aurelia über Tarquinia hinaus Richtung Norden gefahren waren. Aber warum quetschten sie sich in die unbequeme *ape*, statt eine der Limousinen zu nehmen, die auf dem Parkplatz vor der Villa standen? Und wohin könnten sie unterwegs gewesen sein? Und da war noch etwas. Irgendetwas in dieser Villa irritierte sie. Waren es Erinnerungen aus ihrer Heimat Kalabrien? Ihre Familie stammte aus Locri am Ionischen Meer, und ihr Vater, der spätere Carabinieri-General Ercole Laganà, war an verschiedenen Orten der Provinz Reggio Calabria im Einsatz gewesen. Er hatte ihr, schon als sie ein junges Mädchen war, von seinem Kampf gegen die 'Ndrangheta, die kalabrische Mafia, erzählt und von den ausgeklügelten Verstecken, in denen die *latitanti*, die flüchtigen Mafiosi, oft jahrelang in der Nähe ihrer Familien lebten. Als junge Carabiniera hatte Donatella Laganà viel von den Ratschlägen ihres Vaters profitiert. Er hatte ihr beigebracht, sich bei der Suche nach Verdächtigen den Grundriss eines Hauses vorzustellen. Wo könnte eine verborgene Treppe hinabführen? Deckten sich die zugänglichen Räume mit dem Grundriss? Oder gab es irgendwo einen Bereich, zu dem keine sichtbare Tür führte? Die Offizierin hatte es sich zur Gewohnheit gemacht, Häuser danach abzuscannen.

Sie ging noch einmal in die zentrale Halle mit den pompejischen Fresken, von der aus die Türen zu den meisten Räumen abgingen. Sie betrat jedes der Zimmer, stellte sich vor, welche Mauern sie auf dem Grundriss gemeinsam hatten. Sie schloss die Augen und visualisierte die Villa wie eine Architektenzeichnung. Irgendetwas stimmte nicht. Zwischen dem Arbeitszimmer von *signora* de Santis und dem Kaminzimmer mit den Frauenbildnissen im Stile Gustav Klimts – oder stammten sie tatsächlich von Gustav Klimt? – lag ein toter Raum, da war sich Laganà mit einem Mal sicher. Sie suchte draußen in der Halle, im Arbeitszimmer, klopfte mit den Kollegen die Wände ab, begleitet von spöttischen Blicken des Majordomus. Schließlich nahm sie sich noch einmal das Kaminzimmer vor. In der Mitte stand ein minimalistisch gestalteter, blockiger weißer Kamin mit verglaster Brennkammer, der aussah, als sei er vom Himmel herab mitten unter die flamboyanten Bilder ringsherum gefallen. Der Kamin wirkte nicht so, als werde er zum Feuermachen benutzt. Laganà öffnete die Frontscheibe und schaute hinein. War da womöglich eine Treppe, die nach unten oder oben führte? Doch sosehr sie auch am Boden rüttelte und mit einer Taschenlampe den Innenraum ausleuchtete, sie konnte nichts entdecken. Sie stand wieder auf und betrachtete den Raum. Ging die Bilder mit den schönen, erotisierenden Frauen vor goldschimmerndem Hintergrund durch. Da war es! Dass ihr das nicht sofort aufgefallen war! Alle Bilder stellten einzelne Frauen dar – alle bis auf eines. Es hing an der Wand, hinter der Laganà einen versteckten Raum vermutete – und es fügte der Frau einen Mann hinzu. Die beiden Liebenden in ihren ornamentalen Gewändern umarmten einander so innig, dass sie miteinander zu verschmelzen schienen. Die rechte Hand der Frau lag auf dem Schulterblatt des Mannes. Laganà ging auf das Gemälde zu, und ehe der Majordomus noch protestieren konnte, drückte sie mit ihrer Hand auf die Hand der Frau. Ein Klacken und Schleifen in der Wand war zu hören. Dann glitt das Gemälde nach oben und verschwand in der Decke. Eine gepanzerte Tür kam zum Vorschein. »Schließen Sie auf!«, herrschte Laganà den Majordomus an, der um Fassung rang.

»Das darf ich nicht. Und das muss ich nicht. Beschaffen Sie sich erst einen Durchsuchungsbefehl.«

»Gut, dann lasse ich die Tür sprengen«, sagte Laganà. »Holt den Sprengstoff aus dem Auto«, befahl sie ihren Kollegen. Die beiden kannten ihre Chefin, salutierten und eilten hinaus. Der Trick funktionierte. Der Majordomus zog zitternd eine Scheckkarte aus seiner Brieftasche und steckte sie in einen Schlitz an der Metalltür. Dann tippte er einen Zahlencode in ein Tastenfeld. Die Panzertür ging nach innen auf. Laganà schaute vorsichtig in den Raum dahinter. In einem hohen Zimmer mit Stuckdecke, goldenen Spiegeln und bronzenen Kerzenleuchtern stand ein Bett, das aussah wie eine lang gezogene blaue Welle. An die Enden des Bettes waren metallene Ringe geschweißt, an denen feste blaue Bänder hingen. Das einzige Fenster war mit lichten, blauen Vorhängen verhangen. Es schien sich um eine Art Liebesnest zu handeln, samt Ausstattung für Fesselspiele. Die Carabiniera griff zu ihrem Handy und rief die Spurensicherung und weitere Verstärkung an. Sie ließ einen der Kollegen in der Villa zurück und fuhr mit dem anderen aus der Stadt hinaus Richtung Via Aurelia. Sie hatte keine Zeit, um auf all die Ermittlungsergebnisse zu warten. Sie musste Giada Bianchi finden. Und sie vermutete, der Reitstallbesitzer Luca Corte könnte ihr dabei helfen. Er war, was sie Giada und Robert natürlich nicht erzählt hatte, ein Informant der Kultur-Carabinieri in der Raubgräberszene. Ursprünglich hatte er selbst als Hehler für die *tombaroli* gearbeitet, um Geld für sein Reitgut dazuzuverdienen. Doch dann waren sie ihm auf die Spur gekommen, und gegen einen kräftigen Straferlass ... Nun, ein zuverlässiger Informant war er allerdings nicht gerade. Denn von Aldos Bande und den Grabungen am Monte Argentario hatte er erst berichtet, als Annibale Colasanti schon tot war.

Auch Robert und Stefanie zerbrachen sich den Kopf, wo Giada stecken könnte. Sie saßen auf den Stufen vor der Kirche San Francesco a Ripa.

»Geisterdorf«, murmelte Robert. In Gedanken ging er die Orte rund um Morcone durch.

»Gibt es da irgendwelche toten Orte?«, fragte ihn Stefanie, die die Gegend ganz gut kannte, aber natürlich nicht so gut wie ihr Noch-Mann, der jetzt hier lebte. »Dieses Pereta?«

»Ist kein Geisterdorf.«

»Die Abteiruine von San Bruzio?«

»War nie ein Dorf.«

»Vulci?«

»War eine Stadt der Etrusker, aber davon ist heute nicht mehr viel übrig. Jedenfalls kein Geisterdorf.«

»Hast du denn gar keine Idee?«

»Ich zerbreche mir ja den Kopf. Das Einzige, was mir einfällt, ist ein Reiterhof bei Capalbio. Er ist in den Gemäuern eines aufgegebenen Weilers eingerichtet und gehört einem *signor* Corte, der irgendwie mit den örtlichen Grabräubern zusammensteckt. Er kennt die Geschichte mit den Grabungen auf dem Monte Argentario. Womöglich wusste er auch von dem Fund der Adonis-Statue und hat es mir nur verschwiegen, als ich bei ihm war. Und er war ein enger Freund von Annibale Colasanti – unserer Leiche.«

»Bingo!«, rief Stefanie und sprang auf. »Das passt ja zusammen wie die Teile eines Puzzles. Wahrscheinlich ist die Statue bei ihm versteckt. Lass uns sofort hinfahren.«

Robert zögerte. »Ich weiß nicht recht. Einerseits passt da wirklich einiges zusammen. Andererseits erinnert das Reitgut heute überhaupt nicht mehr an ein Geisterdorf. Es ist glänzend in Schuss. Giada hat in ihrer Nachricht aber ausdrücklich geschrieben, sie sei auf der Fahrt in ein Geisterdorf. Das kann nicht der Reiterhof sein. Es muss sich um eines dieser unheimlichen Ruinennester auf einer steilen Bergkuppe handeln, von denen es in der Südtoskana und Latium etliche gibt.«

»Aber irgendetwas müssen wir tun!«

Die beiden starrten auf die sommerheiße, von Autos zugestellte Piazza, aus deren Mitte eine Säule mit einem Kreuz emporragte. Einen Fingerzeig Gottes, den könnte er jetzt gebrauchen, dachte Robert. Er schloss die Augen, atmete langsam und tief in seinen Bauch hinein und ließ Bilder in sich aufsteigen und weiterziehen wie Wolken am Sommerhimmel. Stefanie störte ihn nicht. Sie kannte seine Art der Innenschau. Nach einigen Minuten schnippte er mit dem Finger und öffnete die Augen. »Ich hab's!«

»Na endlich! Wo ist es?«

»Erklär ich dir auf der Fahrt.«

DREISSIG

Sie erwachte aus ihrer Ohnmacht mit einem Duft in der Nase, den sie kannte. Es war derselbe, den ihr Arturo damals in der Krypta zu riechen gegeben hatte – und den, jetzt fiel es ihr auf, Lavinia als Parfum benutzte. Ein paradiesischer Geruch. Der Duft des Klubs der Schönheit. Das »Parfum der Götter«. Giada öffnete die Augen, und nun kam der Schrei endlich aus ihr heraus. Ein langer, gellender Schrei, der sich in den Gewölben der alten Kirche brach. Das Gesicht hatte sich über sie gebeugt. Es zerfiel in zwei Hälften. Die untere war betörend schön, mit makelloser Haut und sinnlichen Lippen. Die obere dagegen … Giada wollte wegschauen, doch es gelang ihr nicht. Fassungslos starrte sie auf die blutrote, verwachsene Höhlung, an deren Stelle einmal das linke Auge gewesen war. Die Haut darum war gewellt und fleckig wie eine Kraterlandschaft. Unter dem rechten, klaren Auge verlief eine Narbe, wulstig wie ein Kabelstrang. Die Stirn war krebsrot und voller Flecken, Dellen und Runzeln. *»Che orrore!«*, entfuhr es Giada. »Was für ein Horror!«

»Du sagst es«, flüsterte eine Stimme, die aus der unteren, schönen Hälfte des Gesichts kam. Es war die Stimme Lavinias. »Gestatten: Mori, Rubina Mori«, sagte sie mit sarkastischem Unterton. »Gastwirtstochter vom Monte Testaccio.«

»*Dio mio!*«, entfuhr es Giada. »O mein Gott!«

»Du hast lange geschlafen, Giada. Mehrere Stunden. Das Betäubungsmittel war zu stark dosiert. Aber dadurch konnte ich dich in aller Ruhe betrachten, mich in deine Schönheit versenken. Und es stimmt, was mir gleich bei unserer ersten Begegnung in der Villa Massimo auffiel. Du ähnelst mir, wie ich einmal war – oder wie ich heute sein könnte, wenn alles anders gekommen wäre.«

Giada wollte sprechen, schreien, doch ihre Stimme versagte. Wie gelähmt starrte sie in das schreckliche Gesicht.

»Ich war das schönste Mädchen und die begehrteste Frau des Viertels«, fuhr die Stimme fort, während das eine Auge Giada fixierte. »Alle waren hinter mir her. Die jungen Burschen, die Arbeiter, die feinen Herren, die Playboys. Und sie kamen aus ganz Rom in unsere Trattoria, nur um mich anzuschauen. Und, Giada, glaub mir, ich wollte so viel aus diesem Kapital machen. Die Macht meiner Schönheit nicht nur auskosten, sondern auch einsetzen für eine gute Sache. Ich wollte Abitur machen, Politik studieren und Politikerin werden, um mein Rom, das Rom der einfachen Römer, das ich so liebte, aus den Fängen der Korrupten, Unfähigen und Abgehobenen zu befreien.«

»Wie Annibale Colasanti«, murmelte Giada.

»Genau wie Annibale. Ich sah ihn zum ersten Mal in der Trattoria, er verknallte sich in mich, und wir wurden ein Paar. Ich liebte ihn. Und er wollte dasselbe wie ich. Rom wieder zur Hauptstadt der Schönheit machen.«

Giada wagte kaum zu atmen. Solange sie sich ruhig verhielt, würde Lavinia, die in Wirklichkeit Rubina hieß, weitererzählen. Das spürte sie. Giada wollte Zeit gewinnen.

Irgendwann würde man sie suchen. Sie hatte diese SMS an Robert geschickt, er würde versuchen, in Kontakt mit ihr zu treten. Wo nur ihr verdammtes Handy geblieben war. Und dann war da trotz der Angst, trotz der Schmerzen wegen der Fesseln ihre Neugierde, das Schicksal dieser Frau zu erfahren, die die Schönheit und die Hässlichkeit zugleich in ihrem Gesicht verkörperte. »Und dann ...?«, hauchte Giada.

»... kam das Unglück herab. Auf Papa und auf mich.«

»Das Unglück ...«

»Papa war ein sturer Hund. Er kam aus einer alten Wirtsfamilie, die stolz auf ihre Unabhängigkeit war. Wir haben nie Schutzgeld bezahlt. Niemals.« Rubina zog Lippen und Augenbrauen zusammen, was den desaströsen Anblick ihres Gesichts noch verstärkte. »Also haben sie uns überfallen, um mich zu vergewaltigen, auf dem Fußboden unserer Trattoria, vor den Augen von Papa. Es sollte uns weich machen. Doch Papa hat den einen Bastard erstochen. Sie rächten sich bald darauf.«

»An dir.«

»An mir. Ich kam von Annibale. Wollte in die Trattoria, die ich nun selbst führte. Hielt mit der Vespa vor dem Haus, klappte das Visier auf. Da waren zwei Burschen auf einem Motorrad.« Rubina Mori sprach atemlos, überwältigt von der Erinnerung. »Sie kippten mir eine Flüssigkeit ins Gesicht. Säure.«

»Ach du Scheiße«, entfuhr es Giada. »Du Arme!«

Lavinia bebte. »Ein Freund aus Annibales Klub der Schönheit ist Schönheitschirurg. Hat mich x-mal operiert. Vergebens. Eine grässliche Infektion machte alles wieder kaputt. Dazu Entzündungen, Allergien, Abstoßreaktionen. Und die Folgen des vielen Kortisons. Jetzt weißt du, warum ich immer den Halbschleier trage.« Sie zog ein Glasauge hervor und setzte es in die leere Augenhöhle.

»Und Annibale?«

»Hat mich verlassen. Er sagte, er liebe mich immer noch, aber er könne meinen Anblick einfach nicht ertragen. Und er könne auch nicht mit einer Frau schlafen, die dabei eine Maske oder einen Schleier tragen müsse, um ihr entstelltes Gesicht zu verbergen. Kann man irgendwie verstehen. Ich habe Rom verlassen, das heißt: Ich bin aus Rom geflohen, um alles hinter mir zu lassen. Ich habe in Mailand Kunstgeschichte studiert und bin dann, unter anderer Identität, nach Rom zurückgekommen. Ich wurde Auktionatorin statt Wirtin oder Politikerin, kleidete mich anders, suchte mir neue Freunde und trug meinen Schleier, was viel half. Natürlich bin ich Annibale aus dem Weg gegangen. Er war unser Kunde, aber da er sehr zurückgezogen agierte, war das kein Problem.«

»Hat er denn nie mehr versucht, mit dir Kontakt aufzunehmen?«

»O doch! Und wie! Nach seinem Reitunfall, als er völlig am Boden war, kam er zu mir zurückgekrochen. Kannst du dir vorstellen, was er gesagt hat?«

Giada schüttelte den Kopf.

Lavinia schnaubte vor Empörung. »Er sagte, jetzt, da wir beide vom Leben Versehrte seien, würden wir doch wieder zusammenpassen.«

»Che stronzo!«, entfuhr es Giada. »Was für ein Arschloch!«

Lavinia nickte befriedigt. »Nun – den Rest kennst du.«

»Nicht ganz«, sagte Giada. »Was hat es mit dieser Adonis-Statue auf sich? Wer hat Colasanti ermordet? Und warum bin ich überhaupt hier? Auf einen Altar gefesselt!«

Rubina Mori blickte Giada schweigend aus ihrem intakten Auge an. Es war ein mandelförmiges Auge mit einer smaragdgrünen Iris, die je nach Lichteinfall ins Bernsteinfarbene hinein schimmerte. Es wirkte wie ein Fremdkörper in der zerstörten oberen Gesichtshälfte der Frau. Das Auge begann nun feucht zu schimmern. Schließlich sagte Rubina: »Ich will zuerst deine dritte Frage beantworten. Du hast ein schönes Gesicht, Giada, ein sehr schönes Gesicht. Und eine sehr schöne, reine Haut. In deinen Zügen sehe ich Ähnlichkeiten mit meinen Zügen, als ich noch unversehrt war. Das habe ich dir ja schon gesagt. So wie du jetzt, so könnte auch ich heute aussehen – natürlich ohne Hexenohrringe, Punker-Shorts und orangerote Haare.« Sie lächelte traurig und legte ein Messer mit breiter Klinge und Holzgriff neben Giada auf den Altar.

Giada begann zu zittern, versuchte aber, das Messer zu ignorieren. »Hast du mich deshalb mit Lügen hierhergelockt und gefesselt?«

»In gewisser Weise ja, Giada. Du wirst es verstehen. Zum einen warst du mir zu dicht auf die Spur gekommen. Mein Halbschleier durfte nicht mit dem Mord an Annibale in Verbindung gebracht werden. Wenn du darüber geschrieben hättest ... Zum anderen, nun, ich war mit Schönheit gesegnet, und man hat sie mir entrissen. Daher habe ich mich in die Kunstgeschichte und den Kunsthandel geflüchtet, um der Schönheit wenigstens nahe zu sein. Doch in meinen Genen ist meine eigene Schönheit weiter gespeichert. Meinen Genen konnten die Mafiosi mit ihrer Säure nichts anhaben. Du verstehst, worauf ich hinauswill?«

»Ich verstehe gar nichts.«

Rubina lachte auf. »Das ist doch so einfach: Ich will

meine Schönheit weitergeben, unversehrt, an ein Kind. Das wird mein Triumph über die Hässlichkeit. Und über diese Bastarde.«

Giada sah sie unbewegt an. »Aber was hat das alles mit mir zu tun?«

Rubina hob abwehrend die Hand. »Nicht so schnell. Eins nach dem anderen. Du verstehst doch? Ich übertrage meine Schönheit einfach auf einen neuen Menschen.«

»Und du glaubst, das funktioniert?«

Das smaragdgrüne Auge blickte irritiert auf Giada. »Natürlich funktioniert das! Ich habe nichts dem Zufall überlassen. Ich wollte nicht, dass irgendein Typ meine Gene verschmutzt. Daher habe ich lange nach dem Richtigen gesucht. Sehr lange.«

»Und? Hast du ihn gefunden?«

»Ich habe erst einmal nach einem Vorbild in der Kunst gesucht. Die alten Griechen mit ihrer Trias des Schönen, Wahren und Guten haben das Wesen der Schönheit am besten erfasst, beschrieben und in ihren Werken zum Ausdruck gebracht. Ich studierte ihre Synthesen männlicher Schönheit. Den Apoll von Belvedere zum Beispiel. Die Bronzekrieger, die im Meer vor dem kalabrischen Ort Riace gefunden wurden. Den Diskuswerfer des Myron. Laokoon. Den Hermes des Praxiteles. Du kennst ja die Werke.«

Giada wiegte zweifelnd den Kopf. Die Fesseln, die ihren Körper auf die Altarplatte zwangen, schmerzten. Der kalte, harte Stein setzte ihrem Rücken zu. Sie hatte Mühe, die Panik niederzukämpfen, wenn ihr Blick das Messer streifte, das neben ihr auf dem Altar lag. Sie musste Ruhe bewahren. Diese wahnsinnige Frau im Gespräch halten. Zeit gewinnen. Wie Scheherazade in den Erzählungen aus Tausendundeiner Nacht. Sie bemühte sich, nur auf die untere Hälfte von Rubinas Gesicht zu schauen, auf die wunderbaren Lippen, die leicht gerundeten Wangen. »Und wo hast du all die Werke studiert? Wie lange hat das gedauert?«

»In den Museen natürlich. Und es hat lange gedauert. Denn ich war nicht zufrieden mit dem, was ich sah. Mein Gefühl sagte mir, dass ich einen noch schöneren Mann finden musste.«

»Und? Hast du ihn gefunden?« Giada war jetzt ehrlich neugierig. Dann begriff sie. Sie blickte hinüber zu der Marmorstatue auf dem Säulenstumpf. »Adonis!«

Rubinas zerstörtes Gesicht leuchtete auf. Die Wülste und Krater auf ihrer Stirn färbten sich rot wie Hahnenkämme. »Adonis!«, hauchte sie. »Ich wusste natürlich, dass keine griechische Originalplastik von ihm erhalten war. Daher hatte ich ihn nicht auf der Rechnung, obwohl er so naheliegend war. Der Gott der Schönheit und des Wachstums. Als mir die *tombaroli* von ihrem Fund am Monte Argentario erzählten, spürte ich sofort, dass ich am Ziel angekommen war.«

»Und du wolltest die Statue unbedingt haben!«

»Sehen und haben. Als Modell für den Vater meines Sohnes.«

»Du hast den Grabräubern ein Angebot gemacht?«

»Offiziell hat mein Auktionshaus nichts mit *tombaroli* zu tun. Natürlich versteigern wir keine illegal beschaffte Kunst! Aber für besondere Kunden haben wir besondere Wege – und die nötigen Kontakte.«

»Du hast den *tombaroli* also ein Angebot gemacht«, wiederholte Giada.

»In diesem Fall für mich selbst. Es war ein sehr gutes

Angebot. Für den Fall, dass die Statue wirklich Adonis darstellte.«

»Und?«

»Es war Adonis. Versicherten mir die *tombaroli.* Sie hatten eine Inschrift auf einem Stein gefunden, auf dem die Statue einstmals stand. Dann erfuhr ich, dass Aldo und seine Gang, also diese Grabräuber, den Adonis an jemand anderen verkauft hatten. Ich wollte den Namen, drohte, die Geschäftsbeziehungen abzubrechen. Und so erfuhr ich, dass es ausgerechnet Annibale war.«

»Dein früherer Geliebter!«

»So habe ich ihn aufgesucht, wie du ja herausgefunden hast. Er hat mich sofort hoch in seine Wohnung gelassen. Wenn mein Halbschleier mich schützt, bin ich immer noch eine schöne Frau, nicht wahr? Er war charmant, bat mich in seinen riesigen Salon mit all den wunderbaren Plastiken. Mir war sofort klar, dass sich Adonis in der abgedeckten Vitrine in der Mitte befinden musste. Aber er wollte ihn partout nicht enthüllen. Sagte, er brauche ihn für einen politischen Überraschungscoup und müsse ihn daher gerade auch vor mir als bekannter Persönlichkeit in der römischen Kunstszene verbergen.«

»Aber du musstest die Statue unbedingt sehen. Es ging um dein Überleben, um das Überleben deiner Schönheit«, sagte Giada einfühlsam. »Aber, Rubina, mir tut inzwischen der ganze Körper weh. Kannst du mich losbinden, damit wir in Ruhe weiterreden können?«

Rubina Mori starrte sie wieder mit diesem feuchten Blick aus ihrem einen Auge an. Sie seufzte. »Das geht leider nicht. Ich brauche dich noch, und zwar gefesselt. Aber zurück zu Annibale. Ich versuchte, das Leintuch von der Vitrine zu reißen. Doch er hielt mich auf, wir rangen miteinander, und ich verlor meinen Halbschleier. Er schrie wie am Spieß, als er mich sah. Und dann brüllte er: ›Du abscheuliches Monster sollst meinen Adonis nie mit deinen Blicken schänden.‹ Ich stürmte hinaus und in die Nacht und lief und lief und lief.«

»Arme Rubina«, sagte Giada wieder, diesmal nicht aus Mitgefühl, sondern aus Überlebensinstinkt.

Rubina schürzte die granatroten Lippen. »Ich war und bin nicht arm. Ich weiß mir zu helfen. Also heuerte ich zwei Transvestiten an, den Adonis zu rauben. Es war ja in der römischen Kunstszene längst bekannt, dass Annibale vielfältige sexuelle Neigungen hatte.«

»Du hast ihn ermorden lassen?«, fragte Giada.

»Ermorden? Annibale? Das war nicht mein Plan. Ich wollte nur Adonis. Er stand mir zu, nach allem, was mir das Schicksal – und Annibale – angetan hatten. Die beiden Transvestiten erzählten mir dann, er habe sich erstaunlich heftig gewehrt. Sie wollten ihn zu Boden stoßen. Dabei prallte er mit dem Kopf gegen eine Kopie der Venus von Milo. Die Venus ist aus Marmor. Annibale war aus Fleisch und Blut. Der Marmor war stärker.«

»Dann haben dir die Transvestiten den Adonis gebracht.«

»Ich war so überwältigt von ihm, dass ich tagelang keine Ruhe mehr fand.«

Sie ist tatsächlich wahnsinnig, dachte Giada. Doch dann fiel ihr Blick wieder auf den Marmorjüngling, der auf dem Säulenstumpf neben dem Altar stand, und sie spürte selbst dieses Verlangen, ihn zu sich herabzuziehen und in sich aufzunehmen. Verrückt? Zum ersten Mal in ihrem Leben hatte Giada Bianchi Angst, den Verstand zu verlieren.

EINUNDDREISSIG

Roccagioia tauchte vor ihnen auf, schroff und unheimlich wie Dantes Läuterungsberg. Die Sünden der ganzen Menschheit schienen in diesen übereinander gestaffelten Ruinen zu hausen.

Für einen Moment genoss Robert den bewundernden Blick Stefanies. »Du hast recht gehabt. Es ist genau der Ort auf dem Foto, das an der Wand der Trattoria da Mori hängt.« Auch Alfredo schien stolz auf sein Herrchen zu sein. Er verbiss sich verzückt in dessen Hosenbein.

Sie standen im Abendlicht auf einer Anhöhe gegenüber von Roccagioia und betrachteten die düsteren Behausungen. Der Himmel war klar und von rötlichem Schimmer überzogen, während sich in den Tälern der Dunst staute. Nervenaufreibende Stunden lagen hinter ihnen. Sie waren in Roberts Auto von der Piazza San Francesco da Ripa zur Trattoria da Mori gefahren, hatten sich mit einem dicken Trinkgeld Eintritt in das gerade geschlossene Lokal verschafft und das Bild an der Wand wiedergefunden, auf dem die verstörend schöne Wirtstochter Rubina vor dem Dorf ihrer Vorfahren posierte. Dann hatten sie auf Roberts Tablet nach Geisterdörfern in der Maremma gegoogelt. Es dauerte nicht lange, bis sie auf Roccagioia stießen. Nun waren sie hier, direkt vor dem Dorf, in dem Giada womöglich um ihr Leben kämpfte. Zu dem Ort führte keine Straße hinauf. Sie würden über Stock und Stein marschieren müssen. Doch wenn Giada und Lavinia de Santis wirklich in Roccagioia waren, mussten sie auch irgendwie dorthin gekommen sein. Es dauerte nicht lange, bis Stefanie die versteckte *ape* Giadas entdeckte.

»Wir müssen sofort Laganà verständigen«, sagte Robert und zog sein Handy heraus. »Verdammt! Wir haben keinen Empfang.« Er tippte trotzdem eine SMS ein:

Giada ist in Roccagioia. Geisterdorf. Südwestlich Bolsenasee. Sofort kommen. R. Lichtenwald

»Ich probier es unterwegs immer wieder. Manchmal hat man plötzlich schwachen Empfang.«

Aber darauf konnten sie jetzt nicht warten. Sie mussten auf eigene Faust weiter nach Giada suchen. Robert entdeckte den Pfad, der hinab in die Schlucht, über den Bach und wieder hoch nach Roccagioia führte. Als sie das Tor passierten, dämmerte es bereits. Sie schlichen vor bis zur Piazza und blickten auf die verwitterte Fassade einer Kirche. Alfredo hielt sich, jetzt ohne Leine, dicht bei ihnen. Der Dachs schien zu spüren, dass Gefahr im Verzug war.

Rubina sah mit verklärtem Blick auf die Adonis-Statue. Sie strich mit der Hand über seine Marmorlenden. »Als ich ihn hatte, brauchte ich nur noch seinen Wiedergänger zu finden. Im Auktionshaus steht uns modernste Software zur Verfügung, um Kunstwerke Künstlern zuzuordnen und Fälschungen zu erkennen. Ein Freund half mir, Adonis zu scannen und im Internet nach ähnlichen Menschen zu suchen. Ich staunte darüber, wie viele sich fanden. Besonders gut gefiel mir dabei dieser römische Schauspieler, Ludovico Primavalle, den ich selbst gar nicht kannte.«

»Du kanntest Primavalle nicht?«, sagte Giada. Da war sie also nicht die Einzige gewesen.

»Ich schaue kein Fernsehen«, sagte Rubina. »Und dadurch habe ich tatsächlich etwas verpasst. Ludovico Primavalle glich meinem Adonis auf gespenstische Weise.«

Robert bemerkte, dass das Dach der Kirche intakt und offenbar vor nicht allzu langer Zeit neu eingedeckt worden war. Er musterte die Häuser rundum. Mauern zerbröselten, Feigenbäume wuchsen aus den Fenstern, Dächer waren eingeknickt. Doch schräg gegenüber der Kirche stand ein intaktes Haus aus Naturstein mit einer Außentreppe. Sollte das der Stammsitz der Familie Mori sein? Robert und Stefanie schlichen sich heran.

»Er musste der Vater meines Kindes werden. Also ließ ich ihn entführen und in mein Haus in Parioli bringen. Es war nicht schwer. Er lief jedem Rock willenlos hinterher.«

»Und er hat mit dir geschlafen?«

»E come no!« – »Das will ich meinen!«, sagte Rubina. »Ein paar kleine Manipulationen – und er war scharf wie ein Hengst.« Rubina schloss ihr intaktes Auge, während das Glasauge weiter geradeaus starrte. »Mein Körper ist ja nicht von der Säure betroffen. Und über dem Gesicht trug ich eine Maske. Das hat ihn besonders aufgestachelt. Er hielt es für ein erotisches Spiel.« Rubinas erratische Gesichtszüge entspannten sich, ein Lächeln überzog ihre Lippen. »Keine zwei Wochen, und ich war schwanger.«

»Der Mohr hat seine Schuldigkeit getan«, sagte Giada.

»Schweig!«, herrschte sie Rubina an. »Du verstehst nichts von diesen Dingen.«

»Und wo ist dein Adonis jetzt?«, fragte Giada.

Der irre Blick aus Rubinas rechtem Auge traf sie unvermittelt. Giada sah, dass sie an einer Kordel zog. Der Vorhang, der die Apsis verdeckte, glitt auf. *»Eccolo!«*, sagte Rubina feierlich. »Da ist er!«

Und wieder entfuhr Giada ein gellender Schrei.

Robert zuckte zusammen, als hätte er einen Stromschlag erhalten.

»Was war das?«, zischte Stefanie.

»Ich glaube, es kam aus der Kirche. Ich schaue, ob ich irgendwie hineinkomme. Oder wenigstens durch ein Fenster schauen kann. Versteck du dich in einer Seitengasse.«

»Warum?«

»Wenn mir etwas zustößt, rennst du so schnell du kannst zum Auto und holst Hilfe. Außerdem musst du auf Alfredo aufpassen. Und hier, nimm mein Handy. Probier es weiter, die SMS an Laganà zu senden.«

»Pass du auf dich auf, Robert«, sagte sie und legte ihm die Hand auf die Schulter.

Giada blickte fassungslos auf das Grauen, das sich ihr darbot. In der Apsis stand eine Kathedra, ein steinerner Ehrensitz, der einst für den Bischof bestimmt gewesen war. Nun saß eine nackte, zusammengesunkene Gestalt darauf. Die Beine waren dunkel, der Bauch grünlich verfärbt, genauso wie die Adern an den Armen. Von Ohr zu Ohr, über den ganzen Hals hinweg, klaffte eine sichelförmige, dick mit eingetrocknetem Blut verschmierte Wunde. Aus Mund und Nase sickerte Flüssigkeit. Jetzt, da der Vorhang beiseitegezogen war, schlug der Verwesungsgestank voll über Giada zusammen. Um sich nicht erbrechen zu müssen, atmete sie nur noch durch den Mund ein. Auch das hatte sie als Polizeireporterin gelernt. Zitternd musterte sie die Leiche, die in der feuchtwarmen Luft der Kirche verweste. Doch selbst in diesem Zustand war noch zu erahnen, wie schön dieser Mensch einmal gewesen sein musste. Giada kämpfte ihren Ekel nieder und konzentrierte sich auf das Gesicht. Es gab keinen Zweifel. Es war Ludovico Primavalle. Giada schaute entsetzt auf den Schauspieler, mit dem sie noch vor Kurzem auf der Terrasse des Nationaldenkmals in Rom geplaudert hatte. Dann blickte sie auf die Adonis-Statue. Die Ähnlichkeit war verblüffend. Rubina begann wie irre zu lachen. »Darf ich vorstellen: der Vater meines Kindes.«

Giada bäumte sich auf und versuchte, die Fesseln zu zerreißen. Doch die schnitten sich ihr nur noch schmerzhafter ins Fleisch. »Was hast du mit ihm gemacht?«, keuchte sie, während sie versuchte, den Brechreiz zu unterdrücken.

»Ganz einfach«, sagte Rubina. »Sobald ich sicher sein konnte, von ihm schwanger zu sein, ließ ich ihn von meinem Majordomus und meinem Pförtner hierherbringen, die mir seit Langem treu ergeben sind. Ursprünglich wollte ich ihn für mich gefangen halten, als meinen Liebhaber. Aber mir wurde schnell klar, dass das zu gefährlich war. Und zu aufwendig. Ich konnte ihn ja nicht ewig hier bewachen und versorgen lassen. Also habe ich mich zum Abschied noch einmal mit ihm vereint und ihm dann die Kehle durchgeschnitten. Es ging ganz schnell. Er hat nicht gelitten.«

»Du bist eine Mörderin!« Giada merkte, wie die Wut ihre Angst davonspülte.

»Wieso denn? Er lebt in unserem Kind weiter!«

»Du bist wahnsinnig, Rubina! Du musst dich stellen und in psychiatrische Behandlung begeben.«

Rubina ergriff Giadas Handgelenk. »Ist es wahnsinnig, wenn ich meine Schönheit weitergeben will? Wenn ich ein Kind haben will? Ein besonders schönes Kind? Welche Frau wollte das nicht!«

»Wie lange bist du schon schwanger?«

»Seit Kurzem.«

»Und wenn du das Kind verlierst? Dann ist dein ganzer hirnverbrannter Plan im Arsch. Und Primavalle ist umsonst gestorben.«

»Ich werde das Kind nicht verlieren«, sagte Rubina plötzlich ganz ruhig. »Dank dir.«

»Dank mir?«

»So ist es. Alles eine Frage des Gleichgewichts. Geben und nehmen. Kommen und gehen. Um meine Schönheit in meinem Kind wiederzubekommen, muss ich eine ähnliche Schönheit opfern.«

»Du bist so was von durchgeknallt ... Die Opioide haben dein Gehirn zermatscht!«

»Und da hat dich der Himmel über meinen Weg geschickt«, sagte Rubina ungerührt. »Eine schöne Frau in meinem Alter mit gewisser Ähnlichkeit.« Rubina lächelte freundlich. »Du gefällst mir, Giada. Du bist eine schöne, starke und wahrhaftige Frau. Und du bist sinnlich. Deswegen werde ich dich opfern. Die Götter wollen es so. Sonst hätten sie dich nicht so hartnäckig nach mir suchen lassen.«

Giada wurde wieder schwindlig. Du darfst jetzt nicht ohnmächtig werden!, sagte sie sich. Denk an Leo! Er braucht dich noch. Laut sagte sie: »Man wird mich suchen und dich fassen. Dann kannst du deinen Mini-Adonis im Gefängnis ausbrüten.«

»Niemand wird dich finden. Dein Handy liegt weit weg von hier an der Aurelia in einem Gebüsch, und dieses Geisterdorf halten alle für komplett verlassen. Ich werde dich zusammen mit Ludovico in einen der Sarkophage auf dem Friedhof legen, und in kurzer Zeit haben Brombeeren und Efeu alle Spuren überwuchert. Und jetzt musst du tapfer sein, Giada. Es ist für einen guten Zweck.« Rubina packte das japanische Messer und hielt die Klinge prüfend vor ihr Auge. Dann holte sie einen Ballknebel hervor und beugte sich über Giadas Gesicht.

Giada schrie so laut auf, wie sie noch nie in ihrem Leben geschrien hatte. Ihr Schrei hallte in den Gewölben der Kirche wider. Sie hörte durch ihre Panik hindurch, wie jemand von außen am Kirchenportal rüttelte, dagegentrat und auf Italienisch mit hartem deutschem Akzent rief: »Hallo! Wer ist da? Aufmachen! Sofort aufmachen!«

»Ausgerechnet jetzt!«, murmelte Rubina.

Als Giada den Mund aufriss, um erneut zu schreien, stopfte Rubina ihr den Knebelball hinter die Zahnreihen und befestigte den Riemen hinter dem Kopf. Giada brachte nur noch ein Gurgeln und Röcheln hervor. Rubina legte ein weißes Altartuch über Giada und zog den Vorhang vor dem Hochaltar zu. Sie eilte barfuß in die Sakristei. Noch im Laufen setzte sie wieder den schwarzen Halbschleier auf. Vor dem Spiegel in der Sakristei zog sie rasch ihre Lippen rubinrot nach. Sie verharrte einen Augenblick. Mit der langen, schmal geschnittenen Seidentoga, den vollen Lippen und dem geheimnisvollen Schleier sah sie hinreißend aus. Rubina öffnete die Tür der Sakristei einen Spalt und spähte hinaus.

ZWEIUNDDREISSIG

Der letzte Schrei war Robert durch Mark und Bein gefahren. Er kam von keinem Tier, sondern von einem Menschen in Todesangst. Robert rüttelte an den Türen der Kirchenfassade. Er legte das Ohr an das verwitterte Holz, wusste aber nicht, ob er ferne Stimmen hörte oder Opfer seiner Einbildung wurde. War Giada in der Kirche? Lebte sie – oder …? Er musste hinein. Alles Zögern fiel von ihm ab. Er rannte auf der rechten Seite um die Kirche. Blickte an den Mauern empor. Sah keine erreichbare Öffnung. Eilte um die Apsis, die sich wie der Bug eines Schneepflugs den zerbröckelnden Häusern des Ortes entgegenschob. Auf der anderen Seite war eine kleine Tür im Mauerwerk. Sie stand einen Spaltbreit offen. Robert ging darauf zu. Die Pforte öffnete sich ganz. Vor ihm stand eine Erscheinung, wie er sie hier nie und nimmer erwartet hätte. Sie sah aus wie eine Kleopatra aus einem Sandalenfilm. Groß, schlank, mit eng um den Körper fließendem Gewand und einem neckischen schwarzen Halbschleier über der Augenpartie. Der Halbschleier! Robert zuckte zusammen. Doch da ging die Frau schon auf ihn zu, reichte ihm eine trockene, warme Hand und stellte sich vor: »Lavinia de Santis. Mit wem habe ich die Ehre?«

»Robert Lichtenwald. Dr. Robert Lichtenwald. Rechtsanwalt«, stammelte er verwirrt. »Ich suche nach einer

Freundin. Giada Bianchi. Sie muss hier sein. Lassen Sie mich in die Kirche!«

Lavinia de Santis antwortete ihm mit einem strahlenden Lächeln. »Tut mir leid, aber eine Giada Bianchi kenne ich nicht.«

»Aber – sie müsste mit Ihnen hierhergekommen sein.«

»Ich bin hier allein mit einer Freundin. Wir proben eine Szene für ein Theaterstück. Die Orestie von Aischylos. Sie kennen die Trilogie?«

Robert nickte verwirrt.

»Ich hoffe, wir haben Sie mit unseren Schreien nicht erschreckt. Die sind Teil des Stückes. Aber wie kann ich Ihnen helfen?«

»Sie sind Lavinia de Santis, die Kunstauktionatorin?«

»So ist es. Woher kennen Sie mich?«

»Ich helfe einer Freundin, eben dieser Giada Bianchi. Sie ist Journalistin beim *Mercurio* und recherchiert im Fall des ermordeten Annibale Colasanti. Doch nun ist sie spurlos verschwunden.«

»Das tut mir leid. Aber ich kenne sie nicht. Annibale freilich, den kannte ich. Die Kunstszene in Rom ist doch überschaubar. Schrecklicher Tod.«

Robert spürte die Präsenz dieser schönen Frau. Es war unerträglich heiß, doch sie schien nicht zu schwitzen.

»Möchten Sie etwas trinken? Wir haben einen Kühlschrank in der Sakristei«, plauderte sie drauflos. »Danach stelle ich Sie gern meiner Freundin vor. Sie probt gerade in der Kirche.«

Robert bildete sich als Strafverteidiger etwas auf seine Menschenkenntnis ein. Aber jetzt war er verwirrt. Diese Frau wirkte so natürlich, so arglos. Womöglich hatte er sich in etwas verrannt. Er musste sich Gewissheit verschaffen. »Ja, es ist wahnsinnig heiß«, sagte er und fuhr sich mit dem Unterarm über die Stirn. »Ein Glas Saft oder Wasser wäre prima. Darf ich hereinkommen?«

»Aber gern«, sagte Lavinia de Santis und trat zur Seite.

In der Sakristei war es kühler. Die Frau mit dem Halbschleier machte sich in einer Ecke zu schaffen, in der ein Kühlschrank summte. Er wollte gerade eine Tür öffnen, die ins Kircheninnere führen musste, als ihm Lavinia de Santis ein Glas reichte. »Trinken Sie, das wird Sie erfrischen.«

Robert ergriff das Glas und nahm einen großen Schluck des bläulich schimmernden, mit einer Zitronenscheibe aromatisierten Mineralwassers. Es tat gut. Sein ganzer Körper schien von der kühlen Frische durchströmt zu werden. Seine Unruhe verflog, und er sah diese Frau auf einmal mit anderen Augen. Eine verführerische Frau in der Sakristei eines Geisterdorfs in der tiefsten Maremma! Sie schien ihn attraktiv zu finden. Lavinia de Santis wandte sich ihm zu, lächelte ihn mit rubinroten Lippen an, fuhr sich mit der Hand durch die langen schwarzen Haare, griff nach seinem Arm und fragte, ob er noch etwas brauche. War das eine Aufforderung? Es zog ihn zu ihr hin.

Aber bildete er sich das nicht alles ein? Was war denn auf einmal mit ihm? Es war doch sonst nicht seine Art, auf die erstbeste Unbekannte zu fliegen, die ihm schöne Augen machte. Außerdem war er nicht zum Vergnügen hier. Robert versuchte, sich zu befehlen: »Achte nicht auf sie! Denk an Giada! Denk an Stefanie!« Aber die Erregung war stärker. Seine Augen hefteten sich auf ihre Lippen und sahen, wie sie sich auf eine breite Truhe gleiten ließ. Er nahm einen Duft von Bergamotten wahr, unterlegt mit Kräutern und ätherischen Ölen, ein Parfum, wie er es noch nie gerochen hatte. Sie war hinreißend schön. Die glatte, gebräunte Haut der Füße und Unterschenkel in den geschnürten Sandalen, die festen Brüste unter der Seide der Toga, die Lippen. Robert wusste nicht mehr, ob er seinen Augen trauen durfte. Lavinia de Santis stand auf, löste einen Knoten in ihrem Nacken und ließ die elfenbeinfarbene Seide auf ihre Füße gleiten. Sie trug jetzt nur noch den schwarzen Halbschleier. Sie winkte ihn zu sich. Obwohl er ihre Augen nicht sehen konnte, fühlte er sich hypnotisiert. Und wenn er sich jetzt einfach in ihre Arme fallen ließe?

Dann sah er Stefanie und Giada an einem Bahnsteig stehen. »Fahr nicht fort!«, riefen sie. »Wir brauchen dich!« Lavinia winkte aus dem Abteilfenster und rief: »Steig ein! Das Leben geht weiter.« Die Bilder kämpften in seinem Kopf. Robert glaubte, zerrissen zu werden. Doch Lavinia war jetzt näher an ihm als Stefanie und Giada. Sie winkte ihm wieder, er beugte sich nieder, den Blick auf ihren makellosen Körper gerichtet. Mohnblüte? Mordermuschel? Immer wildere Bilder und Assoziationen wirbelten durch seinen Kopf. Er riss sich wieder los. Wo war Giada? Er musste sie finden. Dann roch er erneut den Duft der Frau. Konnte solch ein Duft Schlechtes bedeuten? Nein. Er ließ sich in ihre Arme fallen und küsste sie. Sie zog ihn zu Boden, rollte sich über ihn und schlang ihre warmen, festen Hände um seinen Hals. Er spürte, wie ihre Finger mit seinem Adamsapfel spielten. Als sie zudrückten, merkte er, dass er zu benommen war, um sich zu befreien. Er strampelte mit den Füßen, aber das half ihm nichts. Seine Hände packten die ihren und versuchten, sie von seinem Hals wegzuziehen, doch die Droge, die offenbar in dem Getränk gewesen war, und der Sauerstoffmangel machten ihn zu schwach. Seine Gedanken rasten. Er ließ die Hände der Frau los, packte stattdessen ihren Halbschleier und riss ihn ihr vom Gesicht. Lavinia de Santis schrie auf und ließ seinen Hals los. Panisch versuchte sie, ihm den Schleier wieder zu entreißen. Auch Robert schrie. Denn Aphrodite hatte sich in Medusa verwandelt. Ihr Gesicht zerfloss zur grauenhaften Fratze, und ihre Haare verwandelten sich in züngelnde Schlangen. Die ganze Sakristei, so erschien es Robert, bevölkerte sich mit Dämonen, Spott- und Schreckgestalten, als seien sie einem Gemälde von Hieronymus Bosch entwichen. Doch in all dem rauschhaften Treiben blieb ein kleiner Teil seines drogendurchfluteten Gehirns intakt. Von dieser Insel aus ertönte immer wieder das Versprechen, das er Giada gegeben hatte: »Wenn du mich brauchst, bin ich da!«

DREIUNDDREISSIG

Während die Dämonen um ihn tanzten, hatte Medusa ihm den Halbschleier entrissen und ihn sich wieder übers Gesicht gezogen. Nun war da wieder Aphrodite, die sich auf seine Brust setzte und erneut nach seinem Hals griff. Er stieß sie zurück. »Es ist nur ein Spiel«, flüsterte sie. »Es wird dir gefallen.«

Robert merkte, wie sein Widerstand erneut zu schmelzen drohte. Da stieg eine Erinnerung in ihm auf, die er lange verbannt hatte. Sie stammte aus der Zeit, nachdem seine Tochter Lea nach Südamerika aufgebrochen war. Stefanie litt schwer unter der Trennung von ihrem einzigen Kind. Sie war appetitlos, klagte über schlechten Schlaf und saß, wenn er aus dem Büro nach Hause kam, meist in einem Sessel im Wohnzimmer und starrte vor sich hin. Doch er hatte gerade in diesen Wochen wenig Zeit, sich um sie zu kümmern. Ein großer Fall von Organisierter Kriminalität nahm ihn komplett in Beschlag. Und ausgerechnet in den Tagen, in denen Stefanie dann auch noch mit einer Lungenentzündung im Bett lag, musste er auf eine mehrtägige Dienstreise nach Frankfurt. Gemeinsam mit der nicht unattraktiven Anwaltskollegin aus seiner Kanzlei, auf die Stefanie schon immer etwas eifersüchtig gewesen war. Ohne wirklich einen Grund dafür zu haben. Es durchzuckte Robert schmerzhaft, als er jetzt daran dachte, mit welchen Worten Stefanie ihn damals verabschiedet hatte: »Wenn man dich braucht, bist du nicht da!« Heute wusste er, dass in diesem Moment etwas zwischen ihnen zerbrochen war.

Robert spürte, wie sich die Hände Lavinias wieder um seinen Hals legten. Wenn sie ihn tötete, würde auch Giada sterben. Das sah er nun klar. Giada war es, die in der Kirche geschrien hatte. Und er hatte ihr doch versprochen …

Robert nahm all seinen Willen zusammen, um die Dämonen zurückzudrängen. Dann drehte er sich unter der nackten Frau vom Rücken auf die Seite, stemmte den linken Fuß und die rechte Hand gegen den Boden und schnellte nach oben. Lavinia de Santis stürzte von ihm herunter. Bevor sie wieder auf den Beinen war, wollte Robert die Tür zum Kircheninneren aufreißen, doch sie war verschlossen. Mit einem Fußtritt schlug er das Schloss aus dem morschen Holz. Er fiel in die Kirche hinein, rappelte sich auf, bemerkte das Tuch auf dem Altar und die Füße in weißen Turnschuhen, die darunter hervorschauten. Er riss das Tuch zur Seite, sah Giadas schweißgebadetes, verzerrtes Gesicht, hörte ihr Gurgeln und Röcheln. Sie lebte!

Hastig beugte er sich über sie und machte sich daran, die Fesseln zu lösen. Aus dem Augenwinkel heraus bemerkte er links über sich einen herabhuschenden Schatten. Er zuckte zur Seite, und die Statue des Adonis stürzte nicht auf seinen Kopf, sondern prallte auf seine linke Schulter und dann zu Boden. In wahnwitzigem Schmerz kippte er zur Seite. Lavinia de Santis holte zum nächsten Schlag aus: Sie stand jetzt über ihm und hielt ein kurzes, scharfes Messer in beiden Händen, um es mit aller Wucht in ihn zu rammen. Robert versuchte noch, den rechten Arm schützend vor sich zu halten. Doch ehe der Hieb niedersauste, schrie Lavinia de Santis auf, kippte vornüber und fiel neben ihm zu Boden. Robert hörte ein Fauchen und schnarrendes Knurren. Ein Tier mit schwarz-weiß gestreiftem Kopf hatte sich im Unterschenkel von Lavinia de Santis verbissen. Plötzlich war Stefanie da und hechtete auf die am Boden liegende Frau. Doch das war nicht mehr nötig. Lavinia de Santis, wie sich Rubina Mori genannt hatte, bewegte sich nicht mehr. Ihr Kopf lag auf der umgestürzten Adonis-Statue. Blut rann unter ihrem schwarzen Halbschleier hervor und bildete eine Pfütze in einer Mulde des ausgetretenen Mosaikbodens. Stefanie hielt die Hand an die Kehle der Frau. Dann sprang sie auf. Während sie Giadas Knebel löste, schrie sie: »Robert! Was ist mit dir? Bist du verletzt?«

Robert deutete, von Schmerzen und Drogen benebelt, auf seine Schulter. Er wollte antworten, doch heraus kam ein Stöhnen. Während ihm wieder die Sinne schwanden, hörte er Giada rufen: »Euch schickt der Himmel!«

Und Stefanie antwortete: »Wenn man uns braucht, sind wir da.«

EPILOG

Zwei Wochen später ließ sich Robert Lichtenwald mit dem Taxi vom Ospedale della Misericordia, dem Krankenhaus in Grosseto, nach Hause fahren. Sie hatten ihn zweimal operiert und seine Schulter mithilfe von Drähten, Schrauben und einer Platte zusammengeflickt. Er bekam starke Opiate gegen die Schmerzen, die dennoch beträchtlich waren. Trotzdem war er glücklich, als das Taxi aus der Stadt hinaus nach Süden fuhr und in die schmale Landstraße hoch nach Morcone einbog. Draußen zog der mediterrane Niederwald mit seinen Steineichen, Akazien und Erdbeerbäumen an ihm vorbei. Er hatte das Fenster ein Stück weit geöffnet und genoss die Abendluft, die nach Pflanzen und Erde roch. Der Taxifahrer war wortkarg, und Robert war es recht so. Sie passierten eine Pizzeria, vor der einige Leute beim Abendessen saßen, dann ein Dorf, in dem Kinder auf der Piazza Fangen spielten. Der tiefe Frieden der Maremma umfing ihn wieder und wogte gegen die Schrecken der jüngsten Vergangenheit an.

Es war knapp gewesen. Hätten Alfredo und Stefanie nicht eingegriffen, hätte ihn das seltsame Schicksal ereilt, mit der einzigen bekannten altgriechischen Adonis-Statue erschlagen zu werden. Und hätte er sich nicht zuvor zusammengerissen, um Giada zu Hilfe zu eilen, wären sie jetzt beide tot. Glück gehabt hatten sie auch, weil *mag-*

giore Laganà mit ihren Männern bereits auf dem Weg nach Roccagioia gewesen war, als Stefanie losfuhr, um Hilfe zu holen. Der Pferdehofbesitzer Luca Corte hatte Laganà erzählt, was das für ein Geisterdorf sein könnte, in das Giada und Lavinia de Santis gefahren waren. Er hatte der Kuratorin dort einmal einen heimlich ausgegrabenen etruskischen Sarkophag übergeben, den sie einem Sammler vermitteln wollte.

Zum Glück waren Giada und Stefanie heil aus der Sache herausgekommen, dachte Robert, als sie Morcone passierten und auf sein Rustico auf Gut Montecivetta zusteuerten. Sie parkten hinter dem Haus, der Taxifahrer half Robert beim Aussteigen. Es tat höllisch weh. Doch dann raschelte es im Gebüsch, ein schwarz-weiß gestreiftes Köpfchen mit rüsselartiger Schnauze und neugierigen schwarzen Knopfaugen lugte heraus. Und schon hoppelte Alfredo auf ihn zu. Der Dachs war etwas größer und rundlicher geworden in den vergangenen beiden Wochen. Offenbar hatte Stefanie ihn gut gepflegt. Alfredo schnupperte an Roberts Hose und knabberte dann daran herum, wobei er Geräusche von sich gab, die wie eine Mischung aus Wiehern, Kichern und Gackern klangen. Offensichtlich freute er sich, dass der Leitrüde zurück war.

Die Eingangstür stand offen. Robert ging hinein und stellte seinen Handkoffer ab. »Stefanie«, rief er, »bist du da?« Statt einer Antwort erklang Gekicher von der Terrasse. Er durchquerte die Stube, ging hinaus und traute seinen Augen nicht. Am gedeckten Tisch saßen Giada, Stefanie, *maggiore* Laganà und der Philosoph. *»Bentornato a casa!«*, riefen sie. »Willkommen zu Hause!« Dann fielen ihm die drei Frauen um den Hals und zogen ihn auf den Stuhl am Kopfende des Tisches.

Die nächsten Stunden vergingen mit Erzählen und Essen, Essen und Erzählen. Giada und Stefanie hatten ein komplettes Menü vorbereitet, mit Crostini, eingelegten Auberginen, Oliven, Zucchini, getrockneten Tomaten und Sardellen, Pici – dicken handgerollten Nudeln – mit Ragout, einer gewaltigen Bistecca Fiorentina und zum Abschluss Pannacotta mit Ingwer und Erdbeer-Coulis. Und auch an den Dachs war gedacht. Er bekam ein Schälchen Regenwürmer auf Melonen-Bananen-Carpaccio – »Fusionsküche«, wie Stefanie stolz bemerkte – und als Nachtisch einen Maiskolben.

Der Philosoph hatte sich um den Rotwein gekümmert und den Morellino »Le Sentinelle« der Fattoria Mantelassi besorgt. »Es soll keiner so wenig Wein trinken, dass er seiner Gesundheit schadet«, versicherte er beim Dekantieren.

»Winston Churchill?«, fragte Robert aufs Geratewohl.

»Ts, ts, ts«!, schnalzte der Philosoph. »Es geht um Wein! Da zitiere ich doch keinen Briten.«

»Also?«

»Marc Aurel.«

»Donnerwetter.«

Nach der Pasta überreichte *maggiore* Laganà Robert ein Geschenk: die Dienstmütze eines Carabinieri-Majors. Über dem mit einer weißen Kordel geschmückten Schirm prangte eine stilisierte Granate, aus der eine goldene Flamme loderte. »In Anerkennung Ihrer Verdienste um das italienische Kulturgut«, sagte die Offizierin mit einem Augenzwinkern. »Auch wenn ich Ihnen strikt untersagt hatte, sich in unsere Arbeit einzumischen. Immerhin haben Sie mitgeholfen, die Adonis-Statue zu finden. Sie hat sich als härter erwiesen als Ihre Schulter – und als Rubina Moris Schädel.«

Einen Moment herrschte betroffenes Schweigen am Tisch.

Dann erzählte Laganà, wie sie den Majordomus und den Pförtner Rubina Moris verhaftet hatte. Dank Rubinas Geständnis gegenüber Giada war die Beweislage erdrückend. Die beiden Männer gaben zu, dass sie eine junge Frau als Lockvogel eingesetzt hatten, um Ludovico Primavalle in seiner Lieblingsbar abschleppen zu lassen. Sie hatten ihn dann in der römischen Villa Rubina Moris bewacht und schließlich nach Roccagioia gebracht. Rubina Mori habe sie dafür entsprechend bezahlt. Nur mit dem Mord an Primavalle wollten sie nichts zu tun haben. Der sei nicht geplant gewesen. Ihre nun tote Chefin sei allein dafür verantwortlich.

Die Fahndung nach den beiden Transvestiten, die Annibale Colasanti im Auftrag Rubina Moris überfallen hatten, lief im ganzen Land. Laganà erzählte von den illegal beschafften Kunstwerken, die sich in Rubina Moris Haus befanden, darunter ein Gemälde der Venus im Stile Raffaels, das jetzt untersucht werde.

»Und was wird aus Adonis?«, fragte Giada. »Könnten wir ihn nicht hier bei Robert auf der Terrasse aufstellen?«

»Das würde Ihnen so passen, Giada«, sagte Donatella Laganà. »Dann könnten Sie ihn jederzeit besuchen und hätten ihn ganz für sich.«

»Wen? Robert?«, fragte Giada, und alle lachten.

»Adonis kommt ins Museum«, sagte die Carabiniera. »Ins Museo Nazionale Romano im Palazzo Massimo alle Terme in Rom.«

»Aber ist er da sicher?«, fragte Robert. »Bei der Wirkung, die der Kerl auf Frauen hat, könnte er doch noch geraubt werden.«

Laganà lächelte. »Sie werden es kaum glauben, Robert, aber selbst daran haben wir gedacht. In die Vitrine kommt eine Kopie. Das Original wird in einem Tresor verwahrt.«

»Auf den Geist muss man schauen«, sagte der Philosoph versonnen und strich sich mit der Hand über den kahlen Schädel. »Denn was nützt ein schöner Körper, wenn in ihm nicht eine schöne Seele wohnt.«

»Euripides«, sagte Giada, ohne zu zögern.

Der Philosoph schaute sie entgeistert an. »Wie, in aller Welt, bist du darauf gekommen?«

»Ich wusste, dass wir heute Abend über Schönheit sprechen werden und dass du dazu Zitate auf Lager hast. Da habe ich ein bisschen gegoogelt.«

Es war eine feuchtwarme, windstille Nacht, und die Engelstrompeten dufteten miteinander um die Wette. Robert zuliebe bewunderten alle nach dem Essen den Garten und insbesondere die drei Bäume der Reisenden, die während seiner Abwesenheit in ihren drei Plastikbechern nicht gewachsen, aber auch nicht geschrumpft waren. Stefanie verabschiedete sich gegen ein Uhr als Erste. »Ich muss morgen früh raus. Mein Flug geht um zehn vor neun von Fiumicino.« Sie beugte sich vor und küsste Robert auf die Stirn. Dann lächelte sie Giada an und sagte: »Ich gehe fröhlicher, als ich gekommen bin. Denn ich weiß Robert jetzt in guter Gesellschaft.«

Um zwei Uhr stieg *maggiore* Laganà auf ihr schweres Motorrad und brauste in die Nacht. Luigi La Torre trank noch ein Gläschen Morellino – oder waren es zwei – und ging dann grußlos davon, die Worte murmelnd: »Lieber fortgehen, ohne sich zu verabschieden, als sich zu verabschieden, ohne zu gehen.«

»Casanova?«, rief ihm Giada lachend nach.

»Fast«, kicherte La Torre. »Die Lösung verrat ich euch morgen.«

Robert und Giada saßen noch lange auf der Terrasse, während Alfredo auf der Wiese nach weiteren Würmern wühlte.

»Warum heißen sie eigentlich Bäume der Reisenden?«, fragte Giada.

»Sie speichern viel Wasser in speziellen Taschen in ihren Blattachseln. Wenn Reisende früher am Verdursten waren, konnte sie dieses Wasser retten.« Robert wusste, dass sich Giada nur ihm zuliebe nach den seltsamen Pflänzchen erkundigte. Und plötzlich waren ihm seine Schmerzen egal.

Als sich der Osten mit einem Hauch Helligkeit überzog, sagte Giada, sie würde gern zu Fuß nach Hause gehen. Wie selbstverständlich begleitete Robert sie. Sie liefen auf der noch stillen Landstraße nach Morcone, bevor die Maremma aus ihren Träumen erwachte. Als sie den Ort erreichten, ließ der Bäcker gerade den Rollladen nach oben scheppern. Sonst war noch niemand auf der Straße. Nur die Schwalben stiebten schon durch die Bläue. Vor Giadas Tür blieben sie stehen und sahen einander an. Giada zog seinen Kopf zu sich heran und küsste ihn lange. »Ich werde dich jetzt nicht nach oben bitten. Es ist so viel passiert. Ich muss erst mal mit mir ins Reine kommen.« Sie lächelte. »Diesmal bin ich die Deutsche.«

Robert nickte. »Bis morgen, Giada. Ich bin gespannt, wie es weitergeht.«

»Mit Stefanie?«

»Nein, mit uns.«